Roger Graf

Üble Sache, Maloney!

*Die haarsträubenden Fälle
des Philip Maloney*

Atlantis

Die Erzählungen sind bereits in den Bänden
Die haarsträubenden Fälle des Philip Maloney (1992) und
Philip Maloney und der Mord im Theater (2000) erschienen.

Alle Rechte vorbehalten
Copyright © 2023 by Atlantis Verlag
in der Kampa Verlag AG, Zürich
www.atlantisliteratur.ch
GPSR-Kontakt: Schöffling & Co. Verlagsbuchhandlung GmbH,
Kaiserstraße 79, D-60329 Frankfurt am Main
gpsr@kampaverlag.ch
Der Verlag behält sich eine Nutzung des Werkes für Text-
und Data-Mining im Sinne des § 44b UrhG ausdrücklich vor.
Covergestaltung und Satz: Lara Flues
Covermotiv: Composing aus iStock
Gesetzt aus der Stempel Garamond LT / 2. Auflage 2025
Druck und Bindung: GGP Media GmbH, Pößneck
Auch als E-Book erhältlich
ISBN 978 3 7152 5509 5

A

Inhalt

Der große Schlaf

Es war eine dieser putzigen Villen, in denen ein Ehe-paar problemlos zusammenleben kann, weil es sich oft wochenlang nicht begegnet. Ich ging durch das alte schmiedeeiserne Tor und klingelte. Ein Gong dröhnte durch das Haus. Ich zündete mir eine Zigarette an und wartete. Es dauerte eine Ewigkeit und drei Zigaretten, bis endlich jemand öffnete. Sie sah aus wie die Mädchen in den Heften, die wir uns als Jungs unter der Schulbank weiterreichten. Ich beschloss, vorsichtig zu sein.

»Ich bin Philip Maloney. Frau Winter erwartet mich.«

»Ich bin Frau Winter.«

»Hab ich mir beinahe gedacht.«

»Wie meinen Sie das?«

Ich ging nicht weiter darauf ein. Frau Winter führte mich in den Salon. Ein kleines, hübsches Zimmer, in dem man alle Obdachlosen der Stadt problemlos hätte unterbringen können. In einer Ecke stand ein Stuhl. Frau Winter schenkte sich einen Martini ein. Ich lehnte dankend ab. Morgens trinke ich nur Whisky. Dann kam sie zur Sache.

»Sie wissen, wer mein Mann ist?«

»Vermutlich Herr Winter.«

»Genau. Max Winter, einer der führenden Forscher auf dem Gebiet der Milchschokolade. Es ist ihm gelun-gen, eine schmelzsichere Schokolade zu entwickeln. Die

Araber würden Millionen für die Formel springen lassen. Stellen sie sich einmal vor: Sie spazieren durch die Sahara und sind im Besitz von schmelzsicherer Schokolade!«

»Phänomenal. Darauf hat die Menschheit Jahrtausende gewartet. Und was soll ich jetzt tun?«

»Die Formel finden.«

»Tut mir leid. Ich mache mir nichts aus Zahlen, außer sie stehen auf einem gedeckten Check.«

»Sie werden auf Ihre Rechnung kommen. Gestern Abend wurde bei uns eingebrochen. Die Diebe wussten genau, was sie suchten. Stellen Sie sich einmal vor, die Formel gerät in die falschen Hände – nicht auszudenken.«

Sie blickte entsetzt auf den Kronleuchter, der über uns hing. Dann trank sie noch einen Martini. Ich blieb trocken. Martini schlägt bei mir auf die Blase, und ich hatte Angst, mich auf dem Weg zur Toilette zu verirren und Wochen später in irgendeiner Abstellkammer durch üblen Verwesungsgeruch unangenehm aufzufallen. Ich fragte Frau Winter noch nach einigen Einzelheiten.

»Lieben Sie es auch, nackt vor dem Fernseher zu sitzen?«

»Bitte?«

»War nur so eine Idee. Vielleicht wäre es gut, wenn ich noch mit Ihrem Mann sprechen würde. Möglicherweise hat er irgendeinen Verdacht.«

»Tut mir leid. Mein Mann schläft.«

Ich schlug vor, ihn zu wecken. Frau Winter schüttelte nur den Kopf und begann zu weinen. Ihr Mann war nach dem Einbruch so außer Fassung geraten, dass er in einen Tiefschlaf versank, aus dem er nicht mehr erwachte.

»Haben Sie es schon mit Wasser versucht?«

»Wasser, Martini, Milch, Kaffee – es hilft alles nichts.«

Ich verabschiedete mich und ging in mein Büro. Ich blätterte ein wenig in der neuesten Ausgabe des Telefonbuches. Es ist ganz erstaunlich, was sich die Autoren Jahr für Jahr neu ausdenken. Dann klopfte es an meiner Tür. Die gesamte Kosmetikabteilung eines Warenhauses schob sich elegant in mein Büro. Sie war einfach umwerfend.

»Sie dürfen ruhig wieder aufstehen, Maloney.«

»Aus welchem Strumpfhosen-Werbespot sind Sie denn entstiegen?«

»Ich bin die zarteste Versuchung, seit es Schokolade gibt, Maloney.«

»Ich stehe mehr auf Salzgebäck.«

»Vielleicht möchten Sie einige Details über Frau Winter erfahren, Maloney?«

»Details?«

»Nicht was Sie meinen, Maloney. Ist es nicht verblüffend, dass Frau Winter noch erstaunlich jung aussieht für ihre 79 Jahre?«

»Donnerwetter. Ich habe sie höchstens für 75 gehalten. Kennen Sie etwa ihr Geheimnis für ewig junge Haut? Dann raus mit der Sprache!«

»Was würden Sie sagen, wenn Frau Winter gar nicht Frau Winter ist?«

»Was sind schon Namen? Ich zum Beispiel hieß früher mal Hippokrates Aristoteles Mahagony.«

»Die Frau, die sich als Frau Winter ausgibt, heißt in Wirklichkeit Vontoblerone und ist eine Agentin des Schweizer Geheimdienstes. Sie soll das Rezept für schmelzsichere Schokolade auf ein Schweizer Nummernkonto transferieren und es dort einfrieren.«

»Ist ja toll. Wissen Sie zufällig auch noch die Hauptstadt von Ruanda?«

»Kigali – warum?«

Es war höchste Zeit, mich mit den Fakten meines Falles zu befassen. Ich ging in ein Spezialitätengeschäft. Die Verkäuferin war gerade damit beschäftigt, aus Streichhölzern einen Turm zu bauen. Ich verlangte nach Schokolade.

»Das ist eine dunkle mit Pfefferminz gefüllte Schokoladenspezialität.«

»Ich dachte, die esse man erst nach acht. Schmeckt ja grauenhaft. Kein Wunder, dass sich außer den Engländern niemand für dieses Rezept interessiert.«

»Und hier ein besonderer Leckerbissen: Schokoladehasen, gefüllt mit Grand Marnier ...«

»Pfui Deibel. Zergeht einem ja schon in den Händen. Haben Sie nicht was Haltbareres? Schmelzsicher und so?«

»Sie sind heute schon der Zweite, der danach fragt. Ist es denn seit neuestem Mode, Schokolade in die Sauna mitzunehmen?«

»Ich bitte Sie, ich gehe nie in eine Sauna. Dafür wasche ich täglich meine Socken. Könnten Sie mir den Mann beschreiben, der nach schmelzsicherer Schokolade fragte?«

»Blond, blauäugig, 1,74, 65 Kilo schwer, Tätowierung auf der Brust.«

»Donnerwetter. Werden Sie mich auch so gut in Erinnerung behalten?«

»Wer weiß?«

Es war nicht die Zeit für einen Flirt. Ich ging in eine Bar und trank einen Kaffee. Dabei wurde mir hundeelend. Ich begann zu jaulen und zu apportieren. Schließlich ging der Barkeeper mit mir Gassi. Danach fühlte ich mich wieder stark genug, um einen Baum auszureißen. Es gibt Leute, die mich dafür verantwortlich machen wollen, dass der Wald stirbt. Blödsinn, ich schieße nie auf Bäume. Plötzlich kam mir eine Idee. Ich ging noch einmal ins Spezialitätengeschäft. Und tatsächlich, die Verkäuferin legte gerade den Hörer auf. Als sie mich sah, bekam sie einen roten Kopf. Der Streichholzturm war etwas größer geworden. Ich zückte drohend mein Taschentuch.

»Bitte, bitte, nicht niesen! Das ist ein Geschenk für meinen drei Jahre alten Sohn.«

»Mit wem haben Sie gerade telefoniert?«

»Das war eine Kundin. Sie wollte ...«

Ich rümpfte die Nase und setzte zum Niesen an.

»Nein! Ich ... Ich habe mit meinem Mann telefoniert ... Aber es war wirklich nur ein ganz, ganz kurzer Anruf!«

»Das ewige Telefonieren ist schon ganz anderen Frauen zum Verhängnis geworden. Der Blonde mit tätowierter Brust ist Ihr Mann?«

»Noch nicht, aber vielleicht bald. Wir möchten zusammen in Rimini eine Eisdiele eröffnen.«

»Geniale Idee. Wo finde ich den Kerl?«

»Bitte lassen Sie ihn in Ruhe, er ist ja so nett.«

Ich flatterte noch einige Male drohend mit meinen Nasenwänden, dann gab sie auf. Ich notierte mir die Adresse des Mannes. Dann ging ich in mein Büro und rief meine Klientin an. Ein alter Bekannter war am Draht.

»Ja, hallo, wer spricht da?«

Hugentoblers Stimme war leicht säuerlich, so, wie sie es immer ist, wenn er gerade vor einem unlösbaren Problem steht.

»Hier ist Hippokrates Aristoteles Mahagony.«

»Sieh an, Maloney! An Ihnen kommt wohl keine Leiche lebend vorbei.«

»Sagen Sie bloß, dass der große Schläfer von dannen sei.«

»Nein, nein, der schnarcht noch immer. Die Leiche ist eine junge Frau, die hat jemand einfach eingefroren.«

»Auf einem Nummernkonto?«

»Nein, nein, eine ganz gewöhnliche Tiefkühltruhe. Kannten Sie die Frau?«

Polizisten wären ideale Quizmaster für niveaulose Unterhaltungssendungen. Niemand sonst kann so professionell dumm fragen.

Tja, was macht ein Privatdetektiv, wenn ihm seine Klientin wegfriert? Erraten, er besucht die Leiche. Es war ein kühles Rendez-vous.

»Sieht ein bisschen unterkühlt aus, die Dame.«

»Nach unseren Ermittlungen kann sie noch nicht lange da drin liegen.«

»Sonst noch was gefunden?«

»Nur eine Unmenge von Eis am Stiel.«

»Und der Mann mit dem großen Schlaf?«

»Hilft alles nichts. Habe ihn eine Stunde lang an den Füßen gekitzelt.«

»Und?«

»Mein Finger ist eingeschlafen.«

Ich verließ die Leiche und den Siebenschläfer. In meinem Büro suchte ich mein Taschentuch. Und tatsächlich, es war ein Knoten darin. Doch was wollte mir dieser Knoten sagen? Ich griff zum Telefonhörer. Eine freundliche Stimme empfing meinen Anruf.

»Auskunft, Sie wünschen?«

»Was hat ein Knoten in einem Taschentuch zu bedeuten?«

Die Frau konnte mir auch nicht weiterhelfen. Und so was nennt sich Auskunft. Ich kratzte mich am linken Fuß, da fiel es mir wieder ein. Tatsächlich fand ich in der rechten Socke die Adresse des Mannes, der sich im Spezialitätenladen nach schmelzsicherer Schokolade erkundigt hatte. Ich legte mich zuerst ein paar Stunden hin und trieb dann noch etwas Sport, um fit zu bleiben. Ich stemmte meine Zigaretten dreimal in die Höhe, ehe ich mir eine anzündete. Als das erledigt war, ging ich zu dem blonden Mann mit der tätowierten Brust. Er wohnte in einer Bruchbude direkt neben der Schnellbahn. Ich gehöre nicht zu der Sorte, die alles in vollen Zügen genießen. Im Gegenteil: Ich hasse diese ratternden Ungetüme.

»Nett haben Sie es hier.«

»Was wollen Sie von mir?«

»Sie haben mit Ihrer haarigen Brust einer Verkäuferin den Kopf verdreht. Das läuft unter schwerer Körperverletzung.«

»Sie können ihr den Kopf ja wieder gerade drehen, wenn Sie Lust dazu haben.«

»Dazu fehlt mir das richtige Rezept.«

»Und da soll ich Ihnen aushelfen?«

»Die Frau könnte dringend ein schmelzsicheres Herz gebrauchen.«

»Das habe ich mir beinahe gedacht. Einen Schnüffler riecht man von Weitem.«

Ich schnupperte unter meiner Achselhöhle. Es roch nach Arbeit und 40-Stunden-Tag. Aber ich wusste jetzt, dass dieser Tag bald ein Ende nehmen würde. Der Blondschopf ging zum Bett und griff unter das Kopfkissen. Ich zückte meine Waffe.

»Du kannst dir deine Kondome an den Hut stecken. Das Schlimmste werde ich verhüten.«

»Ich wollte nicht, dass diese Agentin kaltgestellt wird. Ich will nur meine Eisdiele auf Rimini.«

»Und wozu brauchen Sie dann das Rezept für schmelzsichere Schokolade?«

»Ich wollte es auf Softeis anwenden. Stellen Sie sich vor: Am heißen Strand von Rimini eine einzige Eisdiele mit Softeis, das nicht schmilzt.«

Meine Ahnung bestätigte sich, es ging wieder einmal um Geld, Ruhm und andere Leckereien. Fehlte nur noch die Frau. Sie fehlte nicht lange. Plötzlich stand sie neben uns. Sie hatte sich ganz gut erhalten für ihre 79 Jahre. Ich wusste sofort, dass die richtige Frau Winter vor mir stand.

»Mein Mann ist ein alter Trottel. Er hat nur noch Formeln und andere Zahlen im Kopf. Die Idee, das Rezept auf Softeis anzuwenden, habe ich von ihm. Er wollte das Rezept vernichten, weil er befürchtete, dass das Rezept in falsche Hände geraten und damit eine Katastrophe auslösen könnte.«

»Dass die ganze Menschheit mit schmelzsicherer Schokolade überschwemmt wird?«

»Eis, Herr Maloney, Eis. Mein Mann hat erkannt, dass,

wenn das Rezept auch bei Eis funktioniert, ganze Kontinente mit schmelzsicherem Natureis zugedeckt werden könnten. Dieser Dummkopf wollte das Rezept tatsächlich vernichten, um die Menschheit zu retten.«

»Und da haben Sie ihn eingeschläfert.«

»Es ging alles gut, bis dann plötzlich diese Schweizer Agentin auftauchte.«

»Und die haben Sie dann kaltgestellt. Ganz schön unverfroren.«

»Was werden Sie jetzt mit uns tun?«

»Es ist an der Zeit, dass Sie endlich singen.«

»Aber wir haben doch schon alles zugegeben.«

Ich packte den Blondschopf an seinen drei Brusthaaren und stand gleichzeitig Frau Winter auf den Hallux am linken Fuß. Sie schrien beide. Dann endlich war es so weit. Sie sangen beide. Es klang grauenhaft.

»Schluss jetzt!«

Ich fand das Rezept unter der Matratze. Ich ließ die beiden liegen und ging dann zum Haus der Familie Winter. Vertraute Klänge erwarteten mich. Herr Winter schnarchte noch immer.

»So, Herr Winter, und wer zahlt jetzt meine Spesen?«

Es half nichts. Der große Schlaf nahm kein Ende. Ich setzte mich in einen Stuhl und dachte über die wirklich wichtigen Dinge im Leben nach. Es fiel mir nichts ein. Scheiße, dachte ich, und ging auf die Toilette.

Die letzte Fahrt

Ich stand am Fenster meines Büros. Der Verkehr draußen interessierte mich nicht sonderlich. Es hat schon sein Gutes, wenn man im ersten Stock wohnt und arbeitet, vor allem dann, wenn man diesen ersten Stock durch das Fenster verlässt. Mein letzter Fall hätte beinahe mit meinem Ableben geendet, so aber brach ich mir nur alle zehn Finger beim Versuch, den Aufprall auf dem Asphalt mit einer eleganten Liegestütze zu bremsen. Die Vorsehung hatte es wieder einmal gut mit mir gemeint. Denn als Konzertpianist wäre ich danach ziemlich aufgeschmissen gewesen. Als Privatdetektiv hat man immerhin noch seinen Kopf und zwei müde Beine. Diese führten mich zu einer Dame namens Frieda Engel. Sie wohnte in einer dieser schmucken Villen, bei denen der Zufahrtsweg länger ist als der langweiligste Sonntagsspaziergang. Ich klingelte. Eine junge Frau erschien.

»Sind Sie Frau Frieda Engel?«

»Ich nix verstehn. Ich nix kaufen. Ich nix wollen Asyl.«

»Seh ich denn etwa aus wie der Flüchtlingsdelegierte?«

»Ich nix gestohlen. Ich nix nehmen Drogen. Ich nix haben gegen Armee.«

»Ist ja schon gut. Ich komme nicht von der Einbürgerungsbehörde. Mein Name ist Philip Maloney. Ich bin Privatdetektiv.«

»Ich nix untreu. Ich nix haben ermordet. Ich nix wollen gestehen.«

»Und ich nix wollen von dir. Verstanden?«

»Und weshalb haben Sie das nicht gleich gesagt? Glauben Sie etwa, ich hätte nichts anderes zu tun, als hier blöd herumzustehen und mir Ihre Gipshände anzusehen?«

Das hat man davon, wenn man versucht, auf andere Menschen einzugehen. Hätte ich meine Finger zur Verfügung gehabt und die Waffe gezogen, wäre alles viel schneller gegangen. Das Dienstmädchen tat seinen Dienst und holte Frau Frieda Engel. Ihre Stimme war wie die Ankündigung eines bevorstehenden Tiefdruckgebietes. Sie verzichtete darauf, mir den Gips zu schütteln.

»Seit wann dürfen Invalide Privatdetektiv werden?«

»Sie werden doch wohl nichts gegen Randgruppen haben? Sie gehören schließlich auch zu einer.«

»Ich muss doch sehr bitten. Ich bin keine Randgruppe.«

»Sie gehören zur Spezies der Schwerreichen, und die leben immer am Rand der Städte, dort, wo die Luft noch sauber ist und pro Person zwei Toiletten und drei Badezimmer vorhanden sind.«

»Ich habe Sie nicht hierherbestellt, um mich von Ihnen beleidigen zu lassen.«

»Pech für Sie.«

»Weshalb?«

»Meine Beleidigungen sind gratis, der Rest kostet Sie eine schöne Stange Geld.«

»Mein Chauffeur ist heute nicht erschienen.«

»Kann ich gut verstehen, Frau Engel. Vermutlich ist er zum Teufel gegangen.«

»Ich bin sicher, dass er abgehauen ist. Zusammen mit meiner Stradivari.«

»Sie haben eine Tochter?«

»Eine Stradivari ist eine Violine, gebaut vom berühmten Maestro Antonio Stradivari. Sie ist ein Vermögen wert.«

Das war's also. Die Trauer über den Verlust des Chauffeurs hielt sich in Grenzen, entscheidend war die Geige. Nicht, dass Sie jetzt glauben, ich hätte noch nie etwas von Stradivari gehört. Schließlich hat auch unsereins schon aus Langeweile in einem Lexikon geblättert. Aber ich kenne Frauen wie diese Frieda Engel. Sie stellen sich Privatdetektive als ungebildete und ungehobelte Schläger vor, die trinkfest und mit verbeultem Trenchcoat in der schmutzigen Wäsche der anderen herumstöbern und die eigene monatelang nicht wechseln.

Frau Engel führte mich in den Salon und stellte mir eine Whiskyflasche vor die Nase.

»Greifen Sie ruhig zu, ich habe noch zwei in Reserve.«

»Von Greifen kann leider keine Rede sein.«

»Mein Dienstmädchen kann Ihnen behilflich sein.«

»Danke. Aber ein Strohhalm würde es auch tun.«

Sie läutete einen Strohhalm herbei. Ich saugte die Flasche halb leer. Frau Engel strahlte. Ich war jetzt in ihren Augen ein richtiger Schnüffler. Sie engagierte mich.

»Geld spielt keine Rolle.«

»Das habe ich mir beinahe gedacht. Können Sie mir Ihren Chauffeur beschreiben?«

»Ja. Er hat schwarze Haare, zwei Zentimeter über dem Kragen geschnitten. Und er hat Schuppen.«

»Wissen Sie vielleicht auch noch die Länge seiner Wimpern?«

»Ich bitte Sie. Ich sitze im Wagen nie neben dem Chauffeur.«

Ich verabschiedete mich und wollte das Dienstmädchen noch etwas fragen. Aber sie verstand wieder mal nix. Ich ging in mein Büro. Auf dem Bücherregal fand ich, was mir so lange gefehlt hatte. Die Zigaretten lagen in Mundhöhe. Neben meinem Schreibtisch stand die ein Meter große Kerze, die angeblich tausend Stunden brennen sollte. Zehn gebrochene Finger sind noch lange kein Grund, mit allen Lastern aufzuhören.

Als ich den Stummel ins Spülbecken fallen ließ, hörte ich ein Geräusch im Nebenraum. Ein junger Mann stöhnte.

»Helfen Sie mir, Maloney.«

»Soweit ich sehe, sind Sie schon so gut wie tot.«

»Das haben Sie gut beobachtet.«

Der Mann fiel um. Eine Schusswunde klaffte in seinem Rücken. Etwas oberhalb davon lagen eine Menge Schuppen. Noch weiter oben entdeckte ich seine schwarzen Haare. Ich tat, was ich in solchen Situationen immer tue: Gipsabdrücke vermeiden.

Es dauerte nicht lange, bis Hugentobler in meinem Büro stand und unangenehme Fragen stellte.

»Haben Sie eine Ahnung, weshalb der Mann ausgerechnet Ihr Büro als letzten Aufenthaltsort gewählt hat?«

»Nicht die Bohne. Bei mir kommt eine Unmenge Gesindel vorbei. Steuerfahnder, Polizisten, Politiker und manchmal auch eine Leiche. Nur eine Putzfrau lässt sich nie bei mir blicken.«

»An welchem Fall arbeiten Sie gerade, Maloney?«

»Dümmer als diese Frage ist nur noch Ihr Gesicht und das hat eine fatale Ähnlichkeit mit gewissen Missbildungen, die normalerweise nur bei Eidechsen vorkommen.«

»Nun mal halblang, Maloney. Sie wollen doch nicht, dass ich Sie wegen Beamtenbeleidigung einbuchte?«

»Die meisten Beamten sind eine Beleidigung für das Auge. Leider ist das nicht strafbar, sonst wären die Gefängnisse voll von Polizisten und anderen Staatsangestellten.«

»Zur Sache, Maloney. Die Leiche hieß Fritz Wunder und war Chauffeur bei einer gewissen Frau Engel. Sagt Ihnen das etwas?«

»Warten Sie mal. Gab's da nicht mal einen Engel, der an Wunder glaubte? Kann mich aber nicht daran erinnern, dass diese Wunder Fritz hießen. Muss wohl eines dieser bescheuerten Märchenbücher gewesen sein.«

»Sie werden noch von mir hören, Maloney.«

Er ging, wie Polizisten immer gehen: in Uniform. Zurück ließ er einen schlechten Eindruck und ein paar Informationen. Fritz Wunder starb an inneren Blutungen, es musste schon ein paar Stunden her sein, seit auf ihn geschossen wurde. Weiß der Teufel, weshalb er in seinem Wagen als Schwerverletzter ausgerechnet zu mir fuhr. Von einer Stradivari erwähnte der Polizist nichts. Nun hatte ich also einen Fall und eine Leiche, aber keine Anhaltspunkte. Ich tat, was ich in solchen Fällen immer tue: in meiner Lieblingsbar einen heben. Sam, mein Lieblingsbarkeeper war nicht da, dafür ein junger Schnösel, der sich nach meinen Wünschen erkundigte.

»Sam hat mir viel von Ihnen erzählt, Maloney. Sie sollen ja ein ganz toller Bursche sein. Soll ich Ihnen einen Strohhalm bringen?«

»Damit würden Sie meiner Leber keinen und meinen Händen einen doppelten Gefallen tun.«

»Üble Sache. Schlägerei?«

»Ja, vier Typen, alle mit Eisenketten bewaffnet.«

»Und die haben ausgerechnet auf Ihre Hände gezielt?«

»Na klar. Schließlich nennt man mich nicht umsonst die Eisenklaue.«

»Donnerwetter.«

»Ja, und das nur, weil ich in meiner Jugend einmal zwei Kilo Eisen klaute.«

»Darf ich Sie vielleicht um ein Autogramm bitten?«

»Ich finde das nicht komisch, mein Junge.«

»Eingebildeter Affe!«

Ich knallte ihm meine rechte Gipshand unter das Kinn. Es tat höllisch weh. Er verschwand hinter der Theke und gab einige Laute von sich, die mich an Mozarts Requiem erinnerten. Ich schaute mich um und nahm befriedigt zur Kenntnis, dass einige Leute leise tuschelten. So bleibt man im Gespräch, und die Jugend bewahrt ihren Respekt vor dem Alter. Dann ging ich wieder in mein Büro und zum Bücherregal. Ich rauchte. Das Telefon klingelte. Ich stieß den Hörer von der Gabel und legte mich daneben. Der Engel war am Draht.

»Die Polizei war eben bei mir. Was soll ich jetzt tun?«

»Am besten geben Sie eine Annonce auf. Engel sucht Chauffeur ohne Schuppen.«

»Das meine ich nicht, Maloney. Die Stradivari!«

»Weshalb kaufen Sie sich nicht einfach eine Compact-Disc?«

»Soll ich Ihnen mal sagen, was Sie sind?«

Ich bat Sie darum, es nicht zu tun. Sie tat es trotzdem. Manchmal wundere ich mich, woher diese Leute all die schmutzigen Wörter kennen. Vermutlich ist daran das Fernsehen schuld, das durch diese miesen Serien den Wortschatz der besseren Gesellschaft mit einigen Wörtern aus der Anatomie bereichert. Das Ganze dauerte etwa eine Viertelstunde. Ich hörte ein wenig gelangweilt zu. Unsereins kennt da noch viel bessere Ausdrücke. Ich beendete ihr Gefluche mit einem verbalen Frontalangriff.

»Sie können ja nicht mal einen Kandinsky von einer geblümten Tapete unterscheiden, Frau Engel.«

»Sie kennen Kandinsky?«

»Und wie. Ich war ihm in Paris behilflich, als er seinen Verstand verlor. Hat drei Wochen intensivste Nachforschungen gebraucht, um ihn wieder zu finden.«

»Ich hoffe, dass Sie mir auch helfen können.«

»Wird nicht leicht sein. Ihr Verstand ist wesentlich kleiner als der von Kandinsky es war.«

»Ich meine natürlich meine Stradivari.«

»Keine Angst, ich habe da schon eine heiße Spur.«

»Da ist noch etwas. Gülgün ist auch verschwunden.«

»Was denn? Die berühmte Standpauke?«

»Gülgün ist mein Dienstmädchen.«

»Darf ich raten?«

»Bitte schön.«

»Gülgün war die Geliebte Ihres Chauffeurs.«

»Woher wissen Sie das?«

Das genügte fürs Erste. Ich legte auf. Dann saß ich ein wenig herum und überlegte, wo sich ein türkisches Dienstmädchen, das gerade seinen Geliebten erschossen hatte, wohl verstecken würde. Ich suchte zuerst im Kühlschrank und dann in der zweitobersten Schreibtischschublade. Dort fand ich einen verschimmelten Apfel und eine Eintrittskarte für die Fußballweltmeisterschaft in Mexiko, 1968. Dann öffnete ich den Schrank. Ich hatte keine Ahnung, wer die Frau war. Sie saß einfach nur da und gähnte. Es gibt Frauen, die wird man einfach nicht mehr los. Ich beschloss, demnächst eine Ladung Mottenkugeln zu kaufen. Ich wollte ja nicht schuld daran sein, wenn die Gute eines Tages ein mottenzerfressenes Bild des Jammers abgegeben hätte.

Danach kümmerte ich mich wieder um wichtigere Dinge. Bei Sam stand noch immer der junge Schnösel hinter der Theke.

»Sie wollen sich doch nicht etwa bei mir entschuldigen, Maloney?«

»Wo denkst du hin? Eine Tracht Prügel hat noch nie jemandem geschadet. Schau nur mich an. Tausendmal berührt, und tausendmal ist nix passiert.«

»Ach, hören Sie mir mit dem verdammten ›nix‹ auf. Sie hätten wohl leichtes Spiel bei ihr gehabt.«

»Bei wem?«

»Na, bei der schönen Türkin, die eben hier war. Hab versucht, sie anzumachen. Hab ihr gesagt, dass ich gerne mal mit ihr in einem türkischen Bad schwitzen möchte.«

»Und was hat sie geantwortet?«

»Ich nix baden. Ich nix wollen schwitzen. Ich nix haben Deodorant.«

Ich ließ meinen Drink stehen und begann sie zu suchen. Nach zwei Stunden traf ich sie in einem Park. Sie fütterte die Enten.

»Ich hoffe bloß, dass Sie nicht auf die Tierchen schießen, Gülgün. Der Tierschutzverein ist schlimmer als die Polizei und Amnesty International zusammen.«

»Ich nix verstehen. Ich nix … Ach Sie sind es, Maloney. Ich wusste, dass Sie mich finden würden.«

»Wenn Sie es kurz machen, kann ich mir nachher noch die Gutenachtgeschichte im Fernsehen anschauen.«

»Ich wollte ihn nicht erschießen.«

»Tatsache ist, dass Fritz Wunder sein blaues Wunder in Form einer blauen Bohne erlebt hat.«

»Wir wollten weg aus der Stadt. Uns eine eigene Existenz aufbauen. Ich sagte ihm, dass ich nur mitkomme, wenn er die Stradivari mitlaufen lasse. Als Startkapital.«

»Der Traum von Glück und Reichtum. Eigentlich wäre Frau Engel ein sehr guter Anschauungsunterricht gewesen im Fach ›Geld muss nicht glücklich machen‹.«

»Ich bin lieber unglücklich am Swimmingpool als unglücklich neben Putzlappen und Desinfektionsmitteln.«

»Gehe ich recht in der Annahme, dass Ihr Freund da ein wenig anderer Meinung war?«

»Wir trafen uns, kurz nachdem Sie bei Frau Engel gewesen waren. Er sagte, er mache sich nichts aus Geld. Zu viel Geld bringe Unglück. Er habe die Stradivari deshalb verschenkt. Es ist nicht zu fassen. Wir hätten endlich eine Chance gehabt! Und er verschenkt unser Glück.«

»Und da haben Sie abgedrückt.«

»Ich wollte es nicht! Ich hatte die Waffe bei Frau Engel gefunden. Ich wollte Fritz drohen, damit er mir sagte, wo die Geige war. Er ging weg zu seinem Wagen. Ich rannte hinterher, stolperte, und da löste sich ein Schuss.«

Ich glaubte ihr und ließ sie bei den Enten. Wenn sie

Glück hatte, würde die Polizei nicht auf ihre Spur kommen. Sie brauchte bloß Glück und einen Engel. Und dieser Engel brauchte bloß eine Stradivari, um wieder einigermaßen zufrieden zu sein. Wenn man den Normalzustand von Frau Engel mit zufrieden überhaupt umschreiben kann.

Ich ging in eine Telefonzelle und blätterte im Telefonbuch. Dieser Fritz Wunder schien ein guter Junge gewesen zu sein. Und gute Jungs haben meist auch noch guten Kontakt zu ihrer Familie.

Familie Wunder lebte in einer kleinen Wohnung im schmutzigeren Teil der Stadt. Vater Wunder ließ mich ein.

»Wissen Sie, Herr Maloney, aus dem Jungen hätte etwas werden können. Aber er machte sich nichts aus Geld. Er wollte bloß genug Geld zum Leben. Da rackert sich unsereins ein Leben lang ab, damit die Kinder mal was werden, und die pfeifen dann einfach auf alles.«

»Haben Sie ihn vor seinem Tod noch gesehen?«

»Ja, er war noch da. Typisch Fritz. Brachte für seine kleine Schwester ein Geschenk mit. Eine Geige! Weiß der Teufel, was da wieder in ihn gefahren war. Dabei ist sie gut in der Schule. Vielleicht wird sie es einmal schaffen, vielleicht erfüllt sie sich einmal unseren Traum vom Reichtum.«

»Kann ich die Geige mal sehen?«

»Tut mir leid. Hab sie auf den Müll geschmissen. Die Kleine soll wichtigere Dinge lernen. Musik! Wer wird schon reich als Geigerin? Nein, nein, das war wieder so eine idiotische Idee von dem Fritz. Er ruhe in Frieden.«

Ich ging und suchte draußen den Müll ab. In einem

Hinterhof vernahm ich das Zupfen einiger Saiten. Ich schaute nach und fand ein Mädchen, das dem toten Fritz ähnlich sah. Sie strahlte. Ich ließ sie weiter zupfen. Dann gab ich ihr noch den Rat, die Geige vor ihren Eltern zu verstecken.

Ich weiß nicht, ob sie mit ihrer Stradivari glücklich wurde. Ich weiß nur, dass ich damals eine Nacht bei Frau Engel verbrachte. Sie fluchte stundenlang, und ich trank noch etwas länger. Am nächsten Morgen hatte sie ihre Stradivari vergessen, und mir brummte der Schädel. So kriegt jeder das, was er verdient.

Der Blockwart

Es war an einem sonnigen Frühlingsvormittag. Draußen hämmerte ein Pressluftbohrer, und in der Wohnung über mir war jemand am Staubsaugen. Ich nahm die Wattepfropfen aus meinen Ohren und hörte ein wenig zu. Ich stellte mir das Ganze als Klanggemälde eines modernen Komponisten vor und versuchte dem Lärm ein wenig Kultur abzugewinnen. Es half nichts. Ich stellte das Radio an, es klang auch nicht viel besser. Plötzlich hörte der Staubsauger auf zu saugen. Dafür klopfte es. Sie sah aus wie die Titelseite einer Fernseh-Illustrierten.

»Philip Maloney?«

»Aber ja doch. Und Sie sind sicherlich meine neue Klientin.«

»Schon möglich. Es geht um meinen Mann.«

»Nicht schon wieder!«

»Sie kennen meinen Mann?«

»Nein. Ich kenne ja nicht mal Sie.«

»Mein Name ist Lilian Marti. Ich bin die Moderatorin einer Talkshow im Fernsehen.«

Sie saß aufrecht in ihrem Stuhl, ihre Beine hatte sie übereinandergeschlagen. Ich schätzte sie so um die 40, vielleicht knapp darüber. Ihre Augen waren kühl berechnend. Sie war der Typ Frau, der einem an Seminaren von allem möglichen überzeugen konnte, sogar davon, dass sie Humor hatte. Und irgendwo steckte in ihr auch noch die Klassenkämpferin, die vor langer Zeit in Sandalen den Ho-Chi-Minh-Pfad erkundete und sich dabei einige Blasen an den Füßen holte. Solche Frauen mögen es, wenn man es ihnen nicht allzu leicht macht.

»Ach, wissen Sie, ich mache mir nichts aus Diskussionssendungen. Es wird ja doch nur geredet.«

»Das ist auch der Sinn der Sache.«

»Ich bevorzuge realistische Sendungen. Wo wird denn heutzutage noch diskutiert? Doch nur noch im Fernsehen. Es kommt ja kein Mensch mehr zum Diskutieren, weil sich alle ständig diese Diskussionssendungen anschauen. Eine realistische Sendung wäre doch die, dass man zwei Leuten zuschaut, die sich gerade eine Diskussionssendung anschauen. Aber so was gibt's nicht im Fernsehen.«

»Ich bin eigentlich nicht hier, um mit Ihnen über das Fernsehen zu sprechen.«

»Sehen Sie, auch Sie verweigern die Diskussion.«

»Wollen Sie diskutieren oder Geld verdienen?«

»Also, wenn Sie mich so direkt fragen – nun ja, diskutieren können wir auch ein anderes Mal. 500 am Tag plus Spesen.«

»Es geht, wie gesagt, um meinen Mann, Stefan Marti.«

»Schon wieder ein untreuer Ehegatte. Langsam werde auch ich noch zum Moralisten, nur damit ich mich nicht andauernd mit Seitensprüngen abgeben muss.«

»Mein Mann wird verdächtigt, einen anderen Mann ermordet zu haben.«

»Das hört sich schon wesentlich erfreulicher an.«

»Für Sie vielleicht.«

»Allen kann man es nie recht machen. Das sollten gerade Sie vom Fernsehen doch wissen. Wen soll er denn ermordet haben?«

»Einen Nachbarn. Jemand hat ihn gesehen, wie er dessen Wohnung verließ. Kurz darauf wurde die Leiche des Mannes gefunden. Von meinem Mann fehlt seither jede Spur.«

»Er ist verschwunden?«

»Ja. Trotzdem kann ich nicht glauben, dass er es gewesen ist. Die Polizei ist da allerdings anderer Ansicht.«

Ich versuchte, meine Freude nicht allzu deutlich auf meinem Gesicht aufscheinen zu lassen. Schließlich sah die Frau ein wenig mitgenommen aus. Endlich wieder ein Fall, der mit einer Leiche beginnt. Da weiß man wenigstens, was man hat. Nicht dass Sie jetzt glauben, unsereins bade täglich in Zynismus. Ich ziehe es vor zu duschen. Frau Marti gab mir einen Vorschuss und einige weitere Informationen. Dann ging sie. Ich schaute mir das Bündel Hunderter etwas genauer an. Danach machte ich mich auf den Weg ins Polizeipräsidium. Hugentobler, der Mann mit der niedrigsten Aufklärungsrate der Stadt, kam gerade aus einer Besprechung.

»Sieh an, Maloney, der Schrecken aller Witwen und Waisen. Haben Sie in Ihrer Schreibtischschublade eine Leiche entdeckt?«

»Keine Angst. Aber wenn ich Sie anschaue, wird mir ganz mulmig zumute. Sie sehen aus wie eine Karteileiche. Ein wenig vergilbt und vollgekleckert.«

»Ist das eigentlich ein Hobby von Ihnen, Polizisten zu beleidigen? Wir tun schließlich auch nur unsere Pflicht.«

»Sie tun Ihre Pflicht und unsereins übernimmt die Kür. Das nennt man Gewaltentrennung.«

»Na, dann rücken Sie mal raus mit der Sprache, Maloney. Hinter welchem Fall sind Sie heute her?«

»Sie verdächtigen Stefan Marti des Mordes.«

»Gratuliere. Das war ein lupenreiner Wesfall.«

»Das ändert nichts an der Tatsache, dass Sie wieder einmal einen Unschuldigen verdächtigen.«

»Unschuldig? Das ist ja direkt zum Lachen, Maloney.«

»Nur zu. Lachen Sie.«

Er lachte tatsächlich. Es klang grauenhaft. Ich wartete ein Weile, um die Peinlichkeit noch ein wenig zu vergrößern. Hugentobler räusperte sich, dann hob ich abwehrend meine Hand.

»Danke. Das genügt. Haben Sie eigentlich auch irgendwelche Talente? So ganz im Verborgenen?«

»Machen Sie sich nur lustig über mich. Aber diesen Stefan Marti kriegen wir schon. Klarer Fall, Maloney. Motiv, Spuren, Zeugen – alles da.«

»Was denn? Und das haben Sie ganz alleine herausgefunden?«

»Nicht ganz, Maloney. Wir sind ja ein Team hier bei der Polizei. Bei der Firmenmeisterschaft im Fußball sind wir immer ganz vorne dabei. Also, nur damit Sie sich wieder beruhigt unter den Schreibtisch legen können: Stefan Marti wurde gesehen, wie er die Wohnung des Ermordeten verließ. Unsere Spurensicherung hat einige Fingerabdrücke von ihm in der Wohnung sichergestellt. Und der Mann hat ein einwandfreies Motiv.«

»Da bin ich aber gespannt.«

»Zu Recht, Maloney, zu Recht. Der Ermordete hatte

ein etwas seltsames Hobby. Er hat sich nämlich Karteien von seinen Nachbarn angelegt. Auf denen hat er alles Mögliche über die Leute notiert. Da kam eine ganze Menge zusammen in all den Jahren.«

»Was denn? Der Kerl hat im Privatleben seiner Nachbarn rumgeschnüffelt?«

»Gut zugehört, Maloney, gratuliere.«

»Und dann hat er darüber eine Kartei geführt? Ist der Kerl etwa ein pensionierter Politiker? Oder etwa dieser, wie hieß er gleich ...?«

»Nur keine falschen Verdächtigungen, Maloney. Kann Sie teuer zu stehen kommen. Der Mann, der ermordet wurde, war ein pensionierter Beamter. Hat die Kartei wohl nur so zum Spaß angelegt. Sie kennen das ja, es gibt Pensionierte, die auf Baustellen herumlungern, und andere, die sich sinnvollere Hobbys zulegen.«

»Und in der Kartei sind alle Nachbarn?«

»Genau. Bis auf einen. Es gibt keine Karteikarte über Stefan Marti. Oder besser: Als wir kamen, gab es keine mehr.«

»Sie glauben also, dass Stefan Marti diesen Kerl umgelegt hat, um an seine Karteikarte zu kommen?«

»Klingt doch plausibel, oder, Maloney?«

Zugegeben, der Fall war relativ hoffnungslos. Aber schließlich hat auch unsereins ein Gewissen. Nicht gerade das Reinste, aber für unseren Berufsstand reicht es allemal. Ich beschloss also, für Frau Martis Geld noch ein wenig herumzuschnüffeln. Das Haus, in dem der Mord geschah, war ein älteres Mietshaus, in dem zehn Parteien wohnten. Es lag an einer dieser Straßen, die von der Stadt durch Blumentöpfe und andere Verkehrs-

hindernisse beruhigt wurden. Ich klingelte aufs Geratewohl. Eine Frau öffnete. Sie sah aus wie eine Frau, der
man in der Waschküche am liebsten aus dem Weg gehen
würde. Sie sah aber auch aus wie eine Frau, an der man
nicht vorbeikommt.

»Sind Sie von der Polizei? Ich habe nämlich gleich gedacht, dass das die Polizei ist, als es klingelte. Wissen
Sie, dieser Mord hier in unserem Haus lässt mir einfach
keine Ruhe. Vor allem, weil der Mörder ja noch frei her-
umläuft. Er läuft doch noch frei herum, oder? Auf jeden
Fall stehe ich Ihnen gerne zur Verfügung. Schließlich ist
das doch meine Pflicht, nicht wahr?«

»Darf ich vielleicht auch mal etwas sagen?«

»Aber natürlich. Also, ich habe mich schon immer
darüber gewundert, dass dieser Herr Stoller ständig mit
einem Notizblock herumgelaufen ist. Wissen Sie, hier
im Haus haben eigentlich alle vermutet, dass er herum-
spioniert. Vielleicht war er ja ein Agent oder so etwas
Ähnliches. Die sehen ja in Wirklichkeit auch aus wie
dieser Herr Stoller.«

»Und wie sah dieser Herr Stoller aus?«

»Na eben, wie ein Agent halt so aussieht. Er hat zum
Beispiel einen blauen Morgenrock getragen. Das ist
mir aufgefallen. Möchten Sie vielleicht hereinkommen
und einen Kaffee trinken? Ich trinke immer um diese
Zeit einen Kaffee. Das ist so eine Angewohnheit von
mir. Vermutlich steht das auch in diesen Karteikarten
von dem Stoller. Trinkt nachmittags gerne einen Kaffee.
Also, wenn Sie mich fragen, war dieser Stoller verrückt.
Nur Verrückte tun solche Dinge. Ich hatte da mal einen
Onkel, aber das interessiert Sie wahrscheinlich nicht.«

»Da haben Sie recht.«

»Wie bitte? Also, kommen Sie mir ja nicht so! Eine Frechheit, da will man der Polizei helfen, und dann das!«

Sie knallte mir die Türe vor der Nase zu. Ich blieb noch eine Weile stehen und rauchte einige Zigaretten. Dann ging ich zurück in mein Büro. Der Presslufthammer klang jetzt schon viel freundlicher. Alles war auf einmal viel freundlicher. Auch der Herr, der vor meinem Büro wartete, war freundlich. Er war so freundlich wie ein Geldeintreiber bei seiner ersten Visite. Ich ließ ihn trotzdem herein.

»Ich habe gehört, dass Sie im Mordfall Stoller ermitteln.«

»Ihr Gehör möchte ich haben, guter Mann. Unsereins hört manchmal kaum seine eigene Stimme.«

»Ich möchte, dass Sie das, was ich Ihnen sage, streng vertraulich behandeln.«

»Vielleicht könnten Sie mir streng vertraulich mitteilen, mit welchem Namen Sie bei Ihrer Geburt bestraft wurden.«

»Mein Name tut nichts zur Sache. Der Fall Stoller ist eine, nun, wie soll ich sagen, eine etwas delikate Angelegenheit.«

»Delikat für wen?«

»Nun, es werden dabei auch Dinge berührt, die von staatspolitischer Bedeutung sind.«

»Von welchem Staat reden Sie? Von Ihrem oder von meinem?«

»Stoller hat früher einmal für uns gearbeitet.«

»Stasi? Haben Sie etwa bei uns politisches Asyl beantragt oder sind Sie auf Stellensuche?«

»Ich bitte Sie. Bei uns heißt das Staatsschutz. Stoller war inoffiziell bei uns als Beamter tätig. Er hat Daten gesammelt und registriert. Aber er wurde schon vor Jahren pensioniert. Niemand hat gewusst, dass er privat weitermachte. Und wir möchten auch nicht, dass das an die große Glocke gehängt wird.«

»Keine Angst. An der großen Glocke hängen bei uns nur kleine Fische.«

»Wir legen Wert darauf, dass der Mordfall Stoller möglichst rasch aufgeklärt wird. Sie verstehen?«

»Na klar. Sie wollen nicht, dass da eventuell noch andere Dinge ins Spiel kommen. Mit anderen Worten, Sie möchten, dass ich den Fall abschließe und die Polizei Stefan Marti einlocht. Mit noch anderen Worten: Wie viel?«

»Nun, wir werden uns sicher einigen. Ganz sicher.«

Ich sah mir den Kerl etwas genauer an. Er sah aus wie diese Typen, die in den öffentlichen Verkehrsmitteln die Fahrkartenkontrolle machen: auffällig unauffällig. Ich schmiss den Kerl raus. Nachdem mich die Nachbarin schon beinahe dazu gebracht hatte, den Fall hinzuschmeißen, hatte dieser Kerl genau das Gegenteil bewirkt. Es roch nach Korruption, Skandal und Lügen. Kurz gesagt: Es roch nach Politik. Ich war je länger je mehr davon überzeugt, dass dieser Stefan Marti unschuldig war. Ich lauschte dem Klang des Presslufthammers, bis er verstummte. Danach lauschte ich dem Klang von Lilian Martis Stimme. Sie kam in mein Büro, setzte sich und weinte.

»Mein Mann ... Er ...«

»Er ist unschuldig, ich weiß.«

34

»Eben nicht.«

»Was soll denn das wieder heißen?«

»Er hat mich angerufen. Vor etwa zwei Stunden. Und er hat mir gestanden, dass er diesen Stoller umgebracht hat.«

»Schade. Damit ist der Fall wohl abgeschlossen.«

»Er hat auch noch gesagt, dass er Angst habe.«

»Verständlich. Die meisten Mörder haben Angst, dass sie geschnappt werden.«

»Ich glaube nicht, dass er vor der Polizei Angst hat.«

Das Telefon unterbrach uns. Hugentobler war dran.

»Ich habe da eine Neuigkeit für Sie, Maloney.«

»Darf ich raten? Ihre Frau ist mit einem einäugigen Schimpansen durchgebrannt.«

»Falsch, Maloney. Wir haben Stefan Marti gefunden.«

»Na, dann ist ja alles bestens.«

»Nicht ganz. Marti lebt nicht mehr. Er ist ermordet worden.«

»Sind Sie eigentlich in der Schule auch immer zu spät gekommen?«

»Unterlassen Sie die Scherze, Maloney. Ich nehme an, Sie ermitteln weiter?«

Ich schwieg und verabschiedete mich. Lilian Marti heulte noch immer. Ich stopfte mir die Ohrenpfropfen rein. Dann erzählte ich ihr, dass ihr Mann tot war. Ich sah, wie sie ihren Mund aufriss und wieder zuklappte. Danach kullerten wieder Tränen über ihre Wangen.

Ich rief ein Taxi und ließ sie nach Hause bringen. Dann schraubte ich mein Telefon auseinander. Ich fand eine Wanze. Sie lebte noch. Ich zerdrückte sie und wusch mir nachher die Hände. Es war höchste Zeit, etwas zu unternehmen. Ich ging zu Sam und bestellte mir ein Steak. Danach trank ich einen Whisky und kaufte mir einen Draht. Es ist immer von Vorteil, einen guten Draht zu haben. Ich ging noch einmal in das Haus, in dem Stoller ermordet wurde. Ich wartete, bis jemand ins Haus ging und hielt dann unauffällig einen Fuß zwischen Haustür und Angel. Dann ging ich nach oben. Ich stocherte mit dem Draht in Stollers Türschloss. Es funktionierte. Ich ging hinein. Dann ging plötzlich das Licht an. Der Mann vom Staat stand mir gegenüber.

»Ziemlich dilettantisch, Maloney. Mit dem Draht kriegen sie nicht mal einen Kuhstall auf.«

»Hat doch geklappt. Was wollen Sie mehr?«

»Die Tür war offen. Ich war zuerst dran. Wir haben den besseren Draht. Für alles.«

»Das sehe ich. Und? Werden Sie mich jetzt erschießen? Ich bin unbewaffnet und habe weder Frau noch Kinder.«

Er lächelte müde. Das Licht einer Spotlampe, die an der Decke hing, beleuchtete seinen Kopf. Im Gegenlicht sah er gar nicht mal so übel aus. Er hätte bei jeder Bank problemlos einen Kleinkredit erhalten. Aber Banken sind auch nicht sonderlich wählerisch.

»Nicht so dramatisch, Maloney. Sie sind illegal hier eingedrungen, ich bin illegal hier eingedrungen. Wenn wir beide je ein Auge zudrücken und das zweite verbinden, war keiner von uns beiden je in dieser Wohnung.«

»Verstehe. Und die Kartei ist plötzlich verschwunden.«

»Die ist längst weg. Ich habe nur noch mal überprüft, ob auch wirklich nichts vergessen wurde.«

»Und was machen Sie mit der Kartei?«

»Vernichten.«

»Das glauben Sie wohl selber nicht.«

»Wir vernichten alle Karteikarten – nachdem wir sie in unserem Computer erfasst haben. Aus Platzgründen.«

»Vielleicht wäre es besser, wenn Sie jetzt verschwinden. Aus Platzgründen.«

»Nur zu. Schauen Sie sich um. Sie werden nichts finden.«

Er ging, wie er vermutlich auch gekommen war: geräuschlos. Ich knipste das Licht aus und schaute mich in der Wohnung um. Unsereins sieht nicht nur die Schattenseiten des Lebens, auch in der Dunkelheit erkennen wir noch Schatten. Es dauerte eine Stunde. Dann hielt ich eine Videokassette in der Hand. Auf der Kassette stand in Großbuchstaben: DER BLOCKWART, daneben stand: EINHUNDERTFÜNF MINUTEN. Ich nahm die Kassette mit. Dann ging ich einkaufen. Ein junger Verkäufer sah mich gelangweilt an. Ich hatte ihn gerade bei der Lektüre eines Ferienkataloges unterbrochen.

»Sie wünschen?«

»Ich möchte einen Videorecorder mieten.«

»Mit Strichcode?«

»Nein danke. Ich nehme ihn uncodiert. Sind da alle Programme schon drin?«

»Kommt auf Ihre Antenne an. Sind Sie verkabelt?«

»Verkabelt? Nein. Ist das etwas Ansteckendes?«

Der Verkäufer sah mich missmutig an. Beratung ist auch nicht mehr das, was es früher einmal war. Ich nahm das Gerät unter den Arm. In meinem Büro hängte ich den Recorder an den Fernseher. Zwei Stunden später konnte ich endlich die Kassette reinschieben. Sie war aufschlussreich. Ich rief Lilian Marti zu mir. Sie sah wieder einigermaßen passabel aus. Sie heulte nicht mehr.

»Was soll das? Wollen Sie mit mir zusammen einen Film anschauen?«

»Warum nicht? Ich habe die Kassette aus Stollers Wohnung.«

»Na und?«

»Der Blockwart. 105 Minuten.«

»Was zum Teufel soll das?«

»Nun, ich habe mich gewundert, dass in Stollers Wohnung nur eine einzige Videokassette herumstand. Ist doch seltsam, nicht?«

»Wieso seltsam? Bei uns steht überhaupt keine Videokassette herum.«

»Eben. Entweder überhaupt keine oder dann mehrere. Eine Einzige, das ist selten.«

»Höchst interessant. Kann ich jetzt wieder gehen?«

»Moment mal.«

Ich schaltete den Videorecorder ein.

»Da ist ja gar nichts drauf. Das ist doch nur das Testbild.«

»Tja, und weshalb sollte jemand das Testbild aufnehmen?«

»Woher soll ich das wissen?«

»Der Blockwart. 105 Minuten. Sehen Sie, und jetzt sind wir dann gleich an der Stelle, 105 Minuten lang Testbild und dann … hören Sie gut hin.«

Es dauerte noch eine Weile. Ich mag solche Spannungsmomente. Frau Marti rutschte nervös auf dem Stuhl herum. Sie sah jetzt aus wie in einer ihrer Sendungen, wenn ihr die Diskussionsleitung entglitt. Dann kam die Stimme. Sie gehörte zu einem alten Mann, der ein passionierter Sammler war. Er tat uns den Gefallen, sich selber vorzustellen.

»Mein Name ist Stoller, ehemaliger Mitarbeiter der Staatsschutzabteilung 3. Ich bin fündig geworden. Lilian Marti ist die Frau, die uns unter dem Decknamen Dolores in den siebziger Jahren mit Informationen versorgt hat. Ich werde versuchen, sie wieder zu aktivieren.«

Frau Marti sah mich wütend an.

»Schalten Sie das Ding aus!«

Ich tat ihr den Gefallen. Sie starrte auf den flimmernden Bildschirm. Dann starrte sie auf mich. Sie hatte ausgespielt, und sie wusste, dass sie ausgespielt hatte.

»Er erpresste mich.«

»Er drohte Ihnen, die ganze Geschichte auffliegen zu lassen, wenn Sie nicht für ihn arbeiten würden.«

»Ich hatte das alles schon beinahe vergessen. Es war ein Schock, als Stoller plötzlich damit kam.«

»Und da haben Sie ihn umgebracht. Und den Mord wollten Sie Ihrem Mann in die Schuhe schieben.«

»Ich habe meinem Mann erzählt, dass ich Stoller getötet habe. Er konnte es nicht glauben. Er ging in Stollers Wohnung, um sich zu vergewissern.«

»Dann verschwand er, um den Verdacht auf sich zu lenken.«

»Er rief an. Er wollte, dass ich mich stelle. Wir trafen uns. Ich sagte ihm, dass ich mich nie stellen würde. Er sagte, dann gehe er zur Polizei.«

»Und da töteten Sie auch ihn.«

»Ich wusste keinen Ausweg mehr.«

Sie weinte nicht, als die Polizei sie holte. Ich saß noch

ein wenig herum und schaute fern. Ein Politiker beteuerte vor Journalisten, dass alles gar nicht so schlimm sei, dass die Demokratie Demokratie bleibe. Im Hintergrund lächelte ein netter Mann. Ich erkannte ihn gleich wieder. Es war der, der die Karteikarten aus Stollers Wohnung entfernt hatte. Ich schaltete den Fernseher ab und aß eine Banane. Sie schmeckte wie eine inländische. Irgendwann werden die Dinger auch vor meinem Fenster wachsen. Und das liegt nicht an der Klimaverschiebung.

Tod in Hollywood

Es war ziemlich schwül draußen, und im Licht, das in mein Büro drang, sah ich den Staub tanzen. Ich las die zwei Briefe, die ich in den vergangenen zwei Monaten erhalten hatte. Der eine war an einen Filippo Malone adressiert und der andere stammte von mir und war nie beim Adressaten angekommen. Ich machte mir nichts draus, denn plötzlich stand eine junge Frau in meinem Büro. Ihr Gesicht hing vor einigen Monaten als Zahnpastareklame in der Stadt. Ihre Zähne glänzten noch immer, und auch der Rest war kaum zu übersehen.

»Sind Sie noch frei?«

»Sehe ich aus wie eine Toilette?«

»Ich dachte, dass einer der bekanntesten Privatdetektive der Stadt vielleicht dauernd ausgebucht ist.«

»Ach, wissen Sie, unsereins ist wählerisch.«

»Das, was ich Ihnen anbiete, wird Sie sicherlich interessieren. Vermutlich bin ich Ihnen nicht ganz unbekannt …«

»Da haben Sie recht. Selbst ich muss mir diese albernen Werbespots im Fernsehen manchmal ansehen. Was mich interessieren würde: Putzen Sie Ihre Zähne tatsächlich mit dieser schleimigen Paste, für die Sie werben?«

»Ich bitte Sie. Ich bin Schauspielerin. Das mit der Zahnpasta ist längst passé. Haben Sie nicht gelesen, dass ich dabei bin, ganz groß herauszukommen?«

»Ach, wissen Sie, die Meisten sind gerade dabei, ganz groß rauszukommen. Vielleicht sagen Sie mir mal, wie Sie heißen und was ich für Sie tun kann.«

»Mein Name ist Rita Solaris, und ich bin Schauspielerin.«

»Haben Sie sonst noch irgendwelche Probleme? Zum Beispiel eine Leiche im Kühlschrank oder einen eifersüchtigen Ehemann unterm Bett?«

»Nichts dergleichen. Jemand will mich umbringen.«

»Das ist aber nicht nett. Obwohl ja ein paar Berühmtheiten erst nach ihrem Ableben groß herausgekommen sind. Vielleicht wäre das auch in Ihrem Fall karrierefördernd.«

»Daran habe ich noch gar nicht gedacht. Aber zuerst muss dieser Film fertiggestellt werden. Wir sind gerade mitten in den Dreharbeiten. Und da geschehen sehr seltsame Dinge. Gestern zum Beispiel wäre ich beinahe auf einen Nagel gesessen, der auf meinem Garderobenstuhl lag.«

»Das ist in der Tat ein schreckliches Attentat.«

»Und wie! Der Nagel war nämlich rostig. Nicht auszudenken, wenn ich mich tatsächlich hingesetzt hätte.«

»Und Sie möchten, dass ich herausfinde, wer es auf Ihren Allerwertesten abgesehen hat?«

»Ich möchte, dass Sie während den Dreharbeiten dabei sind und eingreifen, wenn diese Person wieder zuschlägt. Mein Regisseur ist unterrichtet. Er hat nichts dagegen einzuwenden.«

Ich streichelte meine Bartstoppeln und lächelte. Die Aussicht, ein wenig in den Kulissen eines Films herumzustehen und das Hinterteil der Hauptdarstellerin vor rostigen Nägeln zu schützen, war zwar nicht gerade das Gelbe vom Ei, aber besser als gar nichts. Rita Solaris füllte einen Check aus, und ich versprach, in einer Stunde am Drehort zu sein. Es dauerte schließlich etwas länger, der Drehort war eine alte Fabrikhalle am Stadtrand. Es herrschte ein emsiges Treiben, von meiner Klientin war nichts zu sehen. Möglicherweise war sie schon einem rostigen Nagel zum Opfer gefallen. Ein Mann kam auf mich zu und musterte mich.

»Sind Sie das Double für Erik?«

»Wie kommen Sie darauf? Sehe ich etwa aus wie ein Mann, der gerne Treppen hinunterfällt oder durch Glasscheiben springt?«

»Aber es war so abgemacht, dass das Double hier bereit steht. Haben Sie schon mal gespielt?«

»Poker, Backgammon, Schach, was Sie wollen.«

»Na gut, Sie können sich da drüben hinstellen.«

»Ich stelle mich überhaupt nirgends hin.«

»Jetzt stellen Sie sich nicht so an. Die Szene dauert bloß dreißig Sekunden. Völlig harmlos.«

»Und weshalb brauchen Sie dann ein Double, wenn die Szene so harmlos ist?«

»Wissen Sie was, Sie können mich mal. Ach, da kommt ja Rita … Rita, weißt du, wo das Double für die Bettszene ist?«

»Keine Ahnung. Ach, Maloney, Sie können mitkommen, ich bin noch nicht dran.«

»Moment mal. Hat der gerade gesagt, dass die ein Double für eine Bettszene brauchen?«

»Na klar, gefährliche Szenen werden alle mit Doubles gedreht.«

Sie sagte das mit einer Selbstverständlichkeit, mit der unsereins nicht mal das Essen bestellt. Ehe ich reagieren konnte, wurden wir von einem grauenhaften Husten abgelenkt. Der Hustende ging an uns vorbei, ohne uns zu beachten. Frau Solaris zeigte mit dem Finger auf ihn.

»Das da ist Peter, unser Double für alle Raucherszenen.«

»Vielleicht bin ich ja doch der richtige Mann. Für gewisse Szenen, meine ich.«

»Bravo, guter Mann, nur zu. Erik wird sich freuen. Also: keine Zungenküsse, nur streicheln. Ihr Partner hat einen Bart. Das stört Sie doch hoffentlich nicht, oder?«

»Moment mal. Sagten Sie Bart? Tut mir leid, ich bin allergisch gegen Barthaare. Ich habe ja nichts gegen diese modernen Filme, aber ich bin mehr der altmodische Typ.«

»Lass ihn, Paul, er ist der Detektiv, von dem ich dir erzählt habe. Vielleicht können Sie bei der nächsten Szene als Statist im Hintergrund stehen? Wäre doch toll. Ein Detektiv in einem Krimi als Statist!«

Sie nahm mich beim Arm und führte mich an einigen Scheinwerfern vorbei. Eine Frau erklärte mir die Szene. Irgendein Ganove sollte wild in der Gegend herumballern, und die Hauptdarstellerin musste dabei unablässig kreischen. Im Hintergrund standen einige Komparsen und wunderten sich. Ich setzte mich zu Rita Solaris in die Garderobe und wartete. Eine Stunde später wartete ich noch immer. Danach döste ich ein wenig vor mich hin. Als ich wieder erwachte und draußen nachschaute, waren sie schon beim Drehen. Ich hatte meinen Auftritt verschlafen. Der Regisseur war gerade dabei loszulegen.

»Gut. Probe. Rita, geh ein bisschen nach rechts, damit du besser losrennen kannst, wenn die Schießerei beginnt. Okay, sehr gut. Also, dann macht mal.«

»Das ist das Ende, Natascha!«

Ein Mann, der aussah wie ein süditalienischer Warenhausdetektiv, zielte auf Rita Solaris, die laut kreischte. Ein Statist im Hintergrund kippte um. Das sah alles ziemlich lächerlich aus. Der Regisseur unterbrach das Spektakel mit hochrotem Kopf.

»Stopp, stopp. Was soll denn das? Wer hat dem Statisten gesagt, dass er umfallen soll? Sieht doch grauenhaft aus, kein Mensch fällt so hin, wenn er tot ist.«

»Aber, Bobby, Hilfe, der ist, der ist tatsächlich tot, da ist alles voll Blut.«

Alle schauten entgeistert auf den Statisten. Die Kugel hatte sein Gesicht durchschlagen. Es hat manchmal sein Gutes, wenn man nicht ehrgeizig ist und berühmt werden möchte. Sonst würde ich jetzt daliegen. Wenigstens hätte ich mir dann das Gekreische meiner Klientin nicht mehr anhören müssen.

Es herrschte ein ziemliches Chaos. Der Regisseur lag in einer Ecke, und jemand flößte ihm irgendwelche Tropfen ein. Meine Klientin hatte aufgehört zu kreischen und saß auf einem Metallkoffer. Der Mann, der den Todesschuss abgegeben hatte, schaute ungläubig auf die Waffe, die er noch immer in der Hand hielt. Und die Polizei tat ihr übriges, um das Chaos noch ein wenig zu vergrößern. Hugentobler bewegte sich in der Szenerie wie ein Metzger, der sich in eine Kunstgalerie verirrt hatte.

»Na, Maloney, treten Sie jetzt in drittklassigen Krimis auf, oder sind Sie ganz zufällig hier?«

»Erraten. Ich nehme an, dass Sie den Fall bereits geklärt haben.«

»Klare Sache. Jemand hat anstelle der Platzpatronen scharfe Munition in den Revolver gesteckt. Und dieser Jemand hat auch gleich abgedrückt. Wir werden den Mann mitnehmen. Wetten, dass er bald gestehen wird?«

»Und weshalb sollte er das tun? Oder haben Ihre Jungs von der Spurensicherung auf den Klebestreifen ein Motiv gefunden?«

»Alles schön der Reihe nach. Wir haben eine Leiche, wir haben einen Mörder. Und das Motiv liegt irgendwo dazwischen.«

Er ging stolz weg und nahm den Todesschützen gleich mit. Meine Klientin ließ sich von ihrem Chauffeur nach Hause fahren, und der Regisseur wurde mit Blaulicht ins Spital gekarrt. Nur die Leiche blieb noch ein wenig liegen und wurde fotografiert. Ich ging hinter die Kulissen zu den Requisiten und der Dame, die dafür zuständig war. Sie war bleich wie ein Technicolorfilm, der zu lange an der Sonne gelegen hat.

»Ich kann das alles nicht glauben. Das ist schrecklich. Und ich habe die Waffe geladen … Unvorstellbar.«

»Haben Sie öfter scharfe Munition auf Lager?«

»Natürlich nicht. Das waren alles Platzpatronen. Ich habe die Waffe mit Platzpatronen geladen. Irgendjemand muss die Patronen vertauscht haben.«

»Die Polizei nimmt an, dass der Todesschütze derjenige war, der das getan hat.«

»Giovanni? Das kann ich einfach nicht glauben. Weshalb sollte er das tun? Weshalb sollte er diesen Statisten umbringen?«

»Vielleicht wollte er gar nicht den Statisten erschießen.«

»Sie glauben doch nicht etwa, dass … Nein … Weshalb sollte er das tun?«

Sie wiederholte die Frage noch einige Male. Ich wusste auch keine Antwort darauf. Was fehlte, war ein einleuchtendes Motiv. Wenn dieser Giovanni die Waffe manipuliert hatte, weshalb ging er das Risiko ein, selbst zu schießen? Rechnete er damit, dass die Polizei das Ganze als bedauerlichen Unfall abtun würde? Ich verließ den Drehort und ging zurück in mein Büro. Kurz darauf tauchte meine Klientin auf.

»Die Dreharbeiten sind vorläufig abgeblasen. Der Regisseur hat einen Nervenzusammenbruch. Und auch ich bin ziemlich geschockt.«

»Glauben Sie, dass die Schüsse für Sie gedacht waren?«

»Für wen sonst? Wer hätte ein Interesse daran, einen Statisten zu erschießen?«

»Kann dieser Giovanni Sie nicht ausstehen?«

»Giovanni? Nein, der war es nicht. Giovanni hat nichts gegen mich, im Gegenteil.«

»Aber er hat die Schüsse abgegeben.«

»Haben Sie die Frau gesehen, die für die Requisiten zuständig ist?«

»Ja. Sie sagt, dass sie die Waffe mit Platzpatronen geladen hat.«

»Wussten Sie, dass ihr Freund ein großer Verehrer von mir ist?«

»Mit anderen Worten: Die Requisite war und ist eifersüchtig auf Sie?«

»Genau. Sie hatte ein Motiv und sie war es, die die

Waffe geladen hat. Giovanni war nur ein Instrument in ihren Händen.«

Das klang alles plausibel. Ich machte mir einige Notizen, und danach verschwand meine Klientin. Sie sah noch immer ganz lecker aus, und sie war eine jener Frauen, die sich Mühe geben, lecker auszusehen. Ich rauchte eine Zigarette und suchte mir dann die Adresse des Filmproduzenten heraus. Bevor ich jedoch fündig wurde, klingelte das Telefon. Es war Hugentobler.

»Na, Maloney, studieren Sie gerade eine neue Rolle ein, oder haben Sie sich wieder mal unter den Schreibtisch gelegt, um Schafe zu zählen?«

»Unter meinem Schreibtisch leben keine Schafe. Ich nehme an, dass Sie wieder mal neue Erkenntnisse gewonnen haben. Vermutlich haben Sie herausgefunden, dass der Tote ein Verhältnis mit dem Kanarienvogel dieses Giovanni hatte?«

»Falsch, Maloney. Giovanni besitzt keinen Kanarienvogel. Dafür haben wir in seiner Wohnung scharfe Munition gefunden. Raten Sie mal, welches Kaliber?«

»Wenn Sie so fragen, ist eh alles klar.«

»Genau, Maloney. Das gleiche Kaliber, mit dem auch der Statist erschossen wurde. Giovanni brauchte also nur die Platzpatronen mit seinen eigenen Patronen zu vertauschen.«

»Und weshalb ballert er damit vor einem Dutzend Zeugen einen Mann nieder?«

»Als wir ihn mit dem Fund konfrontierten, brach er zusammen. Jetzt liegt er darnieder und brabbelt wirres Zeug. Ist doch ganz einfach: Niemand käme auf die Idee, dass jemand so blöd sein könnte. Gerade deshalb hat er es getan.«

»Mit Ihrer Logik könnten Sie auch beweisen, dass sich der Mars um die Erde dreht.«

Er war davon überzeugt, dass Giovanni den Statisten ermordet hatte. Ein Motiv fehlte weiterhin. Aber mit solchen Details geben sich Polizisten nicht gerne ab. Mir war jedoch klar, dass der Fall noch lange nicht gelöst war. Am nächsten Morgen blätterte ich in einigen Zeitungen. Meine Klientin kam überall groß heraus. Allen Journalisten hatte sie erzählt, dass der Mordanschlag eigentlich ihr gegolten habe. Und die Pressemeute stürzte sich gierig auf diese Story. Auch im Radio plapperte ein Mann die Geschichte zwischen zwei Musiktiteln daher. Ich schaltete das Ding aus und schmiss es in das Spülbecken. Dann machte ich mich auf den Weg. Das Spital, in dem der Regisseur lag, war eine dieser Privatkliniken, in denen nur vergoldete Blinddärme rausoperiert werden. Neben dem Bett saß die Frau von der Requisite.

»Das ist der Detektiv, von dem ich dir erzählt habe, Paul.«

»Ach ja … Glaubt die Polizei noch immer an die Schuld dieses Giovanni?«

Ich erzählte ihm, was die Polizei vermutete. Als ich den Namen meiner Klientin aussprach, reagierte er unwirsch.

»Bitte sprechen Sie diesen Namen nicht in meiner Gegenwart aus. Ich kann ihn nicht mehr hören.«

»Sie ist immerhin Ihre Hauptdarstellerin.«

»Weiß der Teufel, wie ich mich auf das einlassen konnte. Diese Nervensäge glaubt, sie sei die Garbo der neunziger Jahre. Dabei kann sie nicht einmal schwedisch.«

»Hat sie denn kein Talent?«

»Doch, doch, sie hat das Riesentalent, allen auf die Nerven zu gehen. Jede Aufnahme muss so ausgeleuchtet sein, dass man das Muttermal an ihrem Hals nicht sehen kann. Alles andere ist ihr egal.«

Die Frau von der Requisite drückte ihm fürsorglich die Hand.

»Sie müssen das verstehen, Maloney. Sie hat manchmal stundenlang gemeckert, wenn sie glaubte, dass die Szene nicht richtig ausgeleuchtet war.«

»Rita Solaris glaubt, dass die Schüsse ihr galten. Und sie verdächtigt Sie, weil Sie eifersüchtig auf sie seien.«

»Blödsinn. Weshalb sollte ich eifersüchtig sein? Ich habe mich von meinem Freund getrennt. Schon vor einigen Wochen. Ich werde mit Paul zusammenleben.«

Der Regisseur lächelte bitter.

»Falls ich je wieder aus diesem Bett aufstehe. Und jetzt wäre ich froh, wenn Sie sich verabschieden würden. Sie erinnern mich zu sehr an diese zickige Bonsai-Garbo.«

Ich ließ die beiden allein. Der Mann sah nicht sonderlich gut aus. Vermutlich war sein Magen bloß noch ein großes Geschwür, das rhythmisch vor sich hin zuckte. Ich ging zurück in mein Büro. Meine Klientin erwartete mich schon. Sie wedelte mit einem Check vor meiner Nase herum. Ich mag das nicht sonderlich.

»Ich möchte, dass Sie den Fall abschließen.«

»Fühlen Sie sich denn nicht mehr bedroht?«

»Doch, aber was soll's – wenn mich jemand umbringen will, dann schafft er das auch, egal, ob ich nun einen oder ein Dutzend Detektive in meiner Nähe habe.«

»Na, meinetwegen. Ich werde einige Franken auf die

hohe Kante legen, damit ich Blumen kaufen kann, wenn es so weit ist.«

»Besten Dank. Ach ja, ich würde Sie gerne heute Nacht zum Abend … ich meine heute Abend zum Nachtessen einladen. Um neun bei mir.«

Es klang wie ein Befehl. Ich nickte schweigend. Rita Solaris verdrehte ein wenig ihre Augen und verabschiedete sich mit einem gekonnten Hüftschwung. Ich ging unter die Dusche und danach einkaufen. Um neun saß ich bei der schönen Rita und rauchte. Sie trug ein kurzes Abendkleid, bei dem es ein Rätsel blieb, wie sie überhaupt in das enge Ding schlüpfen konnte. Ich ließ meine Zigarette auf den Boden fallen und fluchte dabei theatralisch.

»Nervös, Maloney?«

»Es geht. Nanu, was haben wir denn da?«

»Was ist das?«

»Eine hübsche kleine Revolverkugel. Das gleiche Kaliber, das auch im Kopf des Statisten stecken blieb. Und so was liegt bei Ihnen auf dem Teppich.«

»Sie fieser Dreckskerl! Die Kugel stammt von Ihnen!«

»Da haben Sie sogar recht. Und niemand würde mir glauben, dass eine so zarte Hand wie die Ihre solche Bleikugeln in fremde Waffen und Wohnungen legen würde.«

»Sie sind wohl nicht richtig bei Trost? Ich habe Sie nicht bezahlt, um mir einen Mord anzuhängen.«

Sie bebte vor Zorn. Es war ein hübscher Anblick. Ich genoss ihn noch ein wenig. Dann beruhigte sie sich wieder. Ich hielt noch immer die Kugel in der Hand und lächelte.

»Ich glaube, es ist besser, wenn Sie jetzt gehen.«

»Schon möglich, dass das besser wäre. Aber unsereins gehorcht manchmal seinen Instinkten und die sagen mir, dass es draußen öde und leer ist, solange ich diesen Fall nicht abgeschlossen habe.«

»Der Fall ist abgeschlossen!«

»Ja. Der gute Giovanni ist zusammengebrochen, als er erfuhr, dass in seiner Wohnung Munition gefunden wurde. Munition, die Sie dort versteckten. Was haben Sie ihm versprochen, damit er diesen Wahnsinn mitmacht? Geld? Ruhm? Oder den Reißverschluss Ihres entzückenden Kleides?«

»Ich weiß nicht, wovon Sie reden.«

»Das wissen Sie sehr wohl. Sie wollten ein wenig Publicity, und da kam Ihnen die Idee mit dem Mordanschlag. Sie überredeten Giovanni, scharfe Munition bei der Szene zu verwenden. Vermutlich sollte er bloß jemanden verletzen, leider traf er ins Schwarze. Als Ihnen klar wurde, dass es jetzt um einen Mord ging, haben Sie in Giovannis Wohnung die scharfe Munition versteckt, damit alles an ihm hängenbleibt. Irgendwann wird er Sie zwar noch beschuldigen, aber wer wird dem kleinen Giovanni schon glauben?«

»Die Geschichte ist idiotischer als all die schwachsinnigen Drehbücher, die mir bis jetzt angeboten wurden!«

Sie spielte ihre Rolle nicht übel. Es kam, was kommen musste. Giovanni gestand alles und beschuldigte sie, ihm den Auftrag zum Mordanschlag gegeben zu haben. Der gute Giovanni hatte einen kleinen Knacks abbekommen und das stellten dann auch die Gerichtspsychiater fest. Der Fall wurde nie restlos aufgeklärt. Rita Solaris erhielt danach einige Rollen in mittelprächtigen Filmen. Sie schaffte drei Regisseure, aber nie den großen Durchbruch. Später sah ich sie einmal im Fernsehen. Sie machte Werbung für Strumpfhosen. Ich tat, was ich in solchen Situationen immer tue: auf einen anderen Kanal schalten.

Jackpot

Ich stand in meinem Büro und trank Whisky. Es war ein sonniger Tag, und ich hatte Kopfschmerzen. Vermutlich lag es am Föhn. Ich hatte mir gerade die Haare gewaschen und mich rasiert. Ich überlegte, ob ich nicht einen Spaziergang machen sollte, da klopfte es an der Tür.

Sie trug ein elegantes Kleid und war ein wenig aufgeregt.

»Sind Sie noch frei?«

»Kommt drauf an.«

»Ich meine natürlich, ob Sie für mich einen Fall übernehmen.«

»Kommt drauf an.«

»Wie wäre es mit einer Anzahlung?«

»Klingt nicht schlecht.«

»Mein Bruder ist spurlos verschwunden.«

»Ach, wissen Sie, Spuren hinterlassen sie alle.«

»Mein Bruder nicht. Er ist ein sehr ordentlicher Mensch.«

»Und seit wann ist Ihr Bruder verschwunden?«

»Seit drei Tagen.«

»Und wie heißt Ihr Bruder?«

»Hübscher. Niklaus Hübscher. Mein Name ist Brigitte Hübscher.«

Der Name gefiel mir nicht sonderlich. Aber man soll

ja bekanntlich Leute nicht nach ihrem Namen beurteilen. Frau Hübscher sah so aus, als könnte sie sich auch langwierige Ermittlungen leisten. Ich beschloss, den Fall zu übernehmen.

»Mein Bruder hat sich selbstständig gemacht. Er hat zusammen mit seinem Freund Boris Weiss eine kleine Werbeagentur aufgemacht. Vor drei Tagen ist Niklaus nicht im Büro erschienen, und seither fehlt von ihm jede Spur.«

»Lebt Ihr Bruder allein?«

»Ja. Er wohnt in einem kleinen Haus am Stadtrand. Eine Tante hat es ihm vor einigen Jahren vererbt. Soviel ich weiß, hatte Niklaus keine feste Beziehung. Er lebte immer ein wenig eigenbrötlerisch.«

»Ist es schon vorgekommen, dass er plötzlich für eine Weile verschwand?«

»Nein. Wir haben häufig miteinander telefoniert und haben uns auch regelmäßig gesehen. Wenn Niklaus vorgehabt hätte, eine Weile zu verreisen, hätte er mir das sicher gesagt.«

»Vielleicht hat er sich verliebt und ist mit einer Frau nach Venedig, Davos oder sonst wohin gefahren. Verliebte machen oft solchen Unfug.«

»Daran habe ich auch schon gedacht. Aber Niklaus ist ein sehr pflichtbewusster Mensch. Er würde zumindest seinem Geschäftspartner eine Nachricht hinterlassen.«

»War er in letzter Zeit depressiv?«

»Ehrlich gesagt, an Selbstmord habe ich auch schon gedacht. Er hat in früheren Jahren ab und zu davon gesprochen. Aber mehr so theoretisch.«

»Waren Sie schon bei der Polizei?«

»Nein. Ich dachte, ich versuche es erst auf eigene Faust. Niklaus wäre es nicht recht, wenn plötzlich die Polizei hinter ihm her wäre. Er mag Polizisten nicht.«

»Kann ich gut verstehen. Ich würde mir gerne mal sein Haus ansehen. Vielleicht finde ich ja einen Hinweis.«

»Dann müssen Sie bessere Augen haben als ich. Ich war nämlich schon dort und habe nichts Auffälliges bemerkt.«

Sie gab mir den Schlüssel, die Adresse und einen Check. Zufrieden begleitete ich sie nach draußen. Dann ging ich in ein Warenhaus und kaufte mir ein Paar Handschuhe. Ich wollte keine Fingerabdrücke hinterlassen.

Das kleine Haus lag am See. Eine Schnellstraße führte vor der Haustüre vorbei. Ich wartete zwei Stunden, doch keiner der vorbeirasenden Wagen verlangsamte das Tempo. Schließlich schloss ich die Augen und ging einfach drauflos. Hinter mir hörte ich quietschende Bremsen und ein großes Krachen und Splittern.

Ich probierte den Schlüssel. Er passte.

»Hallo! Schnarcht da jemand? Hallo! Herr Hübscher!«

»Oh, mon dieu! Was wollen Sie hier? Sind Sie ein Einbrecher?«

»Das Gleiche wollte ich Sie auch gerade fragen.«

»Aber ich bitte Sie! Sehe ich etwa aus wie eine Einbrecherin?«

Ich schaute mir die Dame etwas genauer an. Sie trug blasse Jeans und ein enges T-Shirt, das ihren Busen ganz schön betonte. Ich schätzte sie auf Anfang zwanzig. Sie hatte auffallend dunkle Augenbrauen, und ihre Nase war ein wenig zu groß geraten.

»Einbrecher sehen in der Regel auch nicht viel schlimmer aus als die Leute, denen man täglich im Tram begegnet.«

»Ich heiße Dominique. Ich komme einmal in der Woche hierher und mache Ordnung.«

»Jaja, den Seinen gibt's der Herr im Schlaf.«

»Ich … ich war an einer Party letzte Nacht. Ich habe, wie sagen Sie … durchgemacht … Als ich dann in das Haus kam, sah ich, dass es schön aufgeräumt ist. Ich wollte bloß ein wenig mich hinlegen, nur ein paar Minuten und da …«

»Da sind Sie eingeschlafen.«

»Genau. Und Sie? Wollen Sie auch hier schlafen?«

»Ist vielleicht keine schlechte Idee.«

»Aber nicht mit mir! Ich schlafe nicht mit fremden Männern.«

»Mein Name ist Maloney.«

»Das genügt mir nicht.«

»Wussten Sie, dass Niklaus Hübscher seit drei Tagen verschwunden ist?«

»Nein. Sind Sie von der Polizei?«

»Ich bitte Sie … seine Schwester hat mich beauftragt, das Haus ein wenig unter die Lupe zu nehmen.«

»Sind Sie ein richtiger Privatdetektiv?«

Was soll unsereins darauf antworten? Ich zeigte ihr meine zittrigen Hände und meine gelben Zähne. Sie machte ein enttäuschtes Gesicht. Ich grinste wie Mickey Rourke und streifte mir die Handschuhe über. Dann begann ich mit der Durchsuchung. Dominique folgte mir. Ich versuchte es zuerst in den Zimmern. Es kam nicht Gescheites dabei heraus. Dann gingen wir in den Keller.

»Da! Die Tiefkühltruhe!«

»Na und? Was ist damit?«

»Haben Sie nicht gelesen das Buch: Mord in Kehrsatz? Die Leiche der Frau war in der Tiefkühltruhe ihres eigenen Hauses.«

»Wer redet denn hier von Leiche?«

Ich ging auf die Tiefkühltruhe zu und öffnete sie. Die Überreste einiger toten Tiere lagen darin.

»Sehen Sie: nichts als Fleisch und Eis.«

»Vielleicht hat man Herrn Hübscher zerhackt?«

»Na, hören Sie mal, wir sind hier nicht in einem Schundroman. Wenn Sie mich fragen, liegt Niklaus Hübscher uns zu Füßen.«

»Aber ich sehe nichts ...«

»Hier ... Die Erde wurde an dieser Stelle erst kürzlich umgegraben. Sehen Sie diese dunklen Flecken?«

»Aber ... dann stehen wir hier ja auf einer Leiche ...«

»Ist anzunehmen.«

»Muss ich jetzt schreien?«

»Ich bitte darum.«

Dominique schrie, und ich holte mir einen Spaten und begann zu graben. Niklaus Hübscher war kein Hübscher mehr. Sein Gesicht sah ziemlich mitgenommen aus. Dominique wurde es schlecht. Sie ging nach oben auf die Toilette. Ich ging ebenfalls nach oben – zum Telefon – und meldete den Leichenfund der Polizei.

Ich machte es mir auf einem Sofa bequem und flößte mir und Dominique ein wenig Whisky ein. Es dauerte einige Minuten, bis die Polizei erschien. Eine ganze Horde von Spurensicherern strömte in den Keller hinunter. Ein alter Bekannter von mir setzte sich neben uns aufs Sofa und sah mich streng an. Ich blickte streng zurück.

»Na, Maloney, gehen Sie öfters in fremde Keller, um dort nach Leichen zu graben?«

»Nur wenn mir langweilig ist. Fragen Sie mich jetzt bitte nicht, in welchem Auftrag ich hier bin.«

»Das werden wir schon noch herausfinden. Ich nehme nicht an, dass die junge Dame Ihre Assistentin ist. Kann mir nicht vorstellen, dass Sie sich so was leisten können.«

»Ach, wissen Sie, eine Ehefrau ist manchmal viel teurer als eine Assistentin.«

»Wem sagen Sie das, Maloney? Trotzdem – wer ist die Frau?«

»Ich heiße Dominique … Sie sehen aber lustig aus … Ist das ein Kostüm für den Karneval?«

»Aufgepasst, Dominique. Der sieht tatsächlich so aus. Manchen Menschen spielen die Gene übel mit.«

»Wenn Sie so weitermachen, muss ich Sie beide mitnehmen.«

»Ich möchte schlafen. Ich bin müde.«

»Kein Wunder. Das Herumtragen von Leichen ist ganz schön anstrengend.«

»Sie glauben doch nicht etwa, dass Dominique diesen Niklaus Hübscher im Keller vergraben hat?«

»Seit auch die Frauen in Fitnessstudios gehen, ist nichts mehr unmöglich. Die haben ja bald mehr Muskeln als wir. Sogar meine Frau macht seit neuestem Bodybuilding.«

»Vermutlich will sie damit verhindern, dass Sie ihr zu nahe treten.«

»Lassen Sie Ihre Scherze, Maloney. Die Lage ist ernst,

und für gewisse Leute ist sie sogar beschissen. Die Dame kommt mit aufs Revier.«

»Haben Sie dort eine Pritsche?«

Dominique schien überhaupt nichts begriffen zu haben. Der Polizist legte mir nahe zu verschwinden. Ich ließ mich nicht zweimal bitten. Ich ging in eine Telefonkabine und versuchte meine Klientin zu erreichen. Vergeblich.

Nach einem kleinen Spaziergang erreichte ich das Büro von Niklaus Hübscher und Boris Weiss. Ein jugendlich wirkender Mann öffnete auf mein Klingeln.

»Sind Sie Boris Weiss?«

»Das bestreitet niemand.«

»Ich wollte eigentlich zu Niklaus Hübscher.«

»Der ist nicht da.«

»Und wann ist er wieder da?«

»Keine Ahnung.«

»Das verstehe ich nicht.«

»Ehrlich gesagt: Ich habe keine Ahnung, wo Niklaus steckt. Er hat sich schon seit drei Tagen nicht mehr blicken lassen.«

»Und das beunruhigt Sie nicht?«

»Nun ja, Gedanken mache ich mir schon. Aber schließlich lebt jeder sein eigenes Leben. Es nervt mich schon ein wenig, dass Niklaus mich einfach so hängen lässt.«

»Das ist auch gar nicht seine Art.«

»Ach, weiß der Teufel, was in den Köpfen anderer Menschen vorgeht. Sie kennen sicher die Geschichte von dem Mann, der nur mal gerade Zigaretten holen wollte und dann zehn Jahre später wieder zurückkam.«

»Es gibt Orte, von denen man überhaupt nicht mehr zurückkommt.«

»Was soll denn das wieder heißen? Sie glauben doch nicht etwa, dass Niklaus etwas zugestoßen ist?«

»Nun, niemand gräbt sich selber ein Loch, legt sich hinein und schüttet es wieder zu.«

»Wie bitte?«

»Ganz einfach: Niklaus Hübschers Leiche wurde im Keller seines Hauses gefunden.«

»Aber das ist doch unmöglich ... wer ... ich ... entschuldigen Sie, aber ich kann das einfach nicht fassen ...«

Er setzte sich auf einen Stuhl und blickte ins Leere. Ich schaute mich ein wenig in seinem Büro um. Es war vollgestopft mit teuren Geräten: Computer, Telefax, Kopierer und mehrere Telefone. Boris Weiss sagte nicht mehr viel. Ich ließ ihn alleine und ging in mein eigenes Büro. Meine Klientin erwartete mich. Sie hatte gerötete Augen, und ihrem Blick sah man an, dass sie sich fürchterlich zusammennahm. Ich versuchte ihr etwas Tröstendes zu sagen.

»Denken Sie daran, dass viele Menschen nicht einmal einen Bruder haben. Ihrer ist zwar jetzt tot, aber es gab ihn immerhin einmal. Ich zum Beispiel hatte nie einen Bruder.«

»Sie sind ja schlimmer als diese Fernsehpfarrer.«

»Tut mir leid. Aber in meinem Beruf sind Leichen so alltäglich wie schmutzige Bettwäsche und Mundgeruch.«

»Ein schrecklicher Beruf.«

»Es gibt Schlimmeres. Denken Sie nur an Versicherungsvertreter. Die treffen auch täglich auf Mundgeruch. Und die Leichen, denen die ihre Policen andrehen, sehen vielleicht ein wenig lebendiger aus als meine Leichen. Aber was soll's.«

»Die Polizei hat Dominique verhaftet. Ich kann mir nicht vorstellen, dass sie etwas mit dem Mord zu tun hat.«

»Wissen Sie, wie Ihr Bruder ermordet wurde?«

»Ja, erschlagen, mit einem stumpfen Gegenstand.«

Sie schaute auf den Boden und begann dann wieder zu schluchzen. Ich suchte in meinem Schreibtisch nach einem Papiertaschentuch, fand aber nur eine Rolle Toilettenpapier. Ich gab sie Frau Hübscher.

Eine Stunde später saßen wir immer noch da. Das Toilettenpapier war inzwischen alle. Das Telefon klingelte. Ich nahm den Hörer ab. Hugentobler schrie mir ins Ohr.

»Hallo, Maloney. Ich wollte Ihnen bloß mitteilen, dass der Fall abgeschlossen ist.«

»Sicher haben Sie herausgefunden, dass Niklaus Hübscher in seinem Keller einen Schacht graben wollte, um nach Gold zu schürfen, und dabei von einer Steinlawine erschlagen wurde.«

»Aber nicht doch, Maloney. Ist alles viel einfacher. Dominique hat den Mord gestanden.«

Brigitte Hübscher schüttelte langsam den Kopf und stützte sich dabei mit einem Ellbogen auf den Schreibtisch.

»Ich kann mir einfach nicht vorstellen, dass Dominique es getan hat.«

»Vielleicht ist er zudringlich geworden, und sie hat sich gewehrt. Klassischer Fall von Notwehr.«

»Und wie hat sie meinen Bruder in den Keller geschleppt?«

»Vielleicht hat ihr jemand dabei geholfen.«

»Vielleicht, vielleicht. Ich weiß gar nicht mehr, was ich denken soll. Was soll ich bloß tun?«

»Wie wär's mit Whisky?«

»Ein Joint wäre mir lieber.«

»Tut mir leid. Ich bin ein Drogensüchtiger der alten Schule.«

»Könnten Sie mir noch einen Gefallen tun?«

»Wenn's weiter nichts ist.«

»Diesen Lottozettel hier habe ich in Niklaus' Wohnung gefunden. Er ist auf den Namen Boris Weiss ausgestellt. Könnten Sie ihn ihm zurückgeben?«

Ich nahm den Zettel und schaute ihn mir an. Er sah aus wie alle Lottozettel aussehen: wie ein Veteranenfriedhof. Lauter Kreuze darauf. Der Zettel war nicht abgestempelt. Frau Hübscher ging, und bald darauf ging ich auch.

Auf der Polizeihauptwache waren lauter Beamte, die Lottozettel ausfüllten.

»Na, fühlen Sie sich einsam und verlassen, Maloney? So ganz ohne Leichen und Polizisten?«

»Ich wollte bloß einmal nachschauen, ob Dominique noch lebt. Vermutlich haben Sie sie stundenlang mit Ihrem Kaffee gefoltert, um ein Geständnis zu erpressen.«

»Dominique trinkt keinen Kaffee. Ich habe ihr eigenhändig Tee zubereitet. Im Übrigen hat sie sofort gestanden. Sie fragte bloß: ›Was werden Sie mit mir machen, wenn ich gestehe?‹ Ich antwortete: ›Einen fairen Prozess, der lebenslänglich dauert.‹ Tja, und dann hat sie ausgepackt.«

»Die Kleine will sich doch bloß wichtig machen. Typischer Fall von Fernsehverblödung. Sie stellt sich den Prozess einfach wahnsinnig spannend vor. Spannender als diese ewige Putzerei.«

»Jetzt werden Sie bloß nicht gesellschaftskritisch.

Fehlt bloß noch, dass Sie der Klimaverschiebung die Schuld geben.«

»Apropos Klimaverschiebung: Ist Ihnen auch schon aufgefallen, dass Sie immer mehr einem Gorilla ähnlich sehen? Früher gab es so was noch nicht in diesen Breitengraden.«

»Sie können mich mal, Maloney. Muss jetzt nämlich zum Kiosk. Acht Millionen warten auf mich.«

»Jaja, acht Millionen können sich nicht irren. Ist es eigentlich ein neuer Volkssport, dieses Ausfüllen von Lottozetteln?«

»Versuchen Sie es doch auch mal. Letzte Woche waren es noch 5 Millionen, jetzt sind schon acht Millionen im Jackpot.«

Es hat manchmal auch seine guten Seiten, wenn man sich mit Menschen aus den unteren Bildungsschichten abgibt. Der Polizist brachte mich auf eine Idee. Ich ging in ein Zeitungsarchiv und blätterte. Danach notierte ich mir ein paar Zahlen und ging ins Büro von Boris Weiss. Er saß an seinem Schreibtisch und zeichnete irgendetwas.

»Was wollen Sie schon wieder? Ich habe der Polizei bereits alles gesagt, was ich weiß.«

»Haben Sie ihr auch gesagt, dass Sie Lotto spielen?«

»Wie kommen Sie darauf?«

»5 Millionen sind eine schöne Stange Geld.«

»Ich habe noch nie etwas im Lotto gewonnen.«

»Theoretisch schon.«

»Was soll das? Mein Geschäftspartner und Freund ist tot, und Sie quasseln von Lottozahlen. Es wäre mir angenehm, wenn Sie sich jetzt verabschieden würden.«

Ich blieb stehen, holte den Lottozettel aus der Tasche und hielt ihn ihm unter die Nase. Der Schein war theoretisch fünf Millionen wert. Die Zahlen waren am vergangenen Wochenende gezogen worden. Doch aus irgendeinem Grund war der Schein nicht abgestempelt worden. Boris Weiss wurde weiß im Gesicht. Er hatte begriffen.

»Ich habe durchgedreht. Können Sie das verstehen? Ich habe Niklaus den Zettel gegeben, damit er ihn noch zum Kiosk bringen konnte. Ich blieb hier im Büro und arbeitete. Aber er ging nicht zum Kiosk. Er ging nach Hause, weil dort meine Frau bereits auf ihn wartete.«

»Ihre Frau?«

»Sie hatte ein Verhältnis mit ihm. Ich erfuhr es Anfang Woche. Ich spiele seit Jahren Lotto, immer dieselben Zahlen. Ich wusste sofort, dass ich gewonnen hatte. Ich ging zu Niklaus, um den Schein abzuholen. Er wollte mich zuerst nicht reinlassen. Kein Wunder. Meine Frau war bei ihm.«

»Und dann sagte er Ihnen, dass er den Lottoschein nicht abgegeben hatte.«

»Zuerst war ich völlig verwirrt, als ich meine Frau bei ihm sah. Sie ging dann. Es war alles so offensichtlich. Und dann kam die Geschichte mit dem Lottozettel. Ich habe völlig durchgedreht. Als ich wieder einigermaßen vernünftig denken konnte, lag Niklaus tot am Boden, und ich hielt eine Tischlampe in der Hand, und überall war Blut.«

»Und Ihre Frau?«

»Sie war, wie gesagt, schon vorher gegangen. Am nächsten Tag packte sie und fuhr weg zu einer Freundin. Sie weiß vermutlich noch gar nicht, dass Niklaus tot ist.«

Boris Weiss stellte sich freiwillig der Polizei. Einige Stunden später rief Dominique an. Sie war ganz aufgeregt und freute sich, dass sie ihren Freundinnen in Paris so viel zu erzählen hatte. Später ging ich zu Brigitte Hübscher und erzählte ihr die Geschichte mit dem Lottozettel. Sie bot mir einen Joint an, und dann rauchten wir. In der Nacht träumte ich von acht Millionen. Ich wachte schweißgebadet auf. Ich tat, was ich in solchen Situationen immer tue: kalt duschen.

Schwarz auf weiß

Ich saß auf meinem Stuhl und blätterte in einigen Zeitschriften. Ein Kurier hatte mir die bunten Hefte vorbeigebracht, nachdem ich einem gewissen Herrn Bosch versprochen hatte, in seinem Verlag zum Rechten zu sehen. Es dauerte zwei Stunden, bis dieser Herr Bosch in meinem Büro stand. Er hatte graue Haare, die wie Raureif glänzten, und er trug einen Anzug, der so aussah, als könnte er notfalls auch von alleine zur chemischen Reinigung spazieren. Herr Bosch sah sich in meinem Büro um. Ich lächelte.

»Ich mag Leute mit Sinn für spartanische Lebensweise.«

»Das lässt sich leicht sagen, wenn man selber Schuhe trägt, die mehr kosten, als andere Leute in einem Monat fürs Essen ausgeben können.«

»Die Zeit der Ideologien ist vorbei, Herr Maloney. Was heute zählt, ist Stil.«

»Ach, wissen Sie, es gibt Leute, bei denen das Wort Stil auch bloß eine Stilblüte ist.«

»Sie mögen Leute wie mich nicht, stimmt's?«

»Vermutlich sind Sie ein großartiger Vater, ein zärtlicher Liebhaber und ein großzügiger Vorgesetzter, der sich sechzehn Stunden am Tag für das Wohl seiner Untergebenen aufopfert. Und wozu das alles? Wenn Sie mir darauf eine ehrliche Antwort geben, mag ich Sie vielleicht.«

»Egoisten sind wir alle.«

»Sagte die Katze und fraß den Vogel. Vielleicht wäre es besser, wenn Sie endlich zur Sache kommen würden. Sonst wird mein Weltbild vom Unternehmer, der ständig von einer Sitzung zur nächsten rast und zwischendurch einem Mitarbeiter zur Geburt seines Sohnes gratuliert, noch erschüttert.«

»In meinem Verlag gab es in den vergangenen Wochen einige seltsame Vorkommnisse. Wir müssen davon ausgehen, dass da ein Saboteur am Werk ist.«

»Haben Sie irgendwelche Anhaltspunkte?«

»Keine konkreten. Mal sind es Computer, die abstürzen, Dienstpläne, die unlesbar gemacht werden, dann sind es Unterlagen, die verschwinden, oder Telefonapparate, die demoliert werden.«

»Hört sich mehr nach Schabernack an.«

»Sicher, bis jetzt ist nichts Gravierendes geschehen. Aber diese vielen kleinen Ereignisse sorgen für Unruhe. Es wird viel darüber spekuliert, wer dahinter stecken könnte. Zumal wir in unserem Verlag im Moment eine etwas gereizte Stimmung haben.«

»Werden einige Leute wegrationalisiert?«

»Nein. Wir befinden uns mitten in einer großen Umstrukturierung. Diese Reorganisation wird jedoch nur geringe Auswirkungen auf die Personalsituation haben. Aber natürlich gibt es immer Leute, die um ihren Arbeitsplatz bangen, ganz abgesehen von der Gewerkschaft, die sich naturgemäß schwertut mit innovativen Ideen, die aus der Verlagsleitung stammen.«

»Sie vermuten also, dass die Gewerkschaft hinter den Sabotageakten steht?«

»Das habe ich nicht gesagt. Ich glaube, dass es das Werk eines Einzelnen ist, vielleicht sind es auch zwei, aber sicherlich finden diese Aktionen nicht die Zustimmung des Personals. Ich möchte, dass Sie herausfinden, wer der Täter ist.«

»Arbeiten bei Ihnen auch Frauen?«

»Selbstverständlich.«

»Dann könnte es also auch eine Täterin sein?«

»Das ist nicht auszuschließen. Übernehmen Sie den Fall?«

Ich übernahm. Die Aussicht, einige Tage in einem größeren Betrieb herumzuschnüffeln und dabei in der Kantine zu speisen und den Kaffeeautomaten benutzen zu können, war ausschlaggebend. Schließlich braucht auch unsereins ab und zu eine warme Mahlzeit. Draußen war es kalt, und den Weg zur Stadtküche kannte ich auswendig. Herr Bosch übergab mir eine Personalkarte. Ich war nun Angestellter eines der großen Verlagshäuser der Stadt. Meine Berufsbezeichnung war »Sachbearbeiter für rückwärtige Dienste«. Ich gab mir keine Mühe herauszufinden, was das genau war.

Ich schaute mich zuerst ein wenig in der Kantine um. Eine Frau kam auf mich zu und musterte mich neugierig.

»Sind Sie neu hier?«

»Ja. Maloney ist mein Name. Sachbearbeiter.«

»Freut mich. Ich bin Claudia Breu. Vertrieb. Und ich bin im Vorstand der Gewerkschaft.«

»Interessant. Stimmt es, dass hier alles ganz anders werden soll?«

»Sie meinen diese Reorganisation? Nun, es wird viel geredet und geplant. Ich persönlich glaube nicht, dass sich viel ändern wird. Außer vielleicht, dass die Chefposten ein wenig rotieren. Möchten Sie einen Kaffee?«

»Aber ja doch.«

»Dann gehen wir am besten zum Automaten. Der Kaffee in der Kantine ist ungenießbar.«

»Und das Essen?«

»Kommt auf Ihren Magen an.«

Ich lächelte säuerlich. Das hat man nun davon, dass man einen an sich trostlosen Fall aus ernährungstechnischen Gründen annimmt. Vielleicht ist das Leben eines heruntergekommenen Detektivs, der in der Stadtküche speist, gar nicht so übel im Vergleich zu diesen gut bezahlten Verlagsleuten, die sich ihre Magengeschwüre mit schlechtem Essen warm halten. Wir gingen zum Kaffeeautomaten und warfen Kleingeld ein.

»Wissen Sie, die Einzigen, die bei einer Reorganisation in der Regel profitieren, sind die Bürokraten. Jede Umstrukturierung bläst die Verwaltung auf. Und eine aufgeblasene Verwaltung ist ein guter Grund, wieder umzustrukturieren.«

»Und was machen Sie als Gewerkschafterin dagegen?«

»Na ja, was in unserem Pflichtenheft steht: protestieren, Communiqués schreiben und Flugblätter verteilen.«

»Das klingt ein wenig resigniert.«

»Ach, wissen Sie, die Gewerkschaften sind in diesem Land wie brave Hunde. Man hat ihnen erlaubt, ein wenig zu bellen, damit sie garantiert nie richtig zubeißen.«

Dann stürzte plötzlich ein junger Mann schreiend auf uns zu.

»Vorsicht! Trinken Sie ja keinen Kaffee!«

»Ich weiß. Kaffee ist ungesund. Deshalb trinke ich ihn ja. Ich habe nicht vor, gesund zu sterben.«

»Wenn Sie diesen Kaffee trinken, fallen Sie tot um!«

Claudia Breu schaute den jungen Mann verblüfft an. Er war drauf und dran, mir den Kaffee aus der Hand zu schlagen.

»Sag mal, spinnst du?«

»Nein. Bosch von der Verlagsleitung hat vorhin auch Kaffee aus dem Automaten geholt. Und jetzt liegt er in seinem Büro und ist tot. Vergiftet.«

Es dauerte einige Minuten, bis die Polizei zur Stelle war. Boschs Leiche lag gekrümmt auf dem Boden, daneben lag ein brauner Plastikbecher. Der junge Mann, der Bosch gefunden hatte, war nicht mehr da. Überhaupt war es erstaunlich, dass außer mir niemand bei der Leiche blieb. Ab und zu schauten einige Leute herein. Einer ging über Boschs Leiche und holte sich irgendeine Akte vom Schreibtisch.

Danach kam mein Freund und Helfer. Hugentobler freute sich sichtlich über meine Anwesenheit.

»Na, Maloney, haben Sie endlich einen anständigen Job gefunden, oder sind Sie wieder einmal ganz zufällig über eine Leiche gestolpert?«

»Ach, wissen Sie, bei der Qualität der Lebensmittel, die wir heutzutage zu uns nehmen, ist es doch nicht weiter erstaunlich, dass ab und zu jemand daran zugrunde geht.«

»Nun, ich glaube, es ist nicht normal, dass Leute an einer Zyankali-Vergiftung sterben.«

»Tja, da bleibt also bloß noch die Frage zu klären: Wie kam das Zyankali in den Kaffee?«

»Mit der Milch.«

»Jaja, die Kühe sind auch nicht mehr das, was sie früher mal waren.«

»Die Kühe werden sich bedanken. Nein, Maloney, der Fall ist ziemlich klar. Dieser Herr Bosch hatte einen Kühlschrank in seinem Büro, und in diesem Kühlschrank war die Milchtüte, und in dieser Milchtüte war das Zyankali.«

»Dann hätte ich meinen Kaffee also gar nicht wegschütten müssen?«

»Ich finde, dass man diese Automatenbrühe immer wegschütten müsste. Einen richtigen Kaffee gibt's nur zu Hause, bei meiner Frau.«

»Was denn? Sie haben eine Frau? Ist sie kurzsichtig, schwerhörig und geruchsunempfindlich?«

»Lassen Sie meine Frau aus dem Spiel, Maloney. Sagen Sie mir lieber, was Sie hier verloren haben.«

»Bis jetzt nur eine Menge Zeit. Und Zeit ist bekanntlich Geld. Also habe ich etwa drei Franken fünfzig verloren.«

»Ich möchte ja bloß nicht, dass Sie hier noch unnötig herumschnüffeln. Wir haben den Täter nämlich schon.«

»Tatsächlich? Doch nicht etwa den Verkäufer vom Supermarkt, der aus Spaß an der Freude Zyankali in Milchtüten spritzt?«

»Sie halten uns wohl für völlige Idioten, Maloney. Weil Sie es sind, verrate ich es Ihnen: Der Täter war der junge Mann, der diesen Bosch gefunden hat. Er hat sofort gewusst, dass der Mann vergiftet wurde. Wer außer dem Täter hätte das schon wissen können?«

Er hob stolz seine Augenbrauen und blinzelte mit einem Auge. Dann ging er. Wenig später ging auch Bosch, das heißt, er wurde gegangen. Sein 16-Stunden-Tag endete exakt um 14:30 Uhr in einem Metallsarg. Ich hatte wieder einmal keinen Vorschuss verlangt.

In der Stadtküche gab es um diese Zeit auch nichts mehr zu essen. Ich beschloss, noch ein wenig im Verlagshaus herumzuschnüffeln. Schließlich kann auch unsereins immer wieder etwas dazulernen. In einem Großraumbüro saß eine einzige Frau an einem Computer und tippte. Ich hustete.

»Tut mir leid, ich kann nicht mehr.«

»Meinetwegen müssen Sie auch nicht.«

»Ich … oh … entschuldigen Sie. Ich dachte, dass mir schon wieder jemand seine Artikel zum Eintippen geben wolle.«

»Sind Sie die Einzige, die um diese Zeit hier arbeitet?«

»Sehen Sie sonst noch jemanden?«

»Nein.«

»Damit wäre Ihre Frage beantwortet. Haben Sie sonst noch ein Problem?«

»Ja, manchmal habe ich so ein Ziehen in der Leistengegend.«

»Das sind Altersbeschwerden.«

»Hören Sie mal, so alt bin ich nun auch wieder nicht.«

»Hat man Sie eigentlich hergeschickt, um mir auf den Geist zu gehen, oder ist das Ihr Naturell?«

»Ich bitte Sie! Ich wollte bloß fragen, wo all die anderen Verlagsangestellten sind.«

»Ein Teil ist dauernd an irgendwelchen Sitzungen.«

»Und der andere Teil?«

»Der andere Teil ist das ganze Jahr über damit beschäftigt, irgendwelche Intrigen zu spinnen.«

»Und wer macht all die Zeitschriften?«

»Das sehen Sie doch.«

»Was denn? Sie ganz allein?«

»Nicht ganz. In jedem Büro gibt es jemanden wie mich. Und wenn der Laden neu organisiert wird, sind wir es, die am Schluss dran glauben müssen.«

»Dann hätten Sie allen Grund, die Verlagsleitung zu hassen.«

Die Frau schaute mich verblüfft an. Ehe sie etwas sagen konnte, kam Claudia Breu dazwischen.

»Vorsicht! Dieser Mann ist ein Schnüffler.«

»Na und? Soll er doch schnüffeln. Meine Achselhöhlen sind sauber. Mein Deo versagt nie.«

»Sie sind doch ein Schnüffler, oder?«

»Zugegeben. Ich bin Privatdetektiv.«

»Dann sorgen Sie dafür, dass Boschs Mörder gefunden wird und dass sie Peter wieder freilassen.«

»Und wo, glauben Sie, ist der Mörder zu finden?«

»Sicher nicht hier. Bosch war als Verlagsleiter nicht unumstritten. Es gibt einige Leute in der Direktion, die auf seinen Posten scharf waren. Und die Frau eines dieser Direktoren ist zufällig Apothekerin. Macht es da nicht klick bei Ihnen?«

»Tut mir leid, ich höre nichts.«

Ich ging mit der Gewerkschafterin in die Direktionsetage. Die Direktion hatte gerade eine Krisensitzung. Alle trugen Anzüge wie der verblichene Herr Bosch. Hinter verschlossenen Türen pokerten sie nun um seine Nachfolge. Claudia Breu führte mich in ein Büro, an dessen Wänden lauter Einsatzpläne hingen.

»Scheiße.«

»Wieso? Ich rieche nichts.«

»Der Direktor mit der Apothekersfrau ist seit zwei Wochen in den USA bei einer Tochtergesellschaft unseres Verlagshauses.«

»Mit anderen Worten: Er kommt als Täter nicht infrage. Hatte Bosch eigentlich eine Sekretärin?«

»Ja, natürlich.«

»Ist sie schlank, langbeinig und unwiderstehlich?«

»Sind wir das nicht alle?«

»Vielleicht hatte Bosch ein Verhältnis mit seiner Sekretärin?«

»Und die hat ihn dann mit Zyankali vergiftet, weil er sich nicht von seiner Frau scheiden lassen wollte.«

»So ähnlich habe ich mir das vorgestellt.«

»Bosch lebte mit einem schlanken, langbeinigen Schauspieler zusammen.«

»Tja, es ist alles nicht mehr so wie früher. Sind wenigstens Sie noch für kleine anatomische Unterschiede zu begeistern?«

»Meinen Sie damit Ihre krumme Nase?«

»Ich dachte eher an gewisse männliche Attribute, die in früheren Zeiten den Frauen weiche Knie bereitet haben.«

»Weiche Knie krieg ich bloß bei dem Gedanken, dass mein Freund jetzt gerade verhört wird, weil diese Idioten von der Polizei glauben, dass er Bosch umgebracht hat.«

Ich packte meinen Charme in eine Tüte und warf sie in den Papierkorb. Es wurde langsam Zeit, dieses Irrenhaus zu verlassen. Claudia ließ nicht locker und führte mich noch mal in Boschs Büro. Ich tat, was ich in solchen Situationen immer tue: wühlen. Nach ein paar Minuten hielt ich eine Menge Papier in den Händen.

»Das sind Boschs Pläne für die Reorganisation.«

»Ich wette, dass der Mörder irgendwo zwischen den Zeilen zu finden ist.«

»Ich weiß nicht. Dieses Bosch-Papier ist ein riesiger Luftballon, der einzig und allein den Zweck hat, unzählige Sitzungen einzuberufen, damit alle das Gefühl haben, es gehe Ihnen an den Kragen.«

»Aber irgendetwas musste Bosch doch mit dieser Reorganisation bezwecken!«

»Wenn es einem Angestellten langweilig wird, räumt er den Schreibtisch auf. Wenn es den Bossen langweilig wird, schaffen sie eine neue Betriebsstruktur.«

Ich blätterte ein wenig in den Papieren, die alle den Vermerk «Vertraulich" trugen. Nach etwa 15 Seiten, die mit nebulösen Formulierungen gefüllt waren, stieß ich auf einen einzigen konkreten Satz. Ich strich ihn rot an und ließ die Gewerkschafterin stehen. Sie öffnete den Mund, sagte aber nichts. Ich versprach ihr, dass ihr Freund noch am selben Tag frei sein würde. Ich ging nach unten.

Das Büro des Hauswarts war eine kleine Kammer. Die Wohnung war gleich daneben. Ich klingelte. Seine Frau öffnete.

»Ist es wieder wegen der Toilette im dritten Stock?«

»Nein. Wegen der Leiche im zweiten Stock.«

»Dafür sind wir nicht zuständig. Wir reparieren bloß sanitäre Anlagen.«

»Kann ich mit Ihrem Mann sprechen?«

»Wenn es sein muss ... er fühlt sich aber nicht sehr wohl ...«

Sie ließ mich hinein. Der Hauswart saß in einem Sessel

und hatte ein Glas in der Hand. Der Whisky stand daneben. Sein Blick ging durch mich hindurch. Seine Gedanken hinterließen eine muffige Atmosphäre im Raum.

»Dieser Mann will dich etwas fragen, Paul.«

Paul schaute zu mir auf und nickte langsam. Er nahm einen großen Schluck aus dem Glas und sah mich dann mit glasigem Blick an.

»Es sind immer die kleinen Leute, die es am Ende trifft. Woran liegt das bloß?«

»Vielleicht daran, dass die meisten kleinen Leute ihr Schicksal duldsam hinnehmen. Es gibt allerdings auch Ausnahmen.«

»Es war sinnlos. Ich weiß. Aber es gibt Momente, da denkt man nicht an Sinn oder Unsinn. Da hasst man bloß.«

»Aber Paul … Sei still. Man könnte ja denken, dass du …«

»Dass er diesen Bosch umgebracht hat, nicht wahr?«

»Lass nur, Paula. Ist doch jetzt völlig egal. Wissen Sie was, Herr Kommissar?«

»Maloney ist mein Name. Sie wollen mich doch nicht etwa beleidigen?«

»Sie sind nicht von der Polizei?«

»Wenn ich so aussehe, dann ist irgendetwas schiefgelaufen bei meiner Geburt.«

»Siehst du, Paul. Er ist nicht von der Polizei. Sie werden es nicht herausfinden.«

»Ach, wissen Sie, früher oder später wird auch die Polizei auf die Idee kommen, Boschs Pläne durchzulesen. Und dann werden sie auch jene Seite lesen, in der steht, dass die Wohnung des Hauswarts in Büros umgebaut werden soll und künftig kein Hauswart mehr beschäftigt wird.«

»Ich habe das Papier aus reiner Neugier gelesen. Vielleicht ist es falsch, neugierig zu sein. Wissen Sie, in fünf Jahren wäre ich pensioniert worden. Ein schöner Abgang mit Blumen und einem Fest. Aber so ...«

»Aber Paul ...«

»Es tut mir leid, Paula.«

Ich ließ die beiden allein. Dann ging ich noch ein wenig im Verlagshaus herum. Unterwegs kam mir wieder eine Horde von Sitzungsteilnehmern entgegen. Irgendwo wurden sicher gerade wieder neue Arbeitsgruppen gebildet und neue Sitzungsdaten festgelegt. Ein Mann mit fliehendem Kinn, der wie eine wandelnde Intrige aussah, lächelte mir opportunistisch zu. Ich holte mir einen Kaffee aus der Kantine. Die Gewerkschafterin hatte recht gehabt: Er schmeckte scheußlich. Ich ging nach draußen und atmete tief durch. Es begann zu regnen. Ich tat, was ich in solchen Situationen immer tue: fluchen.

Die Verfolgte

Ich saß in meinem Büro und schaute auf die Frau, die mir gegenüber Platz genommen hatte. Sie lächelte verkrampft und sah ein wenig aus wie eine Fernsehansagerin, die sich über eine Peinlichkeit hinwegmogelt. An ihrem Handgelenk hing eine dieser Uhren, die so laut ticken wie eine Zeitbombe in alten Filmen.

»Mein Name ist Wochner. Ich werde verfolgt.«

»Interessant. Und wer verfolgt Sie?«

»Ein Mann.«

»Donnerwetter. Und was will dieser Mann von Ihnen?«

»Ich weiß es nicht. Vielleicht will er mich umbringen.«

»Hat der Mann denn ein Motiv?«

»Woher soll ich das wissen?«

»Sie könnten ihn ja mal danach fragen.«

»Aber ich bitte Sie! Ich frage diesen Mörder doch nicht, weshalb er mich umbringen möchte.«

»Vielleicht will der Sie gar nicht umbringen.«

»Selbstverständlich will er das!«

Frau Wochner bestand darauf. Ich ließ ihr ihren Mörder. Schließlich lebt unsereins nicht gerade in Wohlstand und Luxus. Die Armbanduhr begann immer lauter zu ticken. Mir brummte bereits der Schädel. Aber eine laute Armbanduhr ist kein gutes Motiv, um jemanden umzubringen. Ich ließ es bleiben.

»Ich traue mich kaum mehr aus dem Haus. Ständig steht dieser Mann vor meiner Wohnung und beobachtet mich.«

»Haben Sie es schon einmal mit Vorhängen versucht?«

»Darum geht es nicht. Das ist kein Spanner. Dem geht es doch nur darum, meinen Tagesablauf herauszufinden, damit er mich dann töten kann.«

»Und wie sieht er aus?«

»Ich stehe normalerweise etwa um sieben auf und gehe dann unter die Dusche.«

»Schön und gut. Aber mich würde mehr interessieren, wie dieser Mann aussieht, der Ihre Wohnung beobachtet.«

»Also, der sieht aus wie dieser Schimanski in den Krimis. Ein ganz brutaler Typ.«

»Weshalb gehen Sie nicht zur Polizei?«

»Da war ich schon. Aber die … ach, wissen Sie, die Polizei kümmert sich nicht um uns Frauen. Für die sind wir alle hysterisch und haben Verfolgungswahn.«

Ich nahm den Fall an. In der Regel genügt es, diesen Typen einen Schreck einzujagen. Ich versprach Frau Wochner, am Abend ihr Haus im Auge zu behalten und mir alle Verdächtigen vorzuknöpfen. Dann legte ich mich eine Weile hin. Ich träumte davon, dass mir der neue Stadtpräsident einen Kulturpreis überreichte. Danach sah ich in den Spiegel und sah aus wie ein Schriftsteller. Schweißgebadet erwachte ich und stellte mich unter die Dusche. Es war kurz nach sieben. Höchste Zeit, Frau Wochners Wohnhaus aufzusuchen. Es lag in einer ruhigen Straße. Ich setzte mich unauffällig auf eine kleine Steinmauer. Zwei Minuten später stand Frau Wochner neben mir.

»Sie kommen zu spät, Maloney.«

»Wieso? Sie leben doch noch. Oder täusche ich mich da? Meine Augen sind auch nicht mehr die besten.«

»Vor ein paar Minuten war er wieder da. Dieser Mann, der wie der Schimanski aussieht.«

»Hat er Sie bedroht?«

»Nein. Aber er ging vor dem Haus auf und ab und schaute zu meiner Wohnung hinauf. Ja. Und dann verschwand er im Haus.«

»Was denn? In Ihrem Haus?«

»Nein. Im Haus gegenüber. Das macht er oft so. Manchmal fünfmal am Tag. Und immer versteckt er sich dann im Haus gegenüber.«

»Na, dann werde ich mir das Haus gegenüber mal anschauen.«

»Ja, tun Sie das. Sind Sie bewaffnet?«

»Ach, wissen Sie, mit meinem Charme entwaffne ich jeden.«

»Der ist aber gefährlich, dieser Schimanski.«

Sie schaute vorsichtig in alle Richtungen, ehe sie in ihre Wohnung zurückging. Ich machte mich auf den Weg ins Nachbarhaus. Die Tür war geschlossen. Ich klingelte aufs Geratewohl. Es dauerte einige Sekunden, dann öffnete sich die Tür. Genau in diesem Moment kam mir dieser Schimanski entgegen. Ich fasste ihn am Jackett und sah ihn mit einem Blick an, den selbst Polizisten fürchteten.

»He Sie, ich will Sie nie wieder hier sehen, verstanden?«

»Sie können mich mal. Diese Idioten haben eh keine Ahnung. Dabei sieht doch jedes Kind, dass ich der Beste bin. Mal ehrlich, wie sehe ich aus?«

»Na, wie dieser Schimpanse aus dem Fernsehen.«

»Ach, lecken Sie mich doch sonst wo, Mann.«

»Das könnte Ihnen so passen. Lassen Sie gefälligst Frau Wochner in Ruhe.«

»Kommen Sie mir jetzt nicht noch mit Weibergeschichten. Ich habe die Nase gestrichen voll. Das können Sie denen da oben mal laut und deutlich sagen. Karo-Film kann mich mal.«

Es war ein mittelprächtiger Abgang. Er versuchte die Tür hinter sich zuzuknallen. Doch es war so ein Ding mit automatischer Federung. Er verrenkte sich beinahe den Arm und verschwand fluchend. Ich ging einen Stock höher zur Karo-Filmgesellschaft. Ich klingelte. Eine Frau öffnete.

»Tut mir leid. Wir suchen Männer mit Schnurrbärten.«

»Solange kann ich nicht hier warten.«

»Sie müssen zugeben, dass Sie ihm nicht sehr ähnlich sehen.«

»Das will ich doch schwer hoffen. Wem sollte ich denn ähnlich sehen?«

»Wollen Sie sich nicht als Doppelgänger bewerben?«

»Wie kommen Sie denn auf diese Schnapsidee?«

»Gottseidank. Ich kann nämlich langsam nicht mehr. Seit zwei Wochen kommen hier täglich ein Dutzend Schimanski-Doppelgänger vorbei. Und das nur wegen eines Werbespots. Ich kann diese Typen bald nicht mehr sehen.«

»Interessant. Und die sehen alle aus wie dieser Schimanski?«

»Ich kann diesen Namen gar nicht mehr hören. Natürlich darf ich hier ausbaden, was sich unsere Kreativen an Schwachsinn einfallen lassen. Ein Werbespot für Rheumawäsche mit lauter Schimanskis drin.«

»Ist immer noch besser als ein Tatort für Rheumakranke.«

Draußen heulte plötzlich eine Sirene los. Die Frau erschrak ein wenig.

»Was ist denn das?«

»Klingt nach Feuerwehr.«

»Das muss hier in unserer Straße sein.«

In unserem Beruf hat man ja manchmal Vorahnungen. Diesmal dauerte es eine Weile, bis die Ahnung vor meinem geistigen Auge vorüberzog. Ich stürzte nach unten, riss die Tür auf und eilte über die Straße. Aus dem Haus meiner Klientin quoll dichter Rauch. Feuerwehrmänner rollten Schläuche aus, und durch den Qualm hörte ich meine Klientin.

»Hilfe! Maloney! Der will mich umbringen!«

Das Feuer war schnell gelöscht und meine Klientin und mein Honorar gerettet. Wir standen vor dem Haus, während die Feuerwehr wieder abzog. Meine Klientin war außer sich.

»Er wollte mich umbringen, Maloney. Stellen Sie sich das vor: Verbrennen wollte er mich.«

»Nun beruhigen Sie sich doch. Noch ist nicht geklärt, ob es Brandstiftung war.«

»Aber das ist doch offensichtlich.«

»Wieso? Haben Sie den Täter gesehen?«

»Nein. Ich war in der Küche. Plötzlich roch es so seltsam. Da habe ich die Wohnungstüre geöffnet, und da sah ich den Rauch.«

»Woher kam er denn? Aus dem Treppenhaus?«

»Ja. Auf meinem Stockwerk! Er wollte mich umbringen! Wo bleibt denn bloß die Polizei?«

»Bloß das nicht.«

»Da!«

»Wo?«

Ich drehte mich um, sah aber nichts. Doch plötzlich spürte ich eine Hand auf meiner Schulter.

»Hier, Maloney.«

»Du meine Güte, Hugentobler. Muss das denn sein? Machen Sie eigentlich nie Ferien? Wenn das die Polizei-Gewerkschaft wüsste?«

»Die weiß zum Glück noch weniger als ich, Maloney.«

»Das dürfen Sie laut sagen.«

»Also, Maloney, wo ist die Leiche?«

Meine Klientin versuchte sich wieder in den Vordergrund zu drängen.

»Hier.«

»Waren Sie als Lebende auch immer so vorlaut?«

»Ich bitte Sie. Der wollte mich umbringen.«

Ich ging dazwischen und vermittelte.

»Darf ich vorstellen: Frau Wochner.«

»Angenehm. Moment mal, sind Sie etwa die Dame, die ständig Stimmen hört?«

»Stimmen?«

Ich schaute meine Klientin verwirrt an. Sie zuckte bloß mit den Schultern.

»Das erkläre ich Ihnen später, Maloney.«

»Das will ich aber schwer hoffen.«

»Ich muss jetzt gehen, Maloney. Die Pflicht ruft. Die Feuerwehr hat uns einen Leichenfund gemeldet.«

»Was denn? Hier in diesem Haus?«

»Das sage ich doch die ganze Zeit. Das ist ein Mörder.«

»Ein Mann. Liegt tot im Wohnzimmer. In der Wohnung, in der auch der Brand ausbrach. Holz, Heinz Holz.«

»Aber ... das ist mein Nachbar! Er hat den Falschen erwischt, Maloney. Das galt mir ...«

»Also, ich gehe jetzt zurück in mein Büro. Eine Leiche und ein Polizist genügen. Die ergänzen sich so toll. Der eine denkt nicht aus Berufung und der andere wurde aus seinen Gedanken abberufen.«

»Und was mache ich? In die Wohnung zurück gehe ich nicht mehr.«

Ich nahm sie mit in mein Büro. Sie bestand darauf, mir eine Kassette vorzuspielen. Mir war der Sinn nicht gerade nach Musik. Aber was soll's, ich ließ sie gewähren.

»Hören Sie das?«

»Klingt wie Kurzwelle.«

»Wenn Sie genau hinhören, hören Sie die Stimmen.«

»Was für Stimmen? Radio Tirana auf dem Weg zur Marktwirtschaft?«

»Wissen Sie, es gibt Leute, die behaupten, dass diese Stimmen auf Tonband Stimmen aus dem Jenseits sind. Das ist natürlich völliger Blödsinn.«

»Ach, wissen Sie, es gibt gewisse Radioprogramme, die klingen tatsächlich wie aus dem Jenseits.«

»Blödsinn, kompletter Blödsinn. Nur Schwachköpfe können so etwas glauben. Tot ist tot. Weshalb sollten Tote ausgerechnet auf Tonband reden? Und weshalb reden sie dann nicht auf Telefonbeantworter? Da wären sie wenigstens immer bei der richtigen Person. Nein, das ist Blödsinn. In Wirklichkeit sind das die Stimmen von Außerirdischen.«

»Und weshalb sprechen die nicht auf den Telefonbeantworter?«

»Weil die unsere Kurzwellen benötigen, um mit uns in Kontakt zu treten.«

Ich hörte mir das Gepfeife noch eine Weile an. Dann verließ ich meine Klientin und machte mich auf den Weg ins Polizeipräsidium. Es roch wie immer nach frisch gebohnertem Boden und pensionskassenpflichtigen Beamten.

»Na, Maloney, fleißig mit den Außerirdischen kommuniziert?«

»Woher kennen Sie eigentlich die Frau Wochner?«

»Sie hat vor zwei Monaten eine Mitteilung auf Tonband erhalten, auf der sie Außerirdische gewarnt haben, dass jemand sie umbringen möchte. Seither meldet sie uns jeden Mann, der länger als 10 Sekunden vor ihrem Haus stehen bleibt.«

»Und was ist mit der Leiche ihres Nachbarn?«

»Tja. Ziemlich seltsame Geschichte. Sieht ganz nach Brandstiftung aus.«

»Selbstmord?«

»Dachte ich zuerst auch. Aber da gibt es noch etwas, das recht merkwürdig ist. Der Mann hatte zwei Promille im Blut und Wasser in der Lunge. Er ist ganz offensichtlich in seiner Wohnung ertrunken.«

»Während es brannte? Hat die Feuerwehr da nicht ein wenig übertrieben?«

»Nein, nein. Das war nicht vom Löschwasser. Der Mann war schon tot, als die Feuerwehr kam.«

»Also doch ein Mord.«

»Sieht ganz danach aus.«

Ich ging zurück in mein Büro. Es konnte Zufall sein, es konnte aber auch mehr dahinter stecken. Vielleicht hatte meine Klientin doch recht, und jemand wollte ihr an den Kragen. Als ich in mein Büro kam, war meine Klientin verschwunden. Dafür saß eine andere Frau da. Ihre Augen waren gerötet, und das kam nicht vom Smog.

»Mein Name ist Frisch. Anna Frisch. Ich bin eine Bekannte von Heinz Holz.«

»Moment mal. Ist das nicht der Mann, der tot in seiner brennenden Wohnung lag?«

»Genau. Ich war noch bei ihm, kurz bevor es geschah. Als er noch lebte.«

»Interessant. Und weshalb erzählen Sie das nicht der Polizei?«

»Ich ... ich war geschäftlich bei ihm.«

»Verstehe. Und als Sie gingen, lebte er noch?«

»Allerdings. Er hatte zwar getrunken. Aber er war noch ganz und gar lebendig.«

»Und woher wissen Sie, dass er tot ist?«

»Ich hatte meine Uhr bei ihm vergessen. Als ich zurückkam, war er schon weg. Eine Nachbarin erzählte mir, was geschehen war.«

»Und jetzt möchten Sie die Uhr wieder haben?«

»Die Uhr ist nicht so wichtig. Ich möchte nur eine Aussage machen.«

»Für Aussagen ist die Polizei zuständig.«

»Das geht nicht. Ich mache solche Besuche nicht offiziell, wenn Sie wissen, was ich meine.«

»Eine lukrative Nebenbeschäftigung, verstehe.«

»Heinz Holz hat mir gesagt, dass er dabei sei, groß abzukassieren. Genaueres hat er nicht gesagt. Und als ich ging, kam mir im Treppenhaus ein Mann entgegen. Er erschrak ziemlich, als er mich sah.«

»Und Sie nehmen an, dass dieser Mann zu Heinz Holz wollte?«

»Ja. Ich bin mir ziemlich sicher.«

»Und wie sah dieser Mann aus?«

»Ich weiß, es klingt albern. Aber er sah ein wenig aus wie dieser Schimanski im Fernsehen.

Langsam hatte ich genug. Es genügte offensichtlich nicht, dass die ganze Stadt voll von Möchtegern-Schimanskis war, ausgerechnet einer davon sollte jetzt auch noch der Mörder von Heinz Holz sein. Ich suchte meine Klientin und fand sie in ihrer Wohnung.«

»Tut mir leid, dass ich einfach so verschwunden bin. Aber während Sie weg waren, habe ich eine Botschaft erhalten. Die Außerirdischen haben mir mitgeteilt, dass für mich keine Gefahr mehr bestehe. Ist das nicht toll?«

»Wunderbar. Haben die Außerirdischen auch verlauten lassen, wer nun mein Honorar bezahlt?«

»Der Check ist schon unterwegs.«

»Den Marsmenschen sei's gedankt. Da ich nun schon mal hier bin, würde ich gerne einen Blick in die Nachbarswohnung werfen. Sie wissen nicht zufällig, wie ich da am besten hineinkomme?«

»Wie wär's mit der Tür?«

»Fabelhafte Idee. Haben Sie zufällig einen Schlüssel?«

»Hier.«

»Donnerwetter. Wo haben Sie denn den her?«

»Herr Holz war häufig weg, und da hat er mir einen Schlüssel gegeben, damit ich die Pflanzen gießen kann.«

Ich ging zusammen mit Frau Wochner in die Wohnung des Ermordeten. Es roch nach verbranntem Plastik. Im Schlafzimmer fand ich die Uhr seiner Dame für gewisse Stunden. Es war auch so eines dieser lärmigen Dinger. Im Wohnzimmer stand ein Fotoapparat mit Teleobjektiv auf einem Stativ.

»War dieser Herr Holz Fotograf?«

»Nein. Diese Kamera sehe ich zum ersten Mal. Vor einem Monat hatte er die noch nicht.«

»Sieht ganz danach aus, als ob er hier aus dem Fenster etwas fotografiert hat.«

»Das ist aber seltsam. Da drüben ist doch nur ein Haus.«

»Allerdings.«

»Sehen Sie etwas?«

Ich schaute durch den Sucher und sah tatsächlich etwas. Es war ein Hinweis, mehr nicht, aber er genügte, um einem gewissen Herrn ein paar unangenehme Fragen zu stellen. Ich ging in das Haus gegenüber. Als ich bei der Werbefilmagentur Karo klingelte, öffnete mir wieder die junge Frau. Sie erkannte mich auch.

»Sieh an. Sind Sie eigentlich ein neuer Mieter im Haus?«

»Nein, ich bin auf der Suche nach einem Schimanski-Doppelgänger.«

»Tut mir leid. Wir haben die Kampagne abgeblasen. Fritz, äh, Herr Born hat keiner der Doppelgänger richtig gefallen.«

»Das habe ich mir beinahe gedacht.«

»Ich verstehe nicht ... Kennen Sie Herrn Born?«

Ich antwortete nicht, sondern stieß die hübsche Frau beiseite. Sie war so verdutzt, dass sie nicht reagieren konnte. Dann ging ich schnurstracks auf eine Tür zu, öffnete sie, ohne anzuklopfen. Ein sportlicher Mann sah mich entgeistert an.

»Was fällt Ihnen ein? Was wollen Sie von mir?«

»Es ist aus, Born. Sie sind überführt.«

»Aber ich ... Er hat mich erpresst. Dieses Schwein hat mich erpresst.«

Ich klopfte mir innerlich auf die Schultern, so gut es ging. Fritz Born sah ziemlich belämmert aus. Wahrscheinlich hatte er seine Tat bereits mit dem Titel »Perfekter Mord« abgelegt. Und wäre da nicht eine ängstliche Frau gewesen, hätte es vielleicht auch klappen können. Born plapperte drauflos.

»Was hätte ich tun sollen? Der Mann wollte mich ruinieren. Fotografiert hat er mich, als ich hier in meinem Büro mit meiner Sekretärin ... Geld wollte er, viel Geld, so viel Geld habe ich gar nicht. Gedroht hat er mir. Er werde zu meiner Frau gehen. Die Firma, mein Haus, alles gehört meiner Frau. Ich wäre ruiniert gewesen.«

»Und da haben Sie sich einen Plan ausgedacht. Weshalb aber benötigten Sie dazu all die Schimanskis?«

»Diese Frau im Haus gegenüber. Sie leidet unter Verfolgungswahn. Immer steht Sie am Fenster, ständig ruft sie die Polizei, wenn ein Mann sich dem Haus nur nähert. Wie hätte ich unerkannt zu diesem Holz in die Wohnung kommen können?«

»Und da kamen Sie auf die Idee mit den Schimanskis. Wenn täglich ein Dutzend Schimanskis hier aufkreuzen, so dachten Sie, würde es nicht sonderlich auffallen, wenn mal einer dieser Schimanskis aus Versehen ins falsche Haus reinginge.«

»Es ging nicht anders. Was hätten Sie getan an meiner Stelle?«

»Und wie haben Sie ihn getötet?«

»Er war betrunken. Er wollte gerade ein Bad nehmen. Das Wasser war schon eingelaufen. Da habe ich seinen Kopf unter Wasser gedrückt.«

»Und danach haben Sie Feuer gelegt.«

»Ich bin ruiniert. Ruiniert.«

Später kam dann noch seine Sekretärin hinzu und tröstete ihn. Die Polizei kam auch bald, und ich ging. Meine Klientin erwartete mich mit einem Whisky. Langsam fand ich Gefallen an den Außerirdischen. Wir schauten dann noch ein wenig fern. Schimanski hechtete durch einen neuen Fall. Er sah auch nicht viel besser aus als seine Doppelgänger. Meine Klientin lächelte und schaute mir tief in die Augen. Keine Ahnung, was sie da sah. Ich tat, was ich in solchen Situationen immer tue: Ich blieb bei ihr liegen.

Die Brieftaube

Ich klatschte in die Hände und hüpfte auf und ab.
Nicht, weil mir das besonders Spaß macht, es war
einfach saumäßig kalt in meinem Büro. Nachdem ich
mich so ein wenig aufgewärmt hatte, trank ich etwas
Whisky und rauchte eine Zigarette. Es war noch immer kalt, und es wurde nicht viel wärmer, als es plötzlich an mein Fenster klopfte. Ich dachte zuerst, es
sei ein Engel, der mir eine Elektroheizung schenken
wollte, doch als ich das Fenster öffnete, sah ich nur
eine lahme Taube, die mich traurig anschaute. Ich nahm
sie in meine Hand, sie ließ es willig mit sich geschehen.
Sie gurrte vor sich hin und machte es sich auf meinem
Schreibtisch bequem. Ich bot ihr ein Glas Wasser an,
doch sie schüttelte nur das Gefieder. Dann schaute ich
sie etwas genauer an. Sie war nicht verletzt. Vermutlich war sie einfach ein wenig müde. Ich schaute etwas genauer hin und entdeckte eine kleine Metallhülse.
Darin steckte ein Zettel. Ich entrollte ihn und las die
Botschaft. Heute um zwanzig Uhr wird der Singvogel
zum Abschuss freigegeben. Sie schaute mich ein wenig
verärgert an und begann mit den Flügeln zu schlagen.
Das hat man nun davon. Ich machte mich schon darauf
gefasst, dass sie mir gleich meinen Anzug vollkleckern
würde, doch sie schaute bloß zum Fenster und hob die
Flügel an. Ich steckte den Zettel wieder in die Hülse

und ließ sie fliegen. Ich vermutete, dass sie zu einem dieser Manöver gehörte, bei denen die neuesten Übermittlungstechniken unserer Armee getestet werden. Sie flog weg und die Tür ging auf. Was ich da sah, war weder flügellahm noch taubengrau. Die Frau sah aus wie die letzte Verführung der abendländischen Kultur. Ich blieb vorerst standhaft.

»Sie können sich ruhig wieder setzen. Übernehmen Sie als Privatdetektiv auch Personenschutz?«

»Kommt auf die Person an. Vor wem soll ich Sie denn schützen?«

»Es geht nicht um mich.«

»Das ist aber schade.«

»Es geht um meinen Mann.«

»Tja, dann muss ich mir das noch einmal überlegen.«

»Tausend im Tag.«

»Nicht schlecht. Und was ist mit der Nacht? Die bösen Buben kommen meist in der Nacht.«

»Ich möchte, dass Sie ihn Tag und Nacht schützen.«

»Und was ist mit Ihnen? Sind Sie auch Tag und Nacht bei Ihrem Mann?«

»Nein. Ich bin einige Tage weg.«

»Weshalb sagten Sie das nicht gleich? Solche Aufträge mag ich nicht.«

»Und wenn ich die Gage verdopple?«

Sie war eine der Frauen, die glaubten, dass alles nur eine Frage des Preises sei. Ich mag Leute nicht sonderlich, die unser System so gut kennen und in der finanziellen Lage sind, das auch auszunützen. Sie blieb einfach stehen und schaute mich an.

»Ich warte.«

»Tun wir das nicht alle? Und irgendwann stellen wir fest, dass es keinen Sinn hat zu warten.«

»Heißt das, dass Sie den Auftrag nicht übernehmen? Auch nicht, wenn ich Ihnen sage, dass mein Mann der berühmte Schriftsteller Jonathan Beck ist?«

»Jonathan Beck? Ist das dieser Saufbold, der schon ganze Barbestände unschädlich gemacht hat?«

»Mein Mann ist weltberühmt. Seine Bücher haben eine Auflage von 25 Millionen.«

»Es gibt Bedienungsanleitungen, die eine größere Auflage haben und wesentlich unterhaltsamer sind als die Bücher dieses Herrn Beck.«

»Aber ...«

Sie atmete tief ein und ließ ihre Augen funkeln. Das beeindruckte mich nicht sonderlich. Ich hatte einmal ein Buch dieses Jonathan Beck gelesen. Es war eine Mischung aus Tagesschau, Jerry Cotton und Reklame für Seidenunterwäsche. Er war einer dieser Autoren, die hinter jeden zweiten Satz ein Ausrufzeichen setzen, damit der Leser bei der Lektüre nicht einschläft. Frau Beck bebte noch immer wie ein kleiner Vulkan, der davon träumt, endlich mal ausbrechen zu dürfen. Ich tat, was ich in solchen Situationen immer tue: nichts.

»Es ist Ihnen wohl völlig egal, dass mein Mann in Lebensgefahr ist? Man will ihn ermorden!«

»Wer will ihn ermorden? Seine Leser?«

»Er hat Morddrohungen erhalten.«

»Interessant. Kann ich die mal sehen?«

»Er hat sie weggeschmissen.«

»Jetzt hören Sie mal, Frau Beck ...«

»Mein Name ist Fink.«

»Fink?«

»Ja, Fink. Wie die Singvögel.«

»Singvögel?«

»Was soll das? Gefällt Ihnen mein Name etwa auch nicht?«

»Sind Sie sicher, dass Ihr Mann umgebracht werden soll? Und nicht Sie?«

»Wieso sollte man mich umbringen?«

»Vielleicht schreiben Sie auch so schreckliche Bücher.«

»Ich? Nein, das würde ich mir nie zutrauen.«

»Schlimmer als die Bücher Ihres Mannes könnten die auch nicht werden. Und bevor Sie jetzt in die Luft gehen und mit Ihrem hübschen Kopf die Spinnweben an der Decke wegwischen, können Sie mir vielleicht noch verraten, weshalb Sie nicht den Namen Ihres Mannes angenommen haben?«

»Das habe ich getan. Jonathan Beck ist ein Pseudonym. Mein Mann heißt in Wirklichkeit Peter Fink.«

»Und diese Singdrossel wird heute um acht zum Abschuss freigegeben.«

»Wie bitte?«

»Nichts. Ich habe nur laut nachgedacht. Gut, ich nehme den Fall an. Unter der Bedingung, dass ich während der Arbeit kein Buch Ihres Mannes lesen muss.«

»Also gut. Können Sie gleich anfangen?«

Ich nickte und nahm zwei Tausender entgegen. Die Frau war mir noch nicht sympathischer geworden, doch die Aussicht auf eine geheizte Villa stimmte mich milde. Ich fuhr mit Frau Fink in ihrem Sportwagen. Zwischendurch hielten wir an, weil ich einige Tauben untersuchen wollte. Frau Fink schüttelte nur den Kopf. Es konnte natürlich Zufall sein, aber wer glaubt schon an Zufälle? Für die einen steht alles im Kaffeesatz, für die anderen in den Karten oder in den Sternen, und bei mir landet das Schicksal in Form einer Brieftaube auf meinem Schreibtisch. Ich war davon überzeugt, dass die Taube etwas mit diesem Schmierfink, der sich Jonathan Beck nannte, zu tun hatte. Frau Fink schüttelte noch immer demonstrativ den Kopf, als ich nach einigen mühseligen Versuchen eine Taube eingefangen hatte. Die Taube protestierte lautstark, ich ließ sie wieder fliegen. Sie hatte keine Metallhülse am Fuß. Eine ältere Frau beschimpfte mich als Tierquäler und drohte mir mit ihrer Krücke. Ich ließ die anderen Tauben in Ruhe und stieg wieder in Frau Finks Wagen. Sie fragte mich, ob ich eine Waffe bei mir hätte. Ich lächelte nur und zeigte ihr mein Feuerzeug.

Die Villa der Finks war groß und stand quer in der Landschaft. Frau Fink ließ mich aussteigen und brauste gleich weiter, ehe ich etwas sagen konnte. Da stand ich nun vor der Villa des Peter Fink, der unter dem Pseudonym Jonathan Beck die Menschheit mit Büchern beglückte, die wegen ihrer Dicke gerade gut genug waren, um jemandem eins auf den Schädel zu geben. Fink öffnete mir persönlich. Er stand da und schaute mich an, als sei ich ein Literaturkritiker.

»Was wollen Sie von mir?«

»Ich will Sie beschützen.«

»Soll ich jetzt lachen? Ich habe schon bessere Witze gehört.«

»Und ich habe schon bessere Bücher gelesen als die Ihren.«

»Das glaube ich Ihnen gerne.«

»Sie sind ja richtig selbstkritisch. Wenn Sie so weitermachen, könnte noch was aus Ihnen werden.«

»Hören Sie, meine Frau hat mir zwar gesagt, dass sie jemanden engagieren will, der mich beschützen soll. Aber erstens bin ich nicht in Gefahr, und zweitens finde ich Sie unausstehlich.«

»Vielleicht könnten wir uns darauf einigen, dass ich nicht über Ihre Bücher rede, und Sie mir dafür Zugang zu Ihrer geheizten Wohnung verschaffen.«

Er ließ mich mürrisch eintreten. Dann setzte er sich an einen Computer und stierte auf den Monitor. Dabei trank er unablässig aus einer Flasche Gin. Der Mann war ein Ekel, und er konnte es sich leisten, ein Ekel zu sein. Unsereins muss da manchmal ein wenig zurückhaltender sein. Ich setzte mich in einen Sessel. Fink grunzte mich an.

»Wenn Sie hier herumsitzen, kann ich nicht arbeiten.«

»Saufen können Sie auch in meiner Anwesenheit. Das stört mich nicht.«

»Aber mich stört es. Ich tippe hier nicht einfach so zum Vergnügen herum. Schreiben ist ein verdammt anstrengendes Geschäft.«

»Jaja, ich weiß, die einsamen Schriftsteller, die um jede Zeile ringen. Dabei klingt das, was Sie schreiben, als würden Sie es im Vollrausch vor sich hin sabbern.«

»Wenn Sie so weitermachen, könnten wir noch Freunde werden.«

Er lachte ein grauenhaftes Lachen. Dann stopfte er sich die Flasche Gin in den Rachen und ließ sie da drin, bis der letzte Tropfen in seine Eingeweide geflossen war. Ich schaute mich um, sah aber nirgends einen anständigen Whisky. Schließlich ließ ich den Mann allein und schaute mich ein wenig im Park um. Der Park sah um einiges gepflegter aus, als es Fink wohl je gewesen war. Es war noch immer sehr kalt, und das Laub, das auf dem Rasen lag, verursachte ein Geräusch, das einen Naturschützer zum Jubilieren gebracht hätte. Plötzlich sah ich jemanden, der sich bückte, als wolle er die Beschaffenheit des Rasens begutachten. Der Mann war so unauffällig gekleidet wie ein Elefant, der im Löwenkäfig spioniert. Ich ging auf ihn zu. Als er seinen krummen Rücken wieder in eine aufrechte Position brachte, erkannte ich Hugentobler. Ich fragte ihn, was er auf dem Privatgrundstück verloren hatte.

»Sieh an, Maloney. Was machen Sie denn hier?«

»Schön der Reihe nach, ich habe zuerst gefragt.«

»Ja also, ich bin dienstlich hier. Eigentlich nicht ganz, aber fast.«

»Haben Sie in letzter Zeit einen Kurs in Rhetorik besucht oder wollen Sie in die Politik einsteigen?«

»Nein, nein. Wissen Sie, wir haben da eine anonyme Anzeige erhalten. Hier im Park soll eine Leiche vergraben sein.«

»Interessant. Und jetzt wollen Sie ihn umgraben? Da wird der Hausherr aber Freude haben. Er ist nämlich ein äußerst sensibler Mensch.«

»Jaja, Schriftsteller, ich weiß. Jonathan Beck. Meine Frau hat alle seine Bücher gelesen. Wissen Sie, eigentlich habe ich mir gedacht, ich schau mal vorbei, vielleicht signiert er ja ein Buch für meine Frau. Diese Anzeige ist natürlich albern. Und was machen Sie hier, Maloney? Auch auf Leichensuche?«

»Im Gegenteil. Soll ich Ihnen den Künstler vorstellen?«
Er nickte begeistert. Auch Polizisten sind manchmal wie Kinder. Nur mit dem Unterschied, dass sie bewaffnet sind. Fink war alles andere als erfreut, als ich ihm den Polizisten vorstellte. Er schaute mich wütend an, dann wandte er sich Hugentobler zu, der ihm mit einem Hundeblick die Aufwartung machte.

»Wissen Sie, meine Frau kennt alle Ihre Bücher, und da wollte ich Sie fragen, ob Sie nicht vielleicht ...«

»Schon gut. Wie heißt Ihre Frau?«

»Martha.«

»Also dann: Für Martha.«

»Ja. Da wird sie sich aber freuen.«

Der Polizist strahlte und Fink rülpste. Dann signierte er eines seiner Bücher und überreichte es dem Polizisten. Ich ging mit ihm zusammen wieder in den Park.

»Netter Mann. Ein bisschen eigen, aber das muss wohl so sein.«

»Und was ist jetzt mit der Leiche?«

»Ach was, Maloney. Da war doch bloß jemand neidisch. Wieso sollte dieser Fink jemanden umbringen?«

»Jemand, der so schlechte Bücher schreibt, ist zu allem fähig, auch zu Mord.«

»So schlecht sind die Bücher auch wieder nicht, Maloney. Haben Sie *Das rosarote Spinnennetz* gelesen? Spannend, sag ich Ihnen, meine Frau kann gar nicht mehr schlafen, wenn sie ein solches Buch liest.«

»Kein Wunder. Wenn ich neben Ihnen liegen würde, hätte ich auch schlaflose Nächte.«

»Im *rosaroten Spinnennetz* kommt auch einer vor, der nicht schlafen kann.«

Er erzählte mir die Geschichte dieses Buches, das ich glücklicherweise nie gelesen hatte. Dann ging er endlich. Ich spazierte noch ein wenig im Park herum. Auf einmal hörte ich das Geräusch einer Schaufel. Ich ging in Deckung. Dann sah ich sie. Energisch und zielstrebig grub sie ein Loch. Ich ging auf sie zu. Sie war um die vierzig und trug einen altmodischen Hosenanzug. Ich verlangsamte meine Schritte. Sie bemerkte mich erst, als ich schon ganz nahe bei ihr stand.

»Huch, bin ich erschrocken. Ich dachte schon, dieser Fink habe mich gesehen. Gehören Sie auch zu diesem Mörder?«

»Was denn für ein Mörder? Was machen Sie eigentlich hier?«

»Das sehen Sie doch. Ich grabe.«

»Hier gibt's kein Öl. Nicht mal alte Münzen. Und Sie befinden sich auf einem Privatgrundstück.«

»Man muss diesem Mörder endlich das Handwerk legen. Die Polizei unternimmt ja nichts. Sehen Sie hier das Gras? Und hier? Da hat jemand vor nicht allzu langer Zeit gegraben. Ich weiß, dass dieser Fink ein Mörder ist.«

Sie grub weiter. Ich stand daneben und schaute zu. Sie machte auf mich den Eindruck einer Frau, die seit 20 Jahren Aktenzeichen XY schaut und endlich auch einmal eine dieser grausigen Entdeckungen machen will. Ich ließ sie graben. Schließlich hatte sie eine Schaufel, und damit sind auch schon Leute erschlagen worden. Plötzlich hielt sie inne und schaute entsetzt auf den Boden.

»Da! Sehen Sie! Ich habe es ja gewusst. Ich habe es

gewusst. Dieses Schwein! Schauen Sie, schauen Sie, das ist ja grauenhaft ...«

»Was ist grauenhaft?«

»Da! Das ist Felix!«

Ich bückte mich. Da lag tatsächlich eine Leiche. Ich schaute die Frau an, sie starrte auf das, was da lag. Leichen kommen meist ungelegen. Diese ganz besonders. Es war nämlich noch immer saukalt in dem Park. Die Frau begann zu schluchzen.

»Felix! Er hat ihn umgebracht!«

»Nun schreien Sie doch nicht so laut. Die Mäuse werden sich noch zu Tode erschrecken!«

»Ich soll nicht schreien? So tun Sie doch etwas! Rufen Sie die Polizei! Dieser Mann muss hinter Schloss und Riegel! Mein armer Felix.«

»Soweit ich das beurteilen kann, liegt da ein Hund.«

»Na und?«

»Tiere sind juristisch gesehen eine Sache. Falls er den Hund getötet hat, läuft das unter Sachbeschädigung.«

»Sachbeschädigung? Sie sind wohl nicht ganz bei Trost! Aufhängen sollte man ihn, mitsamt seinem Weibsbild. Haben Sie gewusst, dass sie eine Ausländerin ist?«

Sie machte noch ein wenig weiter so. Schließlich benutzte ich einen Moment ihrer Unaufmerksamkeit, um ihr die Schaufel aus der Hand zu reißen. Ich drohte ihr damit, sie mit Erde zu bewerfen, wenn sie nicht endlich Ruhe geben würde. Schließlich landeten wir in der Villa Finks. Er nuckelte an einer neuen Flasche Gin. Die Frau ging geradewegs auf ihn zu und stellte sich vor ihm auf wie ein Schiedsrichter, der gerade dabei ist, eine rote

Karte zu zücken. Fink schaute ratlos zu mir. Die Frau brüllte ihn an.

»Mörder!«

»Was soll das? Will die auch ein Autogramm?«

»Ein Autogramm von Ihnen? Ich will, dass Sie hinter Gitter kommen! Meinen Felix einfach so umzubringen.«

»Ist die meschugge?«

Die Frau holte mit ihrer rechten Hand aus. Ich packte sie und stellte mich dann zwischen die beiden. Das sind so die Schattenseiten meines Berufes, wenn man eingeklemmt zwischen einem besoffenen Bestsellerautor und einer hysterischen Hundebesitzerin steckt. Ich versuchte, zwischen den beiden zu vermitteln.

»Ihr Hund liegt tot in Ihrem Park, Fink.«

»Ach so, der Hund. Ich habe ihn eines Morgens tot aufgefunden. Meine Frau hat dann noch ein Anzeige gemacht, aber es hat sich niemand gemeldet. Schließlich hat sie ihn im Park vergraben.«

»Glauben Sie ihm kein Wort. Ich habe alle seine Bücher gelesen. Männer, Frauen, Kinder, ja sogar Katzen müssen in seinen Büchern dran glauben. Das ist ein Scheusal!«

»Ich zahle Ihnen eine Extraprämie, Maloney, wenn Sie mir diese Frau vom Hals schaffen.«

Ich lächelte säuerlich. Die Frau drehte sich um und wollte einen empörten Abgang inszenieren. Ich hielt sie zurück.

»Moment noch. Haben Sie Herrn Fink anonyme Briefe geschrieben?«

»Ich? Sehe ich etwa so aus, als ob ich das nötig hätte?«

Sie riss sich los und ging. Durch das Glas der Veranda

sah ich, wie sie ihren Felix aufhob und mitnahm. Fink hatte eine Träne in den Augen. Ich musste zweimal hinschauen, um es zu glauben.

»Tut mir leid um den Hund. Ich mag Hunde.«

»Wenn Sie jetzt sentimental werden, erschlag ich Sie mit einem Ihrer Wälzer, Fink.«

»Schon gut. Glauben Sie, dass die Frau die Briefe geschrieben hat?«

»Möglich. Aber sie sieht nicht so aus, als würde sie Brieftauben züchten.«

»Brieftauben? Wie kommen Sie darauf? Ist doch seltsam, mein Sekretär züchtet Brieftauben.«

»Ihr Sekretär? Weshalb haben Sie das nicht gleich gesagt?«

»Konnte ja nicht wissen, dass Sie an Federvieh interessiert sind. Ich hasse diese gurrenden Viecher.«

»Ist Ihr Sekretär im Haus?«

»Er hat oben eine Wohnung. Wieso?«

»Wie spät ist es?«

»Halb sieben. Ich geh mal ins Bad. Wollen Sie mitkommen, Leibwächter?«

Ich ließ ihn stehen und ging ums Haus herum. Da war tatsächlich ein Taubenschlag.

Es dauerte nicht lange, bis ich sie entdeckt hatte. Sie sah müde aus von der langen Reise und begrüßte mich mit einem Gurren. Ich holte noch einmal den Inhalt des Zettels aus meinem Gedächtnis hervor. Um acht wird der Singvogel zum Abschuss freigegeben. Ich zweifelte nicht mehr daran, dass damit Fink gemeint war. Ich hatte noch eine Stunde Zeit.

Fink sah frisch gebadet auch nicht besser aus.

»Und? Haben Sie die Tauben inspiziert?«

»Und wie. Eines würde mich interessieren. Wie fühlt sich ein Autor, wenn er nur noch eine Stunde zu leben hat?«

»Eine Stunde? Wollen Sie mir Angst machen?«

»Wird langsam Zeit, dass Sie sich an Ihre Memoiren machen. Vier Seiten sollten genügen.«

»Was soll der Quatsch?«

»Ihr Sekretär will Ihnen an den Kragen.«

»Mein Sekretär? Unsinn. Ich hab ihn immer gut bezahlt.«

Unser Dialog hatte ihn halbwegs nüchtern gemacht. Vermutlich dachte er an all die Bücher, die noch vor ihm lagen und an all die frustrierten Leser, die er schon hinter sich hatte. Ich erzählte ihm meinen Plan.

»Warten? Der Kerl will mich umbringen, und ich soll hier warten?«

»Wir brauchen Beweise, Fink. Der Zettel bei der Brieftaube deutet darauf hin, dass noch jemand im Spiel ist. Ich vermute, dass der Sekretär nur dafür sorgen muss, dass dieser Jemand ins Haus kann.«

»Noch jemand? Das versteh ich nicht. Bin ich wirklich so unausstehlich?«

Ich bestätigte seine Vermutung, und er setzte sich deprimiert in einen Sessel. Ich stellte mich neben die Tür.

Punkt acht war es so weit. Die Schritte waren leise, aber nicht leise genug. Dann öffnete sich die Tür. Ich rief Fink zu, dass er in Deckung gehen sollte. Gleichzeitig packte ich den Lauf des Gewehres, der sich in den Raum schob. Ein Schuss fiel, und ein kurzer Aufschrei des Schützen bereitete dem ganzen Spuk ein

Ende. Als ich das Licht andrehte, lag ein junger Mann am Boden. Er hielt sich das Schulterblatt, das er sich beim Rückstoß ausgerenkt hatte. Fink kroch zitternd hinter dem Sofa hervor. Er war unverletzt. Draußen hörte ich eine vertraute Stimme, die sich meinem Ohr näherte. Es war Hugentobler, der Autogrammjäger im Nebenamt.

»Hände hoch! Polizei!«

»Na, möchten Sie noch ein Autogramm?«

»Was ist denn hier los? Maloney, was haben Sie denn wieder angerichtet?«

»Das war ich nicht. Dieser junge Mann wollte Fink erschießen.«

Jetzt meldete sich auch der junge Mann zu Wort. Er stöhnte noch immer erbärmlich und massierte sich die Schulter.

»Dieses Schwein. Er hat mir meinen Roman gestohlen.«

Der junge Mann zeigte auf Fink. Dieser kam näher. Sein Gesicht war bleich, nur seine Alkoholfahne war noch die alte.

»Ach, Sie sind das …«

»Ja, ich. Sie haben mir gesagt, dass Sie einen Verlag für mein Manuskript suchen. Stattdessen hat er es unter seinem Namen publiziert. Dieses Schwein!«

Langsam wurde mir klar, was sich hinter dem Trubel alles versteckte. Hugentobler legte dem jungen Mann Handschellen an und rief dann eine Ambulanz herbei. In einem Nebenzimmer klärte er mich darüber auf, weshalb er nochmals bei Fink aufgetaucht war.

»Wissen Sie, Maloney, als die Frau bei uns anrief und

sagte, dass ihr Felix tot im Garten von Fink gelegen hat, wusste ich sofort, dass da etwas nicht stimmen konnte.«

»Ich bewundere Ihre Kombinationsgabe. Sie sollten es vielleicht doch mal mit Schach versuchen. Die Bauern würden sich freuen.«

Hugentobler begleitete den jungen Mann zum Ambulanzwagen. Wenig später wurde auch der Sekretär verhaftet. Fink saß wieder im Sessel und trank Gin. Er schaute mich mit glasigen Augen an und erzählte und rülpste abwechslungsweise.

»Der junge Mann, Pfeiffer heißt er, war vor ein paar Jahren bei mir. Er hat mir sein Manuskript gezeigt. Im Original. Er war völlig abgebrannt. Ich gab ihm 10 000 Franken und sagte, dass ich für ihn einen Verlag suchen würde.«

»Sie haben sich also für 10 000 einen Bestseller gekauft?«

»Das Manuskript lag bei mir herum. Ich habe drei Jahre lang keine Zeile mehr geschrieben. Den Vorschuss für mein nächstes Buch hatte ich längst ausgegeben. Sie haben ja meine Frau gesehen. Der Verlag wurde ungeduldig. Da fiel mir das Manuskript von diesem Pfeiffer wieder ein. Es war eine Notlage, Maloney.«

»Das wird ganz schön Staub aufwirbeln. Ihre Karriere ist im Eimer.«

»Sie sind nicht der Einzige, den das freuen wird. Ich verstehe nur nicht, weshalb mein Sekretär bei der Sache mitgemacht hat.«

»Möglicherweise mag er Sie nicht besonders. Kann vorkommen.«

»Meine Frau wird mich wohl verlassen. Ohne Geld

kann ich ihr nur noch meine Ginfahne bieten. Und die mag sie nicht sonderlich.«

Pfeiffer und der Sekretär kamen mit milden Strafen davon. Fink erklärte vor Gericht, dass er Pfeiffers Manuskript unter seinem eigenen Namen publiziert hatte. Die Sache wirbelte großen Staub auf. Dann hörte man lange nichts mehr vom großen Jonathan Beck. Bis eines Tages ein neues Werk erschien. Diesmal unter seinem richtigen Namen Peter Fink. Das Buch hieß »Das Ekel«. Es waren seine Memoiren. Ziemlich schonungslos, ein dreihundertseitiges Besäufnis. Es wurde ein Bestseller. Fink heiratete eine andere Frau und machte eine Entziehungskur. Er schrieb mir einmal einen Brief und lud mich zu einer Party ein. Ich ging nicht hin. Ich mache mir nichts aus Partys.

Der große Bruder

Ich schluckte zwei Alka Seltzer und drei Kaffees und kämmte mir die Haare. Dann verstaute ich meine Tränensäcke unter einer Sonnenbrille und ging zum Fluss. Eine Journalistin hatte den Wunsch geäußert, mich zu interviewen. So was soll ab und zu vorkommen. Ich mache mir nichts aus Publicity. Aber sie ist nützlich für das Geschäft und schließlich lebt unsereins permanent in schwierigen Zeiten.

Es dauerte eine Weile, bis die Journalistin kam, und es dauerte noch länger, bis sie ihr Kassettengerät in ihrer Tasche fand. Frau Montegassi, so hieß die Dame, fummelte nervös an dem Gerät herum.

Wir gingen ein wenig den Kiesweg entlang.

»Es soll einerseits ein Porträt werden, andererseits möchte ich den Alltag eines Privatdetektivs beschreiben. Also auch das Unspektakuläre, Gewöhnliche.«

»Meinetwegen. Aber erwarten Sie nicht, dass Sie mir beim Pinkeln zusehen können.«

»Ich glaube nicht, dass das jemanden interessiert.«

»Ich dachte, Sie wollen über den Alltag schreiben.«

»Ja, aber eigentlich mehr über den Berufsalltag. An welchem Fall arbeiten Sie gerade?«

»Das fällt unter das Berufsgeheimnis.«

»Sie arbeiten also zurzeit an keinem Fall. Wie fühlen Sie sich als arbeitsloser Detektiv?«

»Ich muss doch sehr bitten. Nur weil ich mir Ihre dämlichen Fragen anhöre, heißt das noch lange nicht, dass ich nicht arbeite. Detektive arbeiten ständig. Das Beobachten gehört zu meinem Beruf.«

»Sie sind also ein guter Beobachter. Was fällt Ihnen zu dem jungen Mann ein, der da auf der Parkbank sitzt?«

»Kaputte Schuhe, leicht gebückte Haltung, anhand der Stirnfalten schließe ich auf einen Intelligenzquotienten von 76 einhalb. Typischer Repräsentant der neuen Z-Generation. Hat ständig nur Weiber und Geld im Kopf, wählt aber grün, weil alle seine weiblichen Bekannten für den Regenwald sind und gegen Zahnstocher. Ich würde sagen, der Mann ist von Beruf Handlanger.«

»Interessant. Haben Sie etwas dagegen, wenn ich den jungen Mann frage, was er wirklich ist?«

Natürlich hatte ich nichts dagegen einzuwenden. Schließlich hatte unsereins vorgesorgt. Wir gingen auf den jungen Mann zu und die Journalistin hielt ihm das Kassettengerät unter die Nase. Der junge Mann zwinkerte mir zu. Ich blickte grimmig zurück. Schließlich konnte ich ihm nicht öffentlich ans Schienbein treten. Frau Montegassi beachtete das alles nicht.

»Entschuldigen Sie, darf ich Sie fragen, was Sie von Beruf sind?«

»Selbstverständlich. Ich bin Handlanger, wieso?«

»Phänomenal. Aber ich dachte, Handlanger nennen sich heute nur noch Hilfsarbeiter?«

»Sonst noch was? Ich bin kein Hilfsarbeiter. Handlanger ist ein äußerst schwieriger Job. Sie haben sicherlich schon gesehen, dass Politiker gerne ein Bad in der Menge nehmen. Und alle wollen dann zumindest eine

Hand geschüttelt bekommen. Aber diese armen Kerle haben ja auch nur zwei Hände. Und da helfe ich aus. Ich bin der beste Handlanger der Stadt. Tausende habe ich schon beglückt.«

»Ach so. Gut, das wär's dann schon.«

»Hey, Maloney, schiebst du mir jetzt den 5oer rüber?«

»Ach, Sie kennen den jungen Mann?«

»Aber nicht doch. Ich bin bloß stadtbekannt für meine Großzügigkeit.«

»Und ich dachte schon, Sie hätten mich hereingelegt.«

Das war gerade noch mal gut gegangen. Ich gab dem Trottel die 50 Franken und lächelte dann ein Lächeln, dass ich nur für Journalistinnen und andere Angehörige unnützer Berufsgruppen lächelte. Nicht dass Sie jetzt glauben, ich hätte was gegen die Presse. Im Gegenteil. Nichts schmeckt besser als frischgepresster Orangensaft. Frau Montegassi ließ nicht locker. Sie fragte weiter die Fragen, die sie sich zurechtgelegt hatte.

»Haben Sie nicht manchmal die Nase voll von all diesen kaputten Ehen, mit denen Sie in Ihrem Beruf konfrontiert werden?«

»Wissen Sie, es gibt zwei gute Gründe, um nicht zu heiraten. Grund eins sind die Männer und Grund zwei sind die Frauen.«

»Interessant. Welches war Ihr bisher schwierigster Fall?«

Langsam begann mich die Fragerei anzuöden. Ich verzog mein Gesicht und tat so, als denke ich angestrengt nach. In Wirklichkeit verfolgte ich ein kleines Modellflugzeug, das auf uns zugeflogen kam. Schließlich entdeckte auch Frau Montegassi das kleine Ding. Es flog eine steile Kurve und raste dann geradewegs auf uns zu. Frau Montegassi tat, was sie mit Vorliebe tat: unnütze Fragen stellen.

»Was ist denn das?«

»Schnell! In Deckung!«

Ich packte sie an ihrer schlanken Taille und riss sie zu Boden. Es war gerade noch mal gut gegangen.

»Oh! Sind Sie immer so resolut?«

»Das Ding wäre beinahe in uns reingeflogen. Hat vielleicht einen Sprengkopf dran.«

»Sie meinen doch nicht etwa …«

»Man kann nie wissen. Es gibt genug Leute, die mich gerne aus dem Weg schaffen würden. Denken Sie nur an den Platzmangel in den öffentlichen Verkehrsmitteln. Die schrecken vor nichts zurück.«

»Nur damit wieder ein Sitzplatz frei wird?«

Die Journalistin sah mich fragend an. Dann sahen wir, wie ein Mann auf uns zu gerannt kam. Er war ganz bleich im Gesicht und er sah ein wenig aus wie ein Mittelschullehrer, der heimlich Gedichte schreibt.

»Oh, Gott sei Dank ist Ihnen nichts passiert. Sie müssen entschuldigen, aber das Flugzeug geriet plötzlich außer Kontrolle.«

»Ich dachte, die Dinger könne man nur in Sichtweite steuern. Aber Sie habe ich vorhin nirgendwo gesehen.«

»Entschuldigen Sie, aber das dürfte eigentlich nicht vorkommen. Ist ein Prototyp. Hat spezielle Sensoren und kann damit Bilder verarbeiten, sodass es automatisch jedem Hindernis ausweicht. Es braucht also gar nicht mehr gesteuert zu werden. Es genügt, wenn man programmiert, wann es wieder zurück kommen soll. Aber irgendetwas stimmt mit der Software noch nicht ...«

Der Mann rätselte noch ein wenig vor sich hin. Jetzt waren also schon die Spielzeuge mit diesen Chips vollgestopft. Irgendwann wird es auch noch kleine Maloneys geben, die computergesteuert durch die Kinderzimmer schleichen und böse Buben beschatten.

Der Mann verschwand wieder. Frau Montegassi hatte sich ein paar Schritte von mir entfernt und schaute auf den Fluss. Das kam mir nicht ungelegen. Als sie sich umdrehte und mit finsterer Miene wieder auf mich zukam, dachte ich schon, ihr seien die Fragen ausgegangen. Ich hatte mich geirrt.

»Was würden Sie sagen, wenn da unten im Fluss eine Leiche läge?«

»Ist das wieder eine Ihrer albernen Fragen?«

»Nein. Da unten liegt tatsächlich eine Leiche. Vorhin, als Sie mit dem Mann sprachen, wurde sie angeschwemmt.«

»Wo?«

»Da unten, gleich am Ufer ...«

Man kann gegen Journalistinnen sagen, was man will, aber eine Leiche von einem morschen Baumstamm unterscheiden können selbst sie. Es war der Körper eines Mannes. Eine Schusswunde in der Höhe seines Herzens machte seinen Anblick auch nicht appetitlicher. Wo ein Maloney ist, da lass dich ruhig nieder. Das muss sich im Reich der Toten herumgesprochen haben. Die Journalistin war ganz aufgeregt und telefonierte ihrem Freund, der Fotograf bei einer Boulevardzeitung war. Ich schaute mir in der Zwischenzeit den Toten etwas genauer an. Er hatte keine Ausweise bei sich und die Markennamen seiner Kleidungsstücke waren fein säuberlich herausgetrennt. Es dauerte eine Weile, bis die Polizei eintraf. Hugentobler und die Journalistin hatten einiges gemeinsam. Zum Beispiel einen unüberhörbaren Hang zur Penetranz.

»Nehmen Sie doch die alberne Sonnenbrille ab, Maloney, Sie sind doch hier nicht beim Film.«

»Aber an der Sonne. Glauben Sie, ich will mir Hautkrebs an den Augenlidern holen?«

»Ist ja schon gut, Maloney. Also, wer hat die Leiche gefunden?«

»Ich.«

Frau Montegassi gehörte zu den Personen, die sich immer vordrängen, egal ob es um Einzahlungen bei der Post oder Leichen am Fluss geht. Hugentobler drehte sich zu ihr herum.

»Und wer sind Sie?«

»Graziella Montegassi.«

»Was haben Sie hier gemacht?«

»Einen Spaziergang.«

»Allein?«

»Nein. Mit mir.«

»Sieh einer an, Maloney. Und wie viel haben Sie der Dame dafür bezahlt?«

Hugentobler versuchte das Wort «Dame" mit einem leicht vulgären Akzent auszusprechen. Es misslang ihm völlig. Nur der Anstand gegenüber der Leiche verhinderte, dass ich laut loslachte. Frau Montegassi sah mich ratlos an.

»Ist der immer so?«

»Ja. Ein psychologisches Problem. Ein Kindheitstrauma. Sein Teddybär hat sich erhängt. Das hat er nie richtig überwunden.«

»Sie sind also zusammen hier spaziert. Und dann wurde Ihr Tête-à-Tête plötzlich von dieser Leiche gestört.«

»Ja. Kann ich jetzt gehen? Ich muss nämlich noch arbeiten.«

»Na gut, Frau Monte ... Sie können jetzt ...«

»... gassi.«

»... gehen.«

»Kann ich auch gehen?«

Sie drehte sich um und verschwand.

»Das könnte Ihnen so passen, Maloney. Zuerst beantworten Sie mir eine Frage: Hat die Leiche etwas mit einem Ihrer Fälle zu tun?«

»Keine Ahnung. Hab die Leiche nicht danach gefragt.«

»Na, dann verschwinden Sie mal. Unter uns: hübsche Biene, diese Montedingsbums.«

Er lachte sein übliches Lachen. Ich machte mich wieder auf die Socken und landete in meinem Büro. Als das Telefon nach zwei Stunden noch immer kein müdes Klingeln von sich gab, wurde ich misstrauisch. Ich hob den Hörer ab. Es funktionierte. Ich rief den Weckdienst an und ließ es drei Minuten später bei mir klingeln. Es war ein beruhigendes Geräusch. Dann ging ich zu einem Bootsverleiher und mietete ein Boot.

»Was ist denn heute wieder los? Zuerst will kein Schwein ein Ruderboot, und jetzt kommt plötzlich der große Run. Ich könnte Ihnen ein Motorboot besorgen. Dauert aber eine Weile.«

»Schon gut. Ich bevorzuge Muskelkraft zur Fortbewegung.«

»Mir soll's recht sein. Ist aber nicht gerade das neueste Modell. Hier, nehmen Sie die Schwimmweste und den Schöpfbecher.«

»Wie oft ist das Ding denn schon gesunken?«

»Erst einmal. Hat acht Jahre gedauert, bis die das Boot wieder gehoben haben.«

Ich zog mir die Schwimmweste an und stieg in das Ruderboot. Dann begann ich zu rudern. Nach einigen schönen Umdrehungen auf dem Fluss hatte ich den richtigen Takt gefunden. Es war ganz schön anstrengend, gegen die Strömung zu rudern. Ich tat, was ich in solchen Situationen immer tue: singen.

»Fünfzehn Mann und eine Pulle Schnaps, die segelten nach Tahiti und machten dort Rabatz. Fünfzehn Mann und eine Pulle Schnaps ...«

»He Sie! Können Sie nicht ein bisschen leiser rudern? Klingt ja wie eine Horde besoffener Matrosen. Aber ... Maloney! Was machen Sie denn hier?«

»Das sehen Sie doch, Hugentobler. Auch unsereins kommt manchmal ganz schön ins Rudern.«

»Und weshalb rudern Sie gegen die Strömung? Ist doch viel anstrengender!«

»Sie rudern ja auch gegen die Strömung. Scheint in Mode zu kommen.«

»Ja, aber ich bin dienstlich unterwegs. Sehen Sie, die Leiche wurde irgendwo flussaufwärts ins Wasser geworfen. Und hier, mitten auf dem Fluss, hat man die bessere Übersicht.«

»Wissen Sie denn schon, wie der Tote hieß?«

»Nein. Keine Ausweise, keine Hinweise.«

»Na, dann legen Sie sich mal in die Riemen und tun Sie was für die Steuergelder.«

»Sie haben gut reden, Maloney. Sie bezahlen ja kaum Steuern. Apropos Steuern. Sehen Sie die Dame auf dem Motorboot. Ist das nicht die Montedingsbums?«

Ich schaute etwas genauer hin. Tatsächlich näherte sich ein Motorboot, auf dem Frau Montegassi das Steuer in den Händen hielt. Als sie auf gleicher Höhe war, rief sie mir etwas zu.

»He, Maloney! Ich habe eine heiße Spur!«

»Nicht so schnell. Ich komme mit!«

»Ich auch!«

Hugentobler kippte beinahe ins Wasser vor Erregung.

»Das könnte euch so passen. Die Story gehört mir!«

Und weg war sie. Hugentobler ruderte ein wenig weiter, dann kam er kaum noch gegen die Strömung an. Schließlich ließ er sein Boot wieder zurücktreiben. Er winkte mir zu. Ich ruderte einige Minuten weiter, dann gab ich es auf. Ich legte am Ufer an und mich ins Gras. Dann döste ich eine Weile. Als ich wieder aufwachte, verabschiedete sich die Sonne gerade vom Tag. Der Bootsverleiher stand neben mir.

»Na endlich. Habe Sie überall gesucht. Ich dachte schon, Sie seien abgesoffen.«

»Das könnte Ihnen so passen. Ich hasse Fische und alte Reifen. Wüsste nicht, was ich da unten verloren hätte.«

»Scheint ein ziemlich beschissener Tag zu sein. Die mit dem Motorboot ist auch noch nicht zurück. Nur der Bulle wurde mit seinem Boot angeschwemmt. Den hätten Sie sehen sollen, dem taten die Hände so weh, dass er mir nicht mal die Hand geben konnte, als er ging.«

»Der hätte vermutlich gut einen Handlanger brauchen können.«

»Das verstehe ich nicht.«

»Macht nichts. Schließlich ist Intelligenz Glückssache.«

»Also, ich geh mal hinunter zum Boot.«

»Ja, tun Sie das.«

»Ach du grüne Scheiße. Auch das noch!«

»Was ist denn los?«

»Da liegt eine Leiche.«

»Nicht schon wieder. Was soll denn die Polizei von mir denken? Könnten Sie nicht einfach darüber hinwegsehen?«

»Geht leider nicht. Die Frau, die da liegt, hat mein Motorboot gemietet.«

»Graziella Montegassi?«

»Ja, genau. So hieß sie.«

»Und was wird jetzt aus meinem Porträt?«

Die Szenen gleichen sich oft im Leben und mit ihnen die Akteure. Frau Montegassi machte auch im Wasser noch einen ganz passablen Eindruck. Nur das Loch in ihrem Herzen sah übel aus. Die Polizisten rauchten und suchten, doch sie fanden nur mich.

»Schlimme Sache, Maloney. Tut mir leid um Ihre Freundin. Ich hätte Sie eigentlich warnen sollen.«

»Sie können sich beruhigen, die Dame war Journalistin. Nicht unbedingt meine bevorzugte Damenwahl. Wenigstens wissen Sie bei dieser Leiche, wie sie hieß.«

»Ja, Montedingsbums. Scheint fast so, als ob da ein Zusammenhang besteht zwischen den beiden Morden.«

»Wenn Sie das sagen, wird wohl was dran sein.«

»Aber wir haben immerhin eine Spur. Diese Montedingsbums hat doch gesagt, dass sie da auf einer heißen Fährte sei, als sie im Motorboot an uns vorbeifuhr. Wir brauchen also bloß das Motorboot zu finden und dann wissen wir auch, wo diese Montedingsbums ans Ufer gegangen ist.«

»Falls sie das überhaupt erreicht hat.«

»Na ja, ans Ufer kommen sie früher oder später alle, wie Sie sehen, Maloney. Nur nicht immer ans rettende.«

Er philosophierte noch ein wenig vor sich hin. Es war in der Zwischenzeit dämmrig geworden, Zeit für einen kleinen Imbiss. Ich aß zwei Bratwürste und schüttete noch zwei Whiskys nach, dann ging ich zurück zum Tatort. Mein Ruderboot lag noch immer da. Ich spuckte in die Hände und ruderte, was das Zeug hielt. Schließlich konnte ich das Motorboot erkennen. Ich legte an und ging dann durch einen kleinen Park, der zu einer Villa führte. Es dauerte nicht lange, bis ich merkte, dass ich nicht allein war. Hugentobler schlich sich von hinten an. Polizisten haben oft eine unangenehme Art, unanständig zu sein.

»He, Maloney, schön ruhig bleiben! Ich beobachte das Haus schon seit einer Stunde.«

»Sieht ziemlich finster aus. Wohl niemand zu Hause.«

»Da wohnt auch niemand, Maloney. Ist der Firmensitz der Robotron-Software AG.«

»Eine Computerfirma?«

»Ja. Spezialisiert auf Spielzeugroboter. Die produzieren da die Software. Aber es scheint niemand mehr da zu sein. Ich geh jetzt nach Hause. Meine Frau wartet seit acht Stunden mit einem Eintopf auf mich.«

»Na, dann lassen Sie mal nichts anbrennen.«

»Falls Sie morgen früh im Fluss treiben, hoffe ich, dass Sie wenigstens ein Autogramm des Mörders bei sich haben.«

Ich blieb noch eine Weile. Es wurde dunkler und dunkler. Dann tat sich auf einmal etwas. Zwei Männer verließen das Haus durch einen Seiteneingang. Sie hatten kein Licht angemacht. Ich wartete, bis die beiden weg waren, dann ging ich hinein. Die Alarmanlage störte mich nicht sonderlich. Ich tappte ein wenig im Dunklen und landete schließlich vor einer Tür. Ich hatte die Hand schon an der Klinke. Dann blendete mich eine Taschenlampe.

»Halt! Tun Sie das nicht!«

»Wollen Sie mich etwa daran hindern?«

»Wenn Sie da hineingehen, sind Sie ein toter Mann.«

»Sie machen mir ja richtig Angst. Wo haben Sie denn Ihre Knarre versteckt?«

»Ich habe keine Waffe. Die Gefahr lauert hinter der Tür.«

»Was haben Sie denn da drin? Die Hi-Tech-Version von Nessie?«

»So ähnlich. Lassen Sie mich zuerst hineingehen, dann erkläre ich Ihnen alles.«

»Meinetwegen.«

Er hielt seinen Kopf ganz nahe an die Tür und begann zu flöten, wie wenn seine Angebetete hinter der Tür einen Bauchtanz vollführen würde.

»Robi ... Hörst du mich, Robi ... Ich bin's, Kilias ... Robi ... hast du mich verstanden?«

»Sie sind wohl völlig meschugge.«

»Moment. Ich gehe jetzt hinein.«

Er öffnete die Tür und ging vorsichtig in den Raum. Er redete weiterhin albernes Zeugs vor sich her. Ich folgte ihm vorsichtig.

»Robi ... Ich bin's ... Kilias ... Spürst du mich?«

»Sind wir hier in einer geschlossenen Abteilung, oder was?«

»Ja, Robi hat Kilias erkannt. Braver Robi.«

Er ging langsam auf das Ding zu, mit dem er die ganze Zeit gesprochen hatte. Es war einer dieser kleinen Spielzeugroboter. Kilias sprang neben den Roboter und schlug mit der Taschenlampe auf das kleine Blechding ein. Ich sah dem Schauspiel fasziniert zu. Offenbar hatte ich es tatsächlich mit einem Verrückten zu tun. Der Mann hielt kurz inne, er ahnte wohl, was ich dachte, schließlich setzte er atemlos zu einer Erklärung an.

»Das ist kein Spielzeugroboter. Das ist ein Mordinstrument.«

»Und ich bin nicht Maloney, ich bin eine Barbiepuppe.«

»Dieses Teufelsding muss zerstört werden.«

Er schlug noch einige Male auf den Roboter ein, bis dieser verbeult wie eine alte Colabüchse den Geist aufgab. Dann drehte er sich zu mir um, ging an mir vorbei und knipste den Lichtschalter an. Ich erkannte den Mann. Es war der, dessen Modellflugzeug mich beinahe geköpft hätte.

»Es ist wohl an der Zeit, dass ich mich vorstelle. Kilias, Bruno Kilias. Ich bin Programmierer.«

»So, wie Sie sich verhalten, sieht das aber eher nach einem Systemfehler aus.«

»Robi war unser Produkt. Das Produkt von Günther und mir. Ein Roboter, der durch Kameras und Sensoren genau identifizieren konnte, welcher Mensch vor ihm stand.«

»Aha. Bildverarbeitung wie bei dem Modellflugzeug.«

»Genau. Nur noch viel komplizierter. Robi konnte auch im Dunkeln sehen, und er konnte Stimmen identifizieren. Und er hatte eine eingebaute Waffe. Wenn er jemanden anhand des Bildes und der Töne nicht identifizieren konnte, war er darauf programmiert, sofort zu schießen. Mitten durchs Herz. Der perfekte Wachhund.«

»Der kleine böse Sohn des großen Bruders. Und weshalb hat das Ding dann Ihren Partner getötet? Die erste Leiche war doch die Ihres Partners, oder?«

»Ja. Günther. Bedauerlich. Robi muss irgendwie falsche Schlussfolgerungen gezogen haben, als Günther in den Raum kam. Und wir glaubten, Robi sei schon perfekt.«

»Und die Journalistin? Woher wusste sie von Ihrem Experiment?«

»Sie hatte Günther vor zwei Jahren einmal interviewt. Als sie die Fotos der Leiche nochmals genau anschaute, ist es ihr wieder eingefallen.«

»Und wie kam sie in den Raum?«

»Ich weiß es nicht. Als ich oben war und telefonierte, hörte ich plötzlich einen Schuss. Ich wusste sofort, dass Robi wieder zugeschlagen hatte.«

»Und weshalb haben Sie Robi nicht schon nach dem ersten Unfall den Strom abgedreht?«

»In diesem Experiment stecken Millionen. Robi war so etwas wie mein Kind. Würden Sie Ihr Kind töten, nur weil es einen bedauerlichen Fehler gemacht hat?«

Kilias schaute traurig auf die zerstörten Platinen und Schaltkreise. Schließlich gab er zu, die beiden Leichen in den Fluss geworfen zu haben. Den Rest überließ ich der Polizei. Ich ging zurück in die Stadt und trank in einer Bar einige Gläser. Dann flirtete ich mit einer Studentin. Es klappte. Unsere Schaltkreise schnappten ein, und was meine Bilderfassung und Verarbeitung sah, war alles andere als übel. Schöne neue Welt, dachte ich und ließ mich gehen.

Die andere Frau

Ich hatte Kopfschmerzen und versuchte es mit ein wenig Akupunktur. Als ich meine rechte Hand mit Sicherheitsnadeln voll hatte, war das Kopfweh tatsächlich verschwunden, dafür tat mir die Hand weh. Ich entfernte die Nadeln wieder und bandagierte meine Hand ein. Wenig später stand eine Frau in meinem Büro. Sie schaute mich unsicher an und setzte sich. Sie stellte sich als Eveline Suter vor. Ihre Stimme war ein wenig zittrig und in ihren Augen lag der Blick einer Frau, die sich Sorgen macht.

»Ich weiß nicht mehr, was ich machen soll.«

»Dann machen Sie doch einfach nichts oder Ferien.«

»Das geht nicht. Ich bin völlig durcheinander. Ich wollte vorhin nach Hause gehen. Aber ich musste feststellen, dass ich kein Zuhause mehr habe.«

»Wenn Sie ein Zimmer suchen, sind Sie hier an der falschen Adresse. Ich schlafe unter meinem Schreibtisch und da hat's für Sie keinen Platz mehr.«

»Ich habe ja eine Wohnung. Das heißt, bis vor ein paar Stunden habe ich das wenigstens geglaubt. Ich bin heute Morgen in einem Hotelzimmer aufgewacht, und als ich nach Hause wollte, war meine Wohnung plötzlich nicht mehr da.«

»Moment mal. Ganz langsam, Frau Suter. Ihre Wohnung hat sich in Luft aufgelöst? Vielleicht ist das der

Grund für die Wohnungsnot in der Stadt. Glauben Sie, dass sich noch mehr Wohnungen über Nacht in Nichts auflösen?«

»Genaugenommen gibt es die Wohnung noch. Aber ein anderer Mann wohnt darin. Ich kann das alles nicht verstehen.«

»Kennen Sie den Mann?«

»Nein. Ich habe ihn nie zuvor gesehen. Irgendetwas stimmt da nicht.«

»Allerdings. Haben Sie sich auch schon mal überlegt, dass das irgendetwas irgendwo in Ihrem Kopf sein könnte?«

»Ich bin nicht verrückt, wenn Sie das meinen.«

»Nun, so direkt habe ich das nicht gesagt.«

»Ich habe gestern einen Schlag auf den Kopf bekommen, und heute Morgen bin ich in einem Hotelzimmer aufgewacht.«

»Einen Schlag auf den Kopf? Das erklärt einiges.«

»Haben Sie ein Telefonbuch?«

»Klar. Unsereins liest ja auch ab und zu. Wen möchten Sie denn anrufen?«

Ich gab ihr das Telefonbuch. Sie begann umständlich darin zu blättern.

»Einen Moment. Hier. Sehen Sie? Das ist meine Adresse.«

»Interessant. Geben Sie die immer so schnell an alleinstehende Herren weiter?«

»Ich möchte, dass Sie sich davon überzeugen, dass ich tatsächlich nicht verrückt bin.«

»Na, meinetwegen. Und wie soll ich das bewerkstelligen?«

»Überzeugen Sie sich davon, dass mir meine Wohnung gestohlen wurde.«

Ich atmete einmal tief durch und lächelte. Die Frau sah ganz normal aus, aber langsam hatte ich meine Zweifel. Die Stadt war voller Neurosen, und darunter gab es auch ein paar hübsche. Und sie gehörte zu dieser Sorte. Ich beschloss, sie ein wenig zu testen.

»Übernehmen Sie den Auftrag?«

»Was denn für einen Auftrag? Soll ich Ihnen eine neue Wohnung beschaffen?«

»Nein. Ich möchte, dass Sie alles aufklären.«

»Alles? Das ist ein bisschen viel verlangt. Es gelingt unsereins ja nicht mal, gewissen Bischöfen klarzumachen, in welchem Jahrhundert wir leben. Und aufgeklärt sind die sowieso nicht.«

»Was haben Bischöfe mit meiner Wohnung zu tun?«

»Sehen Sie. Genau das ist der Punkt. Alles hat mit allem zu tun. Wenn ich hier zum Beispiel in die Hände klatsche, stirbt gleichzeitig irgendwo in Afrika eine Antilope.«

»Es zwingt Sie ja niemand, in die Hände zu klatschen.«

»Ja, aber wenn ich nicht in die Hände klatsche, stirbt trotzdem eine Antilope.«

»Das verstehe ich nicht.«

»Sehen Sie, vielleicht ist das jetzt die Rache der afrikanischen Antilopen. Vielleicht klatschen die jetzt auch nicht in die Hände und dafür verschwindet hier irgendwo zur gleichen Zeit eine Wohnung.«

»Sind Sie bescheuert oder etwa sogar ein New-Age-Anhänger?«

»Ich muss doch sehr bitten.«

»Bitte sehr.«

»Danke.«

»Kann ich hierbleiben, während Sie den Fall lösen?«

Die Frau hatte mich überzeugt. Nur Verrückte lassen sich auf jede Diskussion ein. Ich erklärte der Frau meine Kaffeemaschine und machte mich auf den Weg. Ihre Adresse, die in dem Telefonbuch stand, stimmte tatsächlich nicht mehr. Ich klingelte an jener Wohnung, die sie für die ihre hielt. Ein Mann sah mich missmutig an, nachdem er geöffnet hatte.

»Ich brauche nichts.«

»So sehen Sie aber nicht aus.«

»Was wollen Sie von mir?«

»Kennen Sie eine Frau Eveline Suter?«

»Ist das die Verrückte, die sagt, dass sie hier wohne?«

»Genau die.«

»Ich weiß nicht, was der Unsinn soll. Ich habe diese Wohnung gemietet, weil sie leer stand und wohne seit einem Monat hier. Ich kenne diese Frau Suter nicht.«

»Seit einem Monat? Das ist aber seltsam.«

»Was ist daran seltsam? Wer sind Sie überhaupt?«

»Philip Maloney. Privatdetektiv.«

»Na und?«

»Wer hat die Wohnung an Sie vermietet?«

»Wer wohl? Eine Immobilienverwaltung!«

Er nannte mir den Namen der Verwaltung. Sie war ganz in der Nähe. Es war ein nettes Bürohaus voller netter Menschen mit netten Gesichtern. Ich versuchte meine Übelkeit zu unterdrücken und steuerte auf eine Frau zu, die hinter ihrem netten Lächeln nur mühsam die Abscheu gegenüber jeglicher Art von Menschen auf Wohnungssuche verbergen konnte.

»Möchten Sie sich bei uns anmelden?«

»Hat das überhaupt einen Sinn?«

»Sind Sie Nichtraucher?«

»Was geht Sie das an? Möchten Sie mich heiraten oder am Ende sogar küssen?«

»Wir haben täglich Dutzende von Anmeldungen. Unsere Mietobjekte sind äußerst beliebt.«

»Ich interessiere mich für ein ganz bestimmtes Mietobjekt. Es liegt an der Wunderlinstrasse 5, zweiter Stock rechts.«

»An der Wunderlinstrasse 5 ist keine Wohnung frei.«

»Aber erst vor einem Monat wurde da eine Wohnung an einen Mann vermietet.«

»Herr Fischer? Angenehmer Mieter. Nichtraucher, und er hasst Haustiere.«

»Und wie kam Herr Fischer zu dieser Wohnung?«

»Die Vormieterin ist leider verstorben.«

»Verstorben?«

»Ja, verstorben. Ein tragischer Autounfall.«

»Und die Tote hieß Eveline Suter?«

»Ja … Aber woher wissen Sie das? Wer sind Sie überhaupt?«

Ich machte schleunigst rechtsumkehrt und eilte zurück in mein Büro. Entweder erwartete mich dort ein Gespenst oder eine Lügnerin. Möglicherweise auch beides. Man kann ja nie wissen heutzutage. Doch so, wie sie in meinem Büro saß, sah sie überhaupt nicht nach einem Gespenst aus, und wenn, dann war sie das hübscheste Gespenst, das man sich denken konnte.

Sie trank gerade eine Tasse Kaffee und sah so lebendig aus wie die meisten Leute, die Kaffee trinken.

»Haben Sie schon etwas herausgefunden, Maloney?«

»Allerdings. Entweder haben Sie eine Meise, oder ich bin aus Versehen im Jenseits gelandet.«

»Drücken Sie sich immer so kompliziert aus?«

»Ich drücke mich selten aus. Ich bin ja keine Senftube.«

»Haben Sie mit dem neuen Mieter gesprochen? Was ist mit meiner Wohnung?«

»Jetzt hören Sie mal gut zu, Frau Suter, falls Sie überhaupt so heißen.«

»Natürlich heiße ich Suter.«

»Sie haben gesagt, dass Sie eins auf den Schädel gekriegt haben. Wann war das?«

»Gestern. Das sagte ich Ihnen doch schon. Und dann bin ich in dem Hotelzimmer aufgewacht.«

»Also Ihren Schädel möchte ich nicht geschenkt haben. Die Frau Eveline Suter, die an der Wunderlinstrasse 5 wohnte, ist vor einem Monat bei einem Autounfall ums Leben gekommen.«

»Kein guter Witz, Maloney.«

»Den Witz hat mir die Frau von der Hausverwaltung erzählt. Sie sieht nicht gerade wie eine Stimmungskanone aus.«

»Aber Sie sehen doch, dass ich lebe.«

»Vielleicht sind Sie nicht die, die Sie zu sein glauben.«

»Sie halten mich also für verrückt?«

»Können Sie beweisen, dass Sie Eveline Suter sind?«

»Beweisen? Ich hab keinen Pass dabei, wenn Sie das meinen.«

Ich schüttelte den Kopf und zündete mir eine Zigarette an. Ich hatte keine Ahnung, in was ich da hineingeraten war. Sie behauptete weiterhin steif und fest, jene

Frau zu sein, die eigentlich tot war. Es blieb mir nichts anderes übrig, als stärkeres Geschütz aufzufahren.

»Ich schlage vor, wir gehen jetzt zur Polizei und klären die ganze Sache.«

»Meinetwegen.«

»Was denn? Sie wollen freiwillig zur Polizei mitkommen? Ja, wissen Sie denn nicht, dass da schon Leute ernsthaft an Allergien erkrankt sind?«

»Ich bin nicht allergisch. Können wir gleich gehen?«

Ich verstand immer weniger. Schließlich landeten wir auf dem Polizeipräsidium. Mir blieb wieder einmal gar nichts erspart. Hugentobler empfing mich beinahe so euphorisch wie den zuständigen Stadtrat.

»Maloney! Wunderbar, Sie wieder mal hier zu sehen. Und dann noch in Damenbegleitung! Wusste gar nicht, dass es auch Frauen gibt, die die erste Begegnung mit Ihnen überleben.«

»Keine Angst, ich enttäusche Sie nicht. Die Dame heißt Eveline Suter und ist eigentlich tot.«

»Das bin ich nicht!«

»Sie ist zumindest die lauteste Leiche, die mir bis jetzt begegnet ist.«

»Eveline Suter? Moment mal, da hatten wir doch kürzlich etwas. Ja, Maloney, der Name kommt mir irgendwie bekannt vor. War das nicht die Frau, die ihren Mann mit einem Videorecorder erschlagen hat, weil er sich dauernd Fußballspiele darauf angesehen hat?«

»Nein, Hugentobler. Es ging um einen Autounfall mit Folgen.«

»Genau. Jetzt erinnere ich mich. Die Versicherung bestand darauf, dass wir den Fall genau untersuchen. War aber ein Unfall. Nasse Fahrbahn, der Wagen ist von der Straße abgekommen, hat sich überschlagen, Feuer gefangen und ist vollständig ausgebrannt.«

»Und Frau Suter kam dabei ums Leben?«

»Ja. Viel ist nicht von ihr übrig geblieben.«

»Ich muss doch sehr bitten.«

Die Frau neben mir, bei der ich immer mehr Zweifel an ihrer Identität hatte, empörte sich. Ich wusste nicht, ob das gespielt war oder echt. Die Realität sieht häufig viel lächerlicher aus als ein schlechtes Theaterstück.

»Wie haben Sie die Leiche identifizieren können?«

»Nun, da waren einige Ausweise, die aus dem Wagen geschleudert wurden, und der Wagen war von dieser Eveline Suter am gleichen Tag gemietet worden. Und da war noch ihr Mann, der die verkohlte Leiche identifizierte.«

»Mein Mann? Aber das ist doch unmöglich.«

»Doch. Der Fall ist abgeschlossen. Eveline Suter ist bei dem Unfall ums Leben gekommen.«

»Und wie erklären Sie sich, dass ich hier vor Ihnen stehe? Ich möchte diese Akte sehen.«

»In den Akten steht, dass Sie tot sind. Alles andere interessiert mich nicht. Wo kämen wir auch hin, wenn hier jeder Tote vorbeischauen und Akteneinsicht verlangen würde? Da müssten wir ja noch viel mehr Beamte einstellen.«

»Ich glaub, ich kippe gleich um.«

»Muss das sein?«

»Ja.«

Sie kippte, und ich stand belämmert da. Eine Polizistin kümmerte sich um die Frau. Ich blätterte noch etwas in der Akte. Einige Minuten später war sie wieder auf den Beinen und verließ auf diesen das Polizeipräsidium. Ich folgte ihr.

»He, warten Sie, wo wollen Sie hin?«

»Zu meinem Mann. Er wird wohl noch wissen, dass ich seine Frau bin.«

»Und weshalb sind Sie nicht gleich zu ihm gegangen?«

»Ich lebe seit einem halben Jahr getrennt von ihm. Ich habe versucht, ihn anzurufen, als ich in Ihrem Büro war. Aber er hat aufgehängt, als er meine Stimme hörte.«

»So übel klingt Ihre Stimme doch nicht.«

»Ich weiß nicht, was hier gespielt wird, aber die Spielregeln gefallen mir nicht.«

Ich versuchte sie zu beruhigen, doch es half alles nichts. Sie stieg in ein Taxi und fuhr los. Ich stieg ebenfalls in ein Taxi und folgte ihr. Schließlich landeten wir vor einem Haus, das voller Zahnärzte und anderer Zivilisationskrankheiten war. Frau Suter wollte gerade klingeln, als ein Schuss fiel. Danach fiel Frau Suter. Ich stürzte mich zu der am Boden liegenden Frau. Es hatte sie ganz schön erwischt. Frau Suter, oder wer auch immer sie sein mochte, war schwer verletzt und wurde ins Krankenhaus gebracht. Herr Suter residierte im 3. Stock des Hauses, war jedoch nicht anzutreffen. Und ich stand wieder einmal Hugentobler gegenüber, und es gibt weiß Gott bessere Momente im Leben.

»Lange hat sie es ja mit Ihnen nicht ausgehalten. Mal ganz unter uns, Maloney, ist die Dame nicht ein wenig plemplem?«

»Und weshalb sollte man sie dann erschießen? Wenn man auf alle Verrückten schießen würde, gäbe es auf den

Straßen bald nur noch Hunde, und von denen sind ja auch nicht alle bei bester geistiger Gesundheit.«

»Ich habe mir die Akte noch einmal angeschaut. Es gibt nichts, das darauf hindeutet, dass die Frau, die damals in dem Wagen verbrannte, nicht diese Eveline Suter war.«

»Und wer ist dann die Frau, auf die geschossen wurde? Wenn Sie mich fragen, ist etwas faul an der Sache.«

»Auf alle Fälle werden wir uns jetzt mal auf die Suche nach dem Schützen machen. Ist nicht einfach, scheint ihn niemand gesehen zu haben.«

Ich ging zurück in mein Büro. Es dauerte eine Weile, bis ich eine Idee hatte. Ich rief bei der Versicherungsgesellschaft an, die bei dem Unfall auf eine eingehende polizeiliche Untersuchung Wert gelegt hatte. Ein junger Mann, der es sich angewöhnt hatte, über alles, egal ob es eine Leiche oder ein gestohlenes Fahrrad war, möglichst sachlich zu reden, gab mir die gewünschten Auskünfte.

»Ja, es ging um sehr viel Geld für uns, deshalb haben wir auch noch eigene Nachforschungen angestellt.«

»Und was ist dabei herausgekommen?«

»Wir mussten am Schluss wohl oder übel bezahlen.«

»Wie viel? Und an wen?«

»Eine Million. Eveline Suter hatte bei uns eine Lebensversicherung abgeschlossen. Das Geld wurde an ihren Mann ausgezahlt.«

Eine Million war kein Pappenstiel. Da lohnte es sich schon mal, die falsche Leiche zu identifizieren. Doch wenn das stimmte, wer war dann die Frau, die in dem Wagen verbrannt war? Und weshalb tauchte die richtige Frau Suter einen Monat unter? Ich war es langsam leid, ständig neue Fragen beantworten zu müssen. Schließlich ist das Leben keine Quizshow. Ich besuchte das Hotel, in dem meine Klientin am Morgen aufgewacht war. Der Geschäftsführer des Nobelschuppens machte sich schon Sorgen. Nicht etwa wegen Frau Suter, sondern um sein Geld. Es stellte sich nämlich heraus, dass meine Klientin nicht eine Nacht, sondern einen ganzen Monat in seinem Hotel verbracht hatte. Der Portier beschrieb mir meine Klientin sehr genau, allerdings mit einigen Zusätzen, die nicht zum Bild passten, das ich von ihr gewonnen hatte. Sie sei als sehr stille, beinahe stumme Person aufgefallen. Sie hätte eine Anzahlung geleistet, das Essen habe sie mit einer Kreditkarte bezahlt. Aus einem Beleg, den mir der Geschäftsführer zeigte, ging einwandfrei hervor, dass die Kreditkarte auf Eveline Suter ausgestellt war. Und heute Morgen habe er erfahren, dass die Karte gesperrt sei, weil deren Besitzerin vor einem Monat gestorben war. Ich bedankte mich und ließ das Hotel hinter mir. Dann machte ich mich auf die Suche nach Herrn Suter. Wenn es einen Schlüssel in diesem Fall gab, so war Herr Suter zumindest der Schlüsselbund, an dem der Schlüssel hing. Als ich von seiner Sekretärin erfuhr, dass er gerade unterwegs zum Flughafen sei, wusste ich, was es geschlagen hatte. Ich eilte dahin, kaufte mir unterwegs eine Kokosnuss und ließ Suter am Flughafenterminal ausrufen. Wie alle pflichtbewussten Bürger erschien er beim Informationsschalter.

»Ich bin Reto Suter. Was ist los? Ich bin in Eile.«

»Dieser Mann ließ Sie ausrufen.«

»Welcher Mann?«

»Darf ich mich vorstellen, Herr Suter? Maloney, Privatdetektiv.«

»Privat? Auch das noch ...«

Er drehte sich um und lief weg, doch ich hatte vorgesorgt. Die Kokosnuss landete auf seinem Hinterkopf, ehe sie zerbrach. Suters Knie knickten weg und ich spazierte zu ihm hin und tätschelte seine Wangen, damit er wieder zu sich kam.

»Was soll das? Lassen Sie mich in Ruhe. Ich habe schon genug gelitten.«

»Weil Ihre Freundin vor einem Monat ums Leben kam?«

»Ich konnte ja nicht ahnen, dass das Schicksal gegen uns war.«

»Und dann auch noch dem Schicksal Schuld geben, das liebt unsereins am meisten. Jetzt aber raus mit der Sprache, was genau geschah vor einem Monat?«

»Ich gebe es ja zu, ich wollte meine Frau umbringen, um an das Versicherungsgeld zu kommen. Und meine Freundin hat mir dabei geholfen.«

»Sie haben Ihre Frau niedergeschlagen. Und dann?«

»Meine Freundin hat dann auf den Namen meiner Frau einen Wagen gemietet. Dann habe ich meine Frau, die bewusstlos war, in den Kofferraum gelegt, und meine Freundin ist losgefahren.«

»Und weshalb sind Sie nicht mitgefahren?«

»Wir haben abgemacht, dass wir uns in den Bergen treffen. Da hätten wir dann meine Frau ans Steuer gesetzt und den Wagen in ein Tobel gestoßen.«

»Doch so weit kam es gar nicht. Ihre Freundin ist unterwegs von der Strecke abgekommen und in dem Wagen verbrannt.«

»Es war schrecklich. Aber als ich hörte, dass nur eine Leiche gefunden wurde und meine Frau spurlos verschwunden war, gab ich an, die verkohlte Leiche sei meine Frau. Doch heute Morgen rief meine Frau plötzlich bei mir an. Ich verstehe das nicht. Wo war sie die ganze Zeit? Wie ist sie lebend aus dem Kofferraum gekommen?«

»Als Ihre Frau anrief, wussten Sie, dass sie noch lebt, und Sie wussten auch, was das für Sie bedeutet. Also haben Sie abgewartet, bis sie vor Ihrer Wohnung aufgetaucht ist und dann abgedrückt.«

»Ich hatte doch keine andere Wahl.«

Suter landete wenig später da, wo er hingehörte. Ich aß etwas von der Kokosnuss und machte mich auf den Weg ins Spital. Frau Suter war über dem Berg und wieder bei Bewusstsein. Ich erzählte ihr die ganze Geschichte.

»Ich kann mich nur noch an den Schlag erinnern. Und dann erwachte ich in dem Hotelzimmer. Was aber war mit dem Monat dazwischen? Ich erinnere mich an nichts mehr.«

»Vermutlich wurden Sie bei dem Unfall aus dem Kofferraum geschleudert. Ihr Glück. Ich vermute mal weiter, dass Sie irgendwie in die Stadt zurückkamen. Möglicherweise standen Sie unter einem solchen Schock, dass Sie alles wie in Trance machten. Dass man nach solchen Ereignissen vorübergehend das Gedächtnis verliert, ist nicht ungewöhnlich. Und heute Morgen, als Sie erwachten, ist ein Teil davon wiedergekommen. Alles, was bis zu dem Unfall passierte.«

»Ich kann einfach nicht verstehen, dass mein Mann mich umbringen wollte. Ist eine Million etwas so Unwiderstehliches?«

Ich brauchte die Frage nicht zu beantworten. Der Fall war gelöst, und die Kokosnuss schmeckte auch nicht übel. Ich legte mich in meinem Büro unter den Schreibtisch und träumte davon, ohne Gedächtnis durch das Leben zu gehen. Als ich aufwachte, tastete ich meinen Körper und meinen Geist ab. Die Neurosen waren alle noch vorhanden. Ich begoss sie mit ein wenig Whisky und tat, was ich in solchen Situationen immer tue: rülpsen.

Schöne Bescherung

Frau Blum trug ein Kleid, das vermutlich mehr gekostet hatte als die Jahresmiete meines Büros. Sie setzte sich elegant auf die Kante des Stuhls, auf dem in all den Jahren auch schon üblere Klienten Platz genommen hatten. Frau Blums Lächeln war derart entwaffnend, dass sie locker ganze Kriegsparteien entmilitarisiert hätte. Ich fühlte mich in einen dieser Filme versetzt, in denen es nur schöne Menschen mit edlen Motiven und geräuschlosem Rülpsen gibt.

»Ich komme zu Ihnen, weil ich mich mit Verbrechern nicht auskenne.«

»So sehen Sie auch aus. Sie glauben wahrscheinlich, dass Verbrecher ab einer gewissen Kredikartenfarbe nicht mehr als solche gelten.«

»Man hat mich bestohlen. Ein dreister Diebstahl. Die Art und Weise des Diebstahls verrät, dass der Dieb keinen Stil hat.«

»Wieso? Hat er keine Armani-Handschuhe benutzt?«

»Er hat ein Bild aus meiner Privatsammlung gestohlen. Und jetzt will er es mir zurückgeben. Für 100 000. Weil er es nicht verkaufen kann. Dieser Idiot.«

»Wie viel ist das Bild wert?«

»Zwei Millionen. Plusminus. Der Versicherungswert liegt tiefer.«

»Und weshalb kommen Sie zu mir? Soll ich den

Dieb zur Strecke und das Bild zu Ihnen zurückbringen?«

»Das wäre natürlich toll, wenn Sie das machen könnten.«

»Natürlich kann ich das. Die Frage ist vielmehr, ob ich auch will.«

»Ich besitze gute Kontakte.«

»Dann kontaktieren Sie mal schön.«

»Ich bin unter anderem mit einem Vizedirektor der Bank befreundet, bei der Sie Ihr Konto haben, Maloney.«

»Langsam dämmert mir, worauf Sie hinauswollen.«

»Ich glaube nicht, dass Sie es sich leisten können, mein Angebot auszuschlagen.«

»Und weshalb sollte ich Ihr Angebot annehmen? Tragen Sie sündhaft teure und sündhaft schöne Designerwäsche?«

»Die wurde nicht gemacht, um von Männern wie Ihnen ausgezogen zu werden. Besorgen Sie mir das Bild. Der Dieb hat mir den Übergabeort telefonisch mitgeteilt. Ich möchte, dass Sie dabei sind.«

»Als Beschützer oder als Einschüchterung?«

»Beides. Ich werde zwei kleine Koffer im Auto haben. In jedem sind 100 000 Franken. Der eine Koffer ist für den Dieb.«

Ich schluckte leer und hielt mich an der Kante meines Schreibtisches fest. Frau Blum lächelte, sie genoss es, mich leiden zu sehen. Ich dachte an all die schönen Vorsätze und an einhunderttausend-Gründe dafür, alles zu vergessen, was ich mir je vorgenommen hatte. Ohne dass ich mich dagegen wehren konnte, saß ich eine

Stunde später in Frau Blums Wagen auf der Anhöhe einer einsamen Landstraße, umgeben von Nebel und ein paar hübschen Träumen, die allesamt fünf Nullen wert waren.

»Er müsste gleich kommen. Gespenstisch ist es hier. Ich hoffe, dass er nicht auf dumme Gedanken kommt. Ich bin es nicht gewohnt, keine Kontrolle zu haben. Ich liebe es, alle Fäden in der Hand zu halten. Macht ist etwas Tolles, Maloney. Sogar, wenn es nur die Macht über Männer ist.«

»Wie viele solcher Sprüche muss ich eigentlich für die 100 000 erdulden? Ich bin hier, um Ihnen zu helfen, und nicht, um mich zu unterhalten.«

»Sie mögen wohl keine Konversation? Kenne ich. Schweigsame Männer sind die schlimmsten. Man weiß nie genau, was in ihnen vorgeht, bis man kapiert, dass gar nichts in ihnen vorgeht.«

»Jetzt reicht es aber. Mein Innenleben geht Sie und Ihre Kreditkarte nichts an.«

»Da vorne. Das ist er.«

Sie zeigte auf eine Gestalt, die sich unsicher umschauend auf uns zu bewegte.

»Zu Fuß? Das ist doch idiotisch. Und dann wankt er auch noch.«

»Ich sagte doch, dass der Dieb keinen Stil hat. Jetzt sehen Sie es selbst. Entsetzlich, dass ich mich dermaßen demütigen lassen muss.«

Ich beachtete ihre Demütigung nicht weiter und stieg aus. Der Betrunkene wankte über die ganze Fahrspur auf mich zu. Er schwenkte eine leere Flasche in der Hand und zeigte zum Himmel. Doch mit jedem Schritt, den wir uns näherkamen, ging eine seltsame Verwandlung einher. Aus dem Betrunkenen wurde eine Frau, was die Sache auch nicht viel besser machte.

»Dieser Idiot, ausgesetzt hat er mich. Wollte eine ganz spezielle Nummer und dann nicht bezahlen. Diese Überlandfritzen können mir in Zukunft gestohlen bleiben.«

»Glauben Sie, dass die Sitten im Unterland besser sind?«

»Das kann Ihnen doch egal sein. Ist das Ihr Wagen da vorne?«

»Nein.«

»Verstehe. Auf einer ganz speziellen Spritztour, eh?«

»Immerhin hat Ihr Freier Sie mit einer Pulle besten Champagner versorgt.«

»Ist nicht mein Freier. Bin keine Nutte. Wir haben uns bei einer Party kennengelernt und festgestellt, dass wir beide Rollenspiele mögen. Capito? Ich spiele die Hure und er den Freier.«

»Aha, und jetzt sind die Spielregeln mit ihm durchgegangen?«

»Nein, dieser Idiot hat sein Autotelefon nicht ausgeschaltet, und prompt hat ihn seine Frau angerufen. Da hat er Panik gekriegt und mich rausgesetzt.«

»Und wieso jammern Sie darüber, dass er Ihnen kein Geld gegeben hat?«

»Das ist wie beim Glücksspiel. Mit richtigem Geld macht es mehr Spaß.«

»Verstehe.«

»Vielleicht könnten wir beide weiterspielen? Oder hat die Glucke im Wagen etwas dagegen?«

»Die Glucke hat Angst, und ich stehe ihr bei. Und Sie sollten von hier verschwinden.«

»Klingt wie im Krimi. Ich habe mal in einem mitgespielt. *Flammen über Bern-Bethlehem.* Eine ziemlich wirre Geschichte. Ich musste einen Typen anquatschen und stellte dann fest, dass er tot war. War ganz lustig, aber der Film war nie zu sehen. Der Regisseur sagte, ich sei ganz toll gewesen.«

Vermutlich hatte sich der Regisseur in ihre inneren Werte verliebt, so wie das der moderne Mann oft und gerne tut. Ich persönlich bin in dieser Beziehung ein wenig altmodisch. Frau Blum bestand darauf, weiterhin im Nebel auf ihr Bild zu warten. Als zwei Stunden vergangen waren, erbarmte sie sich meiner und fuhr uns zurück in die Stadt. Es war kurz nach sechs Uhr früh, als ich mich endlich unter meinen Schreibtisch legen konnte. Ich schlief kurz und träumte heftig und war alles andere als wach, als Frau Blum in meinem Büro auftauchte und mir ihre blank polierten Zähne zeigte.

»Es ist etwas Entsetzliches passiert.«

»Haben Sie aus Versehen Ihre Nachtcreme zum Frühstück gegessen?«

»In meinem Haus, da steht ein Weihnachtsbaum.«

»Das ist nicht weiter ungewöhnlich zu dieser Jahreszeit.«

»Unter dem Baum liegt etwas.«

»Was Sie nicht sagen? Ist es ein Würfel, hübsch eingepackt mit einer bunten Masche drum herum?«

»Keine Scherze, Maloney. Unter dem Weihnachtsbaum liegt ein toter Mann.«

»Das ist aber eine schöne Bescherung. Haben Sie sich einen Mann zu Weihnachten gewünscht?«

»Natürlich nicht. Es wurde eingebrochen, als wir weg waren. Es sind mehrere Bilder gestohlen worden. Und dieser Mann, er ist tot.«

Ich nickte artig und wartete darauf, dass Frau Blum zusammenbrach, sich mir an den Hals warf oder sonst etwas tat, um dem Tag etwas mehr Dramaturgie zu verleihen. Stattdessen blieb sie schweigend stehen und schüttelte monoton den Kopf.

Das Haus von Frau Blum hätte in jedem Fernsehkrimi einen Ehrenplatz erhalten. Die Möbel standen dekorativ herum, und selbst die Leiche unter dem Weihnachtsbaum gab sich Mühe, kunstvoll drapiert auszusehen. Es war ein Mann Mitte Dreißig. Die Polizisten zeigten sich vom teuren Interieur unbeeindruckt und versahen ihre Arbeit so, als kriegten sie einen Bonus für jede teure Vase, die sie zerdepperten.

»Ich bitte Sie, sagen Sie Ihren Männern, sie sollen etwas rücksichtsvoller und mit mehr Respekt vor meinen Möbeln ihre Pflicht tun.«

»Wir sind hier, weil in Ihrem Haus eine Leiche herumliegt. Vielleicht sollten Sie Ihre Gäste etwas rücksichtsvoller behandeln, anstatt sie tot unter den Weihnachtsbaum zu legen.«

»Gäste? Das darf doch nicht wahr sein. Der Mann hat bei mir eingebrochen.«

»Und dann hat ihn das schlechte Gewissen gepackt, und er hat sich selber erschossen?« Hugentobler schüttelte den Kopf, und einige Schuppen fielen auf den teuren Teppich.

»Was weiß ich? Vermutlich hatte er einen Komplizen.«

»Und was machen Sie hier, Maloney? Sind Sie ein Komplize von Frau Blum? Oder gehören Sie zur Innendekoration des Hauses?«

»Ich recherchiere für ein Buch. *Polizisten bei der Arbeit.* Allerdings habe ich Probleme, mehr als drei Seiten zu füllen. Zwei davon sind Fotos, die einen gewissen Polizisten bei der Lösung von Kreuzworträtseln zeigen.«

»Mein Blutdruck sinkt, ich muss mich setzen«, sagte Frau Blum und setzte sich.

»Tun Sie, was Sie nicht lassen können, Frau Blum. Sie kennen den Toten nicht?«

»Nein. Aber das sagte ich schon Ihrem Kollegen.«

»Durch dessen Sieb tropfen die Worte schnell und schmerzlos«, sagte ich, und Frau Blum nickte.

»Wo waren Sie gestern Nacht, Frau Blum?«

»Ich war mit Herrn Maloney zusammen.«

»Üble Sache, Maloney. Was haben Sie zu Ihrer Verteidigung vorzubringen?«

»Sagen Sie ihm ruhig die Wahrheit, Maloney. Spielt jetzt keine Rolle mehr.«

»Und was ist mit meinem Erfolgshonorar?«

»Ach so, ja. Warten Sie einen Moment.«

Sie schaute sich um und griff in eine Schublade, aus der sie eine scheußliche Taschenuhr hervorklaubte. Mit dem Hinweis, dass die Uhr ein paar Tausender wert sei, übergab sie mir das edle Stück. Ich fuhr zurück in mein Büro, duschte und telefonierte mit einigen Händlern. Ernüchtert stellte ich fest, dass entweder alle Sammler von Taschenuhren gestorben waren oder auf bessere Zeiten warteten. Auf einige traf sogar beides zu. Am Nachmittag erschien plötzlich ein Anwalt in meinem Gemach.

»Ich bin Frau Blums Anwalt. Ich komme in einer etwas delikaten Angelegenheit.«

»Klingt nach Reizwäsche und schmutzigen Phantasien.«

»Sehr gut, ich mag Männer, die ohne Umschweife zur Sache kommen. Ich möchte, dass Sie der Polizei mitteilen, dass Sie die vergangene Nacht mit Frau Blum verbracht haben.«

»Das habe ich bereits mitgeteilt. Vermutlich hängt darüber bereits ein dreckiger Witz am Schwarzen Brett des Polizeipräsidiums.«

»Ich möchte, dass Sie die Wahrheit ein wenig, wie soll ich sagen, ein wenig ausschmücken. Es wäre uns sehr gedient, wenn Sie der Polizei mitteilen würden, dass Sie die ganze Nacht mit Frau Blum verbracht haben. Sie verstehen schon, was ich meine.«

»Daran kann ich mich aber nicht erinnern.«

»Selbstverständlich würde sich Frau Blum erkenntlich zeigen.«

»Danke, eine hässliche Uhr genügt.«

»Frau Blum würde sich unter Umständen auch dazu bereit erklären, Versäumtes nachzuholen. Sie verstehen? Die Angelegenheit ist ihr sehr wichtig.«

»Darf ich raten? Die Obduktion hat ergeben, dass der Tote zu einer Zeit starb, als Frau Blum kein Alibi in Form eines frierenden Maloneys mehr hatte? Das ist Pech.«

»Meine Mandantin hat mit dem Einbruch und dem Mord nichts zu tun. Ich möchte ihr lediglich Unannehmlichkeiten ersparen.«

Ich stand auf und ersparte mir eine Fortsetzung dieser traurigen Begegnung, indem ich den Anwalt kurzerhand rausschmiss. Am Abend besuchte ich meine Klientin. Sie hatte Besuch, doch diesmal war es kein Mann, und es lag auch niemand unter dem Weihnachtsbaum.

»Sie sind schuld am Tod meines Sohnes«, sagte die Frau.

»Das ist albern. Ihr Sohn hat bei mir eingebrochen. Vermutlich hat ihn sein Komplize erschossen.«

»Mein Sohn war ein Einzelgänger, er hatte keine Komplizen.«

»War Ihr Sohn vorbestraft?«

»Ja. Aber das ist lange her. Er hatte keine Arbeit. Das hat ihn gedemütigt. Alles hätte er angenommen, nur um wieder arbeiten zu können.«

»Da haben Sie es«, sagte Frau Blum. »Ein leichtes Spiel für einen Profi.«

»Ein Profi lässt sich nicht mit Amateuren ein«, sagte ich.

»Er hat mir erzählt, dass er Arbeit in Aussicht hätte. Bei einer reichen, schicken Frau.«

»Was starren Sie mich so an? In dieser Stadt gibt es Tausende reicher Frauen.«

»Aber weshalb lag der Mann ausgerechnet unter Ihrem Weihnachtsbaum, wenn er eine so große Auswahl hatte?«, fragte ich lächelnd.

»Woher soll ich das wissen? Vielleicht gefiel ihm die Dekoration?«

»Das ist geschmacklos. Sie haben etwas mit dem Tod meines Sohnes zu tun. Ich werde Sie nicht in Ruhe lassen, bis ich herausgefunden habe, was heute Nacht in dieser Wohnung geschah.«

»Ich verbrachte die Nacht mit diesem Herrn hier. Möchten Sie Einzelheiten darüber erfahren?«

»Jetzt reicht es aber. Ich habe Ihren Anwalt rausgeschmissen. Ich lasse mir keine Liebesnächte andichten.«

»Da haben wir es. Ein Lügengebäude, das langsam zusammenbricht. Die Gerechtigkeit wird siegen.«

Der Frau gelang ein vorzüglicher Abgang. Ich unterhielt mich mit Frau Blum über wertvolle Uhren, die niemand haben wollte, doch sie zeigte sich unbeeindruckt. Am nächsten Morgen versuchte ich mein Glück in jenem Antiquariat, wo man ausgediente Polizisten besichtigen konnte.

»Es ist alles ganz anders, Maloney. Soeben habe ich die Ergebnisse der ballistischen Untersuchung erfahren.«

»Und die sagt Ihnen, dass der Mann einwandfrei erschossen wurde?«

»Die sagt mir, dass die Waffe, die wir im Garten gefunden haben, die Tatwaffe ist. Und die sagt mir, dass diese Waffe niemand anderem als Frau Blum gehört.«

»So viele Erkenntnisse auf einen Schlag müssen Ihren Kopf ganz schön durcheinanderbringen.«

»Auf der Waffe wurden die Fingerabdrücke von Frau Blum gefunden, Maloney. Was sagen Sie dazu?«

»Reich und doch zu geizig, um sich ein paar Handschuhe zu kaufen. Typisch.«

»Wir gehen davon aus, dass Frau Blum diesen jungen Mann angeheuert hat, um bei ihr einzubrechen. Sie hat ihn erschossen und die Gemälde verschwinden lassen, um die Versicherungsprämie zu kassieren. Klingt doch einleuchtend, oder?«

Ich fragte ihn, welchem Schachcomputer er seine Logik verdankte, doch Hugentobler ging nicht auf meine nette Frage ein, sondern wandte sich einem Sandwich zu, das aussah, als wäre es bereits mehrmals verdaut worden. Er biss herzhaft hinein. Ich tat, was ich in solchen Situationen immer tue: Augen zu und raus.

Meine Klientin wurde vorübergehend festgenommen, was ihr Anwalt gar nicht gerne sah. Ich verbrachte zwei angenehme Tage in meinem Büro und las in einem Sachbuch, dessen Inhalt ich nicht verstand, das aber hübsch gestaltet war und dessen Autor sich enorm Mühe gab, einfache Sachverhalte so zu beschreiben, dass sie wie mathematische Formeln klangen. Am dritten Tag tauchte jene Spielerin bei mir auf, die ich damals im Nebel beinahe aus den Augen verloren hätte.

»Mir reicht es. Ich habe genug. Ich möchte nicht mehr.«

»Klingt gut. Ist das Ihre Autobiographie?«

»Der Anwalt von Frau Blum will mich fertig machen.«

»Sie kennen den netten Herrn?«

»Er hat mich aus seinem Wagen geschmissen.«

»Was denn? Er war der Spieler?«

»Ein Lügner ist er. Ist gar nicht verheiratet, kann gar nicht seine Frau gewesen sein, die im Wagen angerufen hat. Das ist ein mieses Spiel, ich mag das nicht. Jetzt möchte er, dass ich zur Polizei gehe und aussage, dass ich die ganze Nacht in seinem Wagen saß, oder lag, dieses Ekel.«

»Und was bietet er Ihnen für den erlogenen Liegesitz?«

»Was wohl? Könnte das Geld gut gebrauchen. Aber nicht mit mir. Das ist einer dieser Kerle, die einen benutzen. Habe keinen Bock darauf, eines Tages tot zu erwachen.«

»Das wäre ganz was Neues.«

»Sie wissen schon, was ich meine. Er spielt mit den Menschen. Und Spielzeug, das er nicht mehr will, schmeißt er weg.«

Es war an der Zeit, wieder einmal mein Büro zu verlassen. Gemeinsam mit dem griesgrämigen Hugentobler legte ich mich auf die Lauer. Er fand das zwar überflüssig, genoss es aber sichtlich, mich mit seinen laut formulierten Gedanken zu nerven.

»Eigentlich wollte ich meiner Frau einen neuen Staubsauger schenken, aber dann sah ich diese Küchenmaschine, die ist phantastisch, Maloney. Sie schmeißen alles oben hinein, und unten kommt ein dreigängiges Menü heraus. Fixfertig.«

»Verdaut die Maschine auch gleich alles, oder müssen Sie das selber machen?«

»Die moderne Technik, Maloney, erleichtert unser Leben ungemein. Das ist ein tolles Geschenk. Oder wissen Sie etwas Besseres, das ich meiner Frau schenken könnte?«

»Ziehen Sie für einen Monat in ein Hotel. Alleine.«

»Sie haben es leicht, Maloney, von Ihnen erwartet niemand ein Geschenk. Sie sind einsam und verbittert, deshalb ist Ihre Lebenserwartung auch tiefer als beispielsweise die eines protestantischen Pfarrers. Die leben unendlich lange, Maloney.«

»Liegt wahrscheinlich alles an der richtigen Küchenmaschine. Oben rein und unten wieder raus.«

»Genau. Mit drei Gängen.«

»Vielleicht sollten Sie jetzt langsam den ersten Gang reinlegen.«

»Ich trage die Küchenmaschine nicht mit mir herum.«

»Es genügt, wenn Sie den Motor dieses Wagens zum Kochen bringen.«

»Nur um diesem Anwalt nachzufahren? Ist er das? Sieht fürchterlich aus. Möchten Sie von so einem Kerl vor Gericht vertreten werden? Dann lieber lebenslänglich, Maloney.«

Der Anwalt stieg in seinen Wagen und fuhr weg. Wir folgten ihm unauffällig, was nicht einfach war, da der Polizist großzügig alle Tempolimiten unterbot und während der Fahrt ununterbrochen aus seinem düsteren Familienleben erzählte. Erst als der Anwalt Frau Blum abholte, wurde Hugentobler schweigsamer. Die beiden fuhren zu einer Lagerhalle. Wir folgten ihnen zu Fuß.

»Was soll das, Maloney? Stecken die beiden unter einer Decke? Ich verstehe das nicht.«

»Das ist ein wenig anspruchsvoller als all die Küchenmaschinen.«

»Wenn die beiden einen Versicherungsbetrug vorhatten, dann haben sie es ziemlich dämlich angestellt.«

»Vielleicht steckt etwas ganz anderes dahinter.«

»Die Cosa Nostra oder die Russenmafia? Erst neulich habe ich diesen Film im Fernsehen gesehen. Da waren lauter Russen, Maloney. Die stecken ganz schön dick drin. Also, wenn Sie mich fragen, liegt das an diesem Jelzin. Der soll ja angeblich noch mehr trinken als Sie, Maloney.«

»Jetzt reicht es aber. Sie sollten sich der NASA für die Erkundung des Jupiters zur Verfügung stellen. Die Menschheit würde es Ihnen danken.«

»Sehen Sie da vorne? Da ist eine Luke. Leise, Maloney. Die beiden sind da hinten. Hören Sie?«

Tatsächlich vernahmen wir die Stimmen des Anwalts und von Frau Blum. Doch es war alles ganz anders, als ich zuerst dachte. Weder bedrohte sie der Anwalt mit einer modernen Küchenmaschine, noch trieben sie es vor einem gestohlenen Matisse. Der Anwalt richtete eine Waffe auf Frau Blum.

»Sind Sie verrückt? Was soll das?«

»Sie haben mich auf die Idee gebracht, Frau Blum. Ich wusste, dass Sie alles tun würden, um das gestohlene Bild wiederzukriegen.«

»Sie waren das? Sie haben mich aus dem Haus gelockt? Aber wozu?«

»Wozu wohl? Schauen Sie sich um. Da hinten unter den Laken liegen ein Magritte und ein Hundertwasser.«

»Sie sind ein Scheusal. Wo sind die anderen Bilder?«

»Die behalte ich.«

»Jetzt verstehe ich gar nichts mehr.«

»Man wird Sie morgen früh hier vorfinden, Frau Blum. Mit einer Kugel im Kopf. Bedauerlich, aber verständlich. Ihre Schulden haben Sie dazu getrieben, Sie brauchten dringend Geld, so viele teure Bilder, aber nichts Bares in der Hand. Nie hätten Sie ein Bild verkauft. Also versuchten Sie es mit einem Versicherungsbetrug. Doch dann kam die Verzweiflung über den Mord, den Sie begangen hatten.«

»Sie waren das! Sie haben ihn erschossen. Das war alles geplant. Sie wollten mir von Anfang an den Mord in die Schuhe schieben.«

»So ist es, Frau Blum. Wissen Sie, was ich jetzt mache?«

Der Anwalt grinste diabolisch und hob die Waffe ein paar Zentimeter an. Sie fokussierte die Stirn meiner Klientin. Hugentobler flüsterte mir ins Ohr.

»Wir wissen zwar nicht, was dieser Herr hier gleich macht, ich weiß aber, dass ich ihn liebend gerne in meine neue Küchenmaschine stecken würde. Wetten, dass unten mindestens vier Gänge rauskämen?«

»Ich bezweifle, dass dieses Futter genießbar wäre.«

Hugentobler schoß in die Lagerhalle. Der Anwalt erschrak und ließ die Waffe fallen. Frau Blum schaute zu uns hoch und zeigte weiße Zähne.

»Was bin ich erleichtert. Der Mann ist verrückt, er wollte mich umbringen.«

»Unsinn«, sagte der Anwalt. »Ich habe Frau Blum verfolgt und sie gestellt. Mir gebührt eine Auszeichnung.«

»Ihnen gebührt ein Strick um den Hals«, sagte Frau Blum.

»So nicht, Frau Blum«, sagte Hugentobler. »Wir quälen unsere Mörder lieber mit täglichen Spaziergängen unter dem Ozonloch. Eine Stunde pro Tag genügt fürs Erste.«

Und so kam es auch. Frau Blum hatte ihre Bilder wieder, doch mehr als einen müden Tausender war ihr meine Arbeit nicht wert. Die Taschenuhr, die sie mir schenkte, besitze ich heute noch. Manchmal biete ich sie einem Bettler an, doch meistens ernte ich dafür nur Fluchtiraden. So geht das.

Zum Kuckuck

Unsereins ist es sich gewohnt, auf dem Boden zu bleiben. Deshalb freute ich mich über den Anruf von Herrn Fuhrer, der mit mir unbedingt nach London fliegen wollte. Ich freute mich vor allem auf reichlich schottischen Whisky und fuhr zum Flughafen. Zusammen mit Herrn Fuhrer bestieg ich die Boeing 747, die eine halbe Stunde später abhob und Richtung Heathrow flog. Erst kurz vor der Landung erfuhr ich mehr über meinen Auftrag.

»Sie bleiben in meiner Nähe, was auch immer geschehen mag.«

»Ich weigere mich, mit Ihnen ein Doppelzimmer zu teilen.«

»Das ist nicht notwendig. Wir fliegen mit der nächsten Maschine wieder zurück.«

»So habe ich mir das nicht vorgestellt. Unsereins kann sich keine teuren Ferien leisten, aber auf Kosten eines Klienten würde ich gerne einmal über die Stränge hauen.«

»Sie sind hier, um mich zu beschützen. Haben Sie eine kugelsichere Weste dabei?«

»Nein. Aber mein Unterhemd hat schon einiges erlebt.«

»Ich werde auf dem Flughafen Heathrow einen Koffer in Empfang nehmen. Sie werden diese Übergabe beobachten und allenfalls einschreiten, wenn sich jemand des Koffers bemächtigen möchte.«

»Ist das alles? Und dafür kriege ich drei schöne Tausender?«

»Abzüglich der Flugkosten, versteht sich. Wir fliegen Businessklasse.«

»Tatsächlich? Und weshalb kriege ich keinen Single Malt zum Frühstück?«

»Sie bleiben nüchtern. Und jetzt bitte ich Sie zu schweigen.«

Ich brummte etwas und schloss die Augen. Das Flugzeug schlingerte ein wenig, ehe es auf der Piste aufsetzte. Mein Klient setzte sich in die Flughafencafeteria. Ich setzte mich einige Tische entfernt ebenfalls hin und bestellte mir einen Kaffee. Er schmeckte nach aufgebrühtem Karton und sah auch so aus. Ich gesellte mich zu einer Frau, die meinen Klienten schon seit Minuten auffällig unauffällig zu beobachten schien.

»Ich beobachte niemanden. Ich sitze nur ein wenig herum und warte. Ist das verboten?«

»Sie saßen in der gleichen Maschine wie dieser Herr dort. Und offenbar warten Sie ebenfalls auf die Maschine, die zurück in die Schweiz fliegt.«

»Ich fliege für mein Leben gern. Der Flug ist das Ziel, sage ich immer. Ich könnte täglich fliegen. Glücklicherweise kenne ich eine Frau, die bei einer Fluggesellschaft arbeitet. Sie vermittelt mir manchmal Tickets für solche Flüge. Spottbillig. Der Spaß kostet mich nicht mal hundert Franken.«

»Sie schielen immer noch auf den Mann. Hat er es Ihnen angetan?«

»Sind Sie noch bei Trost? Einen schlappen Kerl habe ich schon zu Hause. Wenn schon, müsste ein jüngerer her. Ein knackiger Flight Attendant, aber einer, der nicht vom anderen Ufer ist. Jetzt winkt mir dieser Kerl auch noch zu. Was soll das?«

»Er winkt nicht Ihnen, sondern mir.«

»Ach, so ist das. Das hätte ich mir gleich denken können. Seltsam ist nur, dass Sie kein Kettchen am Hals tragen. Aber mir ist das egal. Ich bin tolerant, solange es mich nichts angeht.«

Ich lächelte und sah, wie mein Klient einen Koffer in Empfang nahm. Es war ein relativ kleines, ziemlich unförmiges Ding. Die Frau neben mir wurde unruhig, und plötzlich hielt sie nichts mehr. Sie stürzte sich auf meinen Klienten.

»Dieser Koffer gehört mir, geben Sie her.«

»He, was soll das? Maloney, schreiten Sie ein, beschützen Sie mich. Diese Frau ist hysterisch.«

»Ich bin nicht hysterisch. Ich will meinen Koffer wieder haben.«

Ich eilte zu den beiden.

»Jetzt reicht es aber. Wenn Sie nicht augenblicklich Ruhe geben, schütte ich Ihnen eine Kanne britischen Kaffee über den Kopf.«

»Sie drohen mir? Das ist eine Frechheit. Ich bin im Recht.«

»Sie sind eine impertinente Person«, sagte mein Klient. »Weichen Sie von mir, ehe ich mich vergesse.«

»Sie primitiver Dieb!«, schrie die Frau.

Das Publikum stand staunend daneben und würdigte unser Drama mit neugierigen Blicken.

»Sie haben kein Recht, sich hier dermaßen aufzuführen!«, schrie die Frau weiter.

»Vielleicht können wir das in aller Ruhe bei einer Flasche Whisky ausdiskutieren«, sagte ich ruhig. »Da drüben hat es ein Pub.«

»Es gibt nichts zu diskutieren«, sagte mein Klient. »Schaffen Sie mir die Frau vom Hals.«

»Das könnte Ihnen so passen. Ich werde Ihnen zeigen, was es heißt, eine Frau zu reizen, die mehrere Selbstverteidigungskurse erfolgreich absolviert hat. Ich mache Sie zur Schnecke.«

»Du meine Güte, die Frau ist gemeingefährlich.«

Mein Klient ließ den Koffer fallen und eilte davon. Die Frau folgte ihm. Als die beiden eine Stunde später noch immer nicht zurück waren, setzte ich mich, zusammen mit dem Koffer und einer im Dutyfree erstandenen Flasche Glenfiddich ins Flugzeug und ließ es mir wohl ergehen. In meinem Büro öffnete ich den Koffer und staunte nicht schlecht. Die Kuckucksuhr sah teuer aus. Und sie klang wie alle Kuckucksuhren: albern. Genauso klang der unbekannte Mann, der mein Büro betrat, einen undefinierbaren Laut von sich gab und sogleich schoss.

»Entweder sind Sie ein miserabler Schütze, oder das war nur ein Warnschuss.«

»Ich bin ein hervorragender Schütze. Hände hoch und keine Bewegung. Ihnen geschieht nichts, wenn Sie tun, was ich sage.«

»Nur, wenn es nichts Unanständiges ist.«

»Legen Sie die Kuckucksuhr wieder in den Koffer, schließen Sie den Koffer ab und legen Sie ihn hier neben die Tür.«

»Und wozu das alles? Ist die heilige Schwarzwalduhr aus Rohdiamanten gefertigt?«

»Halten Sie den Mund und tun Sie, was ich Ihnen gesagt habe. Oder möchten Sie, dass ich einen Streifschuss wage?«

Ich schüttelte den Kopf und legte die dämliche Uhr in den Koffer. Der Mann sah sich unsicher im Treppenhaus um, ehe er verschwand. Ich gab mir keine Mühe, ihm zu folgen. Stattdessen leerte ich die Flasche Whisky gänzlich und legte mich unter meinen Schreibtisch. Ich träumte von einer fliegenden Kuckucksuhr und von einer Frau, die mich wüst beschimpfte.

Ich benötigte einen Tag, um mich von dem Überfall zu erholen. Da sich mein Klient nicht mehr bei mir meldete, betrachtete ich den Fall als abgeschlossen. Ich wollte mir gerade Kaffee einschenken, als mein Handy klingelte und Hugentobler mich aufs Land lotste. Die Scheune war nicht zu übersehen, sie brannte lichterloh.

»Üble Sache, Maloney. Kinder spielten mit Streichhölzern, das Stroh fing Feuer, und die Feuerwehr wurde viel zu spät alarmiert.«

»Hat man Sie zur Brandbekämpfung versetzt?«

»Ich bin im Dienst, Maloney. Die Feuerwehr hat hinter der Scheune ganz zufällig eine Leiche entdeckt.«

»Das klingt schon besser. Was aber hat die Leiche mit mir zu tun?«

»Bei der Leiche fanden wir einen Notizzettel, auf dem Ihre Adresse vermerkt ist. Das wäre Grund genug, Sie zu verhaften, Maloney.«

»Moment mal. Meine Adresse ist stadtbekannt. Jeder

Trottel kann sie sich aus dem Telefonbuch herausschreiben.«

»Aber nicht jeder stirbt daran, Maloney. Dieser Herr hier aber schon. Neben der Leiche fanden wir einen leeren Koffer. Sagt Ihnen das etwas?«

»Vielleicht wollte der Mann verreisen?«

»Schon gut, Maloney. Ich erwarte, dass Sie sich für die Ermittlungen zur Verfügung halten. Melden Sie sich übermorgen früh im Präsidium. Und wenn ich sage früh, dann meine ich auch früh. Ist das klar?«

»Wenn Sie noch ein wenig stärker spucken, wird dadurch vielleicht das Feuer gelöscht.«

»Ich spucke nicht, Maloney. Ich habe auf der Polizeiakademie gelernt, wie man einen Verdächtigen anschreien kann, ohne ihm ins Gesicht zu spucken. Das gehört zu unserer Grundausbildung.«

Das Feuer und Hugentobler wüteten weiter. Ich ging zurück in mein Büro und telefonierte mit der Fluggesellschaft, die mich nach London geflogen hatte. Nach ein paar netten kleinen Lügen erfuhr ich die Adresse meines Klienten. Herr Fuhrer war Schausteller, und passenderweise trafen wir uns auf einem kleinen Rummelplatz.

»Das hier ist mein Leben«, sagte Fuhrer. »Als Kind verliebte ich mich in ein Karussell, und später verdiente ich damit gutes Geld. Leider sind die Zeiten schlechter geworden. All die wahnsinnig teuren Bahnen, die heute gebaut werden, da kann ich nicht mithalten. Aber ich besitze eines der schönsten Karusselle Europas.«

»Und was hat das alles mit dem Ausflug nach London zu tun?«

»Ich habe jemandem einen Gefallen getan, aber zu spät realisiert, dass es gefährlich für mich werden könnte.«

»Und was ist mit meinem Honorar?«

»Ihr Auftrag war es, mich unversehrt wieder zurückzubringen. Das ist Ihnen nicht gelungen.«

»Die Frau am Flughafen wollte Sie verprügeln?«

»Sie wollte nicht nur, sie tat es auch. Ich musste ambulant behandelt werden. Erst da bemerkte ich, dass Sie, Maloney, mit dem Koffer abgehauen sind. Sie können von Glück reden, dass sich mein Auftraggeber nicht mehr bei mir gemeldet hat. Sonst würden wir jetzt beide in Teufels Küche stecken.«

»Vermutlich hat sich Ihr Auftraggeber bereits bedient und den Koffer bei mir klauen lassen. Der Mann, der mich überfiel, ist mittlerweile allerdings tot. Der Koffer ist noch da, nicht aber die Kuckucksuhr.«

»Das ist beunruhigend. Aber ich habe nichts mehr damit zu tun.«

»Ich schon. Die Polizei glaubt nämlich, dass ich etwas mit dem Mord zu tun habe.«

»Nehmen Sie sich einen guten Anwalt, aber lassen Sie mich in Ruhe.«

»Als Kind habe ich mindestens zehn Karussellpferde pro Tag zerstört. Mein Tatendrang hat seither nicht nachgelassen.«

»Ich flehe Sie an, rühren Sie mein Karussell nicht an.«

»Wie heißt die Dame, die Sie in London verprügelt hat?«

»Ich weiß es nicht. Sie müssen mir glauben.«

»Was hat es mit der Kuckucksuhr auf sich?«

»Keine Ahnung. Mich interessiert das alles nicht. Lassen Sie mich und mein Karussell in Ruhe. Denken Sie nur an all die Kinderherzen, die es erfreut.«

Er bot mir eine Gratisfahrt an. Ich schüttelte energisch den Kopf und ging. Jemand hielt mir Zuckerwatte unter die Nase. Ich nieste laut und fluchte über die Kindheit und alles, was damit zusammenhing. Schließlich landete ich wieder ganz erwachsen in meinem Büro. Es vergingen kaum zehn Minuten, als eine elegant gekleidete, ältere Dame mich mit ihrer Anwesenheit beglückte.

»Mein Name ist Stemmer.«

»Danke, aber das interessiert mich nicht. Heute ertrage ich nur noch Kopfschmerzen, aber keine neuen Klienten.«

»Auch keinen Kuckuck?«

»Gebraten sollen die Dinger wie Wachteln schmecken.«

»Der Kuckuck, den ich meine, macht Lärm. Und er ist sehr, sehr wertvoll.«

»Wie wertvoll?«

»Die Kuckucksuhr stammt aus dem Besitz des englischen Königshauses. Ein seltenes und äußerst wertvolles Sammlerstück. Es gibt von diesem Modell genau drei Stück. Keines davon ist in Privatbesitz. Daraus können Sie in etwa ermessen, wie wertvoll das eine Stück ist.«

»Immerhin so wertvoll, dass bereits jemand dran glauben musste.«

»Damit habe ich nichts zu tun. Ich bin lediglich durch Umstände, auf die ich hier nicht näher eingehen möchte, in den Besitz der Uhr gelangt. Für einen angemessenen Finderlohn wäre ich bereit, die Uhr an Sie zu übergeben, damit Sie sie zurück nach England transportieren können. Allerdings müsste der Finderlohn schon sehr angemessen sein.«

»Reden Sie nicht um das heiße Portemonnaie herum. Wie viel soll ich Ihnen rüberschieben?

»200 000 Franken. Ich nehme auch Euro oder Dollar. Allerdings nur als Ergänzung.«

»Wie kommen Sie überhaupt darauf, dass ich ein Interesse daran haben könnte, die Uhr nach London zurückzubringen?«

»Ganz einfach. Das Königshaus hat bereits eine Belohnung ausgesetzt. 100 000 Pfund. Das sind etwa 230 000 Franken.«

»Die restlichen 30 000 wären sozusagen mein Honorar?«

»Sozusagen. Allerdings müssten Sie mir die 200 000 vorab bezahlen. Ich gebe Ihnen die Uhr, und Sie kassieren in London den Finderlohn.«

»Und wer garantiert mir, dass Sie mich nicht reinlegen?«

»Sehe ich wie eine skrupellose Diebin aus? Die Uhr ist in meinen Besitz gelangt, aber ich werde nicht glücklich mit dem Gedanken, eine gestohlene Uhr zu besitzen.«

»Und weshalb bringen Sie die Uhr nicht selbst zurück?«

»Das geht leider nicht. Ich werde via Interpol gesucht.«

»Mord, Totschlag, oder sind Sie Politikerin?«

»Ich habe vor ein paar Jahren einigen Rentnern aus Deutschland hübsche kleine Ferienwohnungen im Kanton Freiburg verkauft. Leider rutschte der Hang weg, was zwar vorauszusehen war, aber wer will den alten Menschen die Freude über den günstigen Kauf nehmen?

Nun, egal. Die Staatsanwaltschaft möchte mich gerne zu einigen Details befragen. Das behagt mir aber nicht.«

Und mir behagte die Dame nicht. Ich schloss die Tür ab, nachdem Sie gegangen war. Auf meinem Schreibtisch malte ich 30 000 kleine Ringe in den Staub. Der Gedanke, noch einmal nach London zu fliegen, war verführerisch. Aber eine düstere Vorahnung sagte mir, dass damit eine Menge Ärger verbunden sein würde. Noch ehe ich mich endgültig für oder gegen das lockende Geld entscheiden konnte, wurde ich am frühen Morgen bereits wieder aufs Land gerufen. Es hatte gerade aufgehört zu regnen, als Hugentobler mir die mit einer Decke verhüllte Leiche zeigte.

»Die Tote lag unmittelbar neben der Autobahn. Sie wurde von mehreren Schüssen niedergestreckt. Was sagen Sie dazu, Maloney?«

»Was soll ich dazu schon sagen? Die Frau kommt mir irgendwie bekannt vor.«

»Das will ich auch schwer hoffen, Maloney. In ihrem Adressbuch fanden wir nämlich einen dick unterstrichenen Eintrag. Raten Sie mal bei welchem Buchstaben?«

»Die Frau war gestern Abend in meinem Büro. Sie machte ziemlich wirre Angaben über eine Kuckucksuhr.«

»Jetzt reicht es aber, Maloney. Sie wollen doch nicht ernsthaft behaupten, dass das Lieblingsstück der Windsors etwas mit diesem Mord zu tun hat?«

»Wenn es sich dabei um eine scheußliche Kuckucksuhr handelt, hat alles mit allem zu tun.«

»Das ist schlecht, Maloney. Das gibt internationale Verwicklungen. Wenn wir schon nicht diesem Europa beitreten, sollten unsere Verbrecher wenigstens so einsichtig sein, nur Verbrechen innerhalb der Landesgrenzen zu begehen. Was meinen Sie, Maloney? Natürlich, Ihnen kann das alles egal sein. Leute wie Sie werden nie ins benachbarte Ausland abberufen. Ich aber könnte als Austauschpolizist nach Frankreich gehen.«

»Die würden staunen, mit welcher Effizienz hierzulande Kreuzworträtsel gelöst werden.«

»Apropos Rätsel, Maloney. Die Leiche sieht aus, wie wenn sie Geschmack gehabt hätte. Wer aber ermordet eine geschmackvolle ältere Frau an einer Autobahn? Ich glaube, wir können davon ausgehen, dass dies nicht der Tatort ist. Frauen wie diese kommen doch allenfalls in einem Feinschmeckerlokal ums Leben, aber nicht hier neben der Autobahn.«

In meinem Büro tropfte ein Heizungsrohr. Ich ließ einen Handwerker kommen, der drei Stunden lang hämmerte und schraubte. Als er ging, lief die Heizung überhaupt nicht mehr, dafür tropfte der Wasserhahn. Ich verließ fluchtartig mein Büro und landete auf dem Rummelplatz.

»Das verstehe ich alles nicht«, sagte Herr Fuhrer.

»Es ist ganz einfach. Jemand hat zwei Menschen auf dem Gewissen, und ich vermute, dass Sie dieser jemand sind.«

»Ich? Das ist absurd.«

»Wenn Sie mir jetzt nicht sofort die ganze Wahrheit sagen, stecke ich Ihr Karussell in Brand. Ist doch alles aus Holz, oder?«

»Ja, sicher.«

Ich zündete ein Streichholz an und hielt es über eines der Pferdchen.

»Lassen Sie das«, sagte Fuhrer und pustete das Streichholz aus. »Ich bin nicht versichert, ich bin pleite.«

»Um so schöner brennt das Pferdchen.«

»Ich erzähle Ihnen alles, was ich weiß.«

»Nur zu. Ich höre.«

»Ich habe die Uhr im Auftrag von Frau Stemmer in London abgeholt. Sie bot mir 20 000 Franken. Das ist gerade genug, um die laufenden Verbindlichkeiten für zwei Monate zu decken.«

»Und wer ist die Frau, die Sie verprügelt hat?«

»Frau Pauli. Sie ist ebenfalls hinter der Uhr her. Eine Sammlerin. Die schreckt vor nichts zurück.«

»Hat sich Frau Pauli noch einmal bei Ihnen gemeldet?«

»Ja. Sie wollte die Adresse von Frau Stemmer.«

»Dann hat sie Frau Stemmer auf dem Gewissen?«

»Sieht ganz danach aus.«

»Lebt Frau Pauli in der Stadt?«

»Nein. Etwas außerhalb in einem Landhaus. Nehmen Sie sich in Acht, Maloney. Wenn ich Sie wäre, würde ich gleich schießen. Keine Gefangenen, Sie verstehen?«

Ich verstand und verständigte die Polizei. Zwei Stunden später saß ich in einem Polizeiauto und hörte mir die unsäglichen Geschichten eines Beamten an, der nichts Gescheiteres im Kopf hat als Kreuzworträtsel und Pensionsansprüche.

»Das Problem ist die Versorgungslücke, Maloney«, sagte Hugentobler. »Man kriegt nur einen Teil von dem, was man eigentlich kriegen sollte. Sie kriegen fast nichts, haben aber auch fast nie etwas verdient. So gesehen, werden Sie durch loyale Beamte wie mich mitfinanziert.«

»Soll ich Ihnen jetzt zum Dank die Füße küssen?«

»Sie könnten ab und zu ein kleines Honorar in unsere ›Polizistenreisen-gerne‹-Kasse stecken, Maloney. Das ermöglicht uns, immer wieder nette Kollegen kennenzulernen. Zum Beispiel Uwe aus Bottrop. Ein Bild von einem Polizisten. Der kann auch noch nach zwölf Korn eine Leiche von einem Altglascontainer unterscheiden.«

»Da vorne, das ist die Frau. Sie fährt in dem Golf weg.«

Hugentobler startete den Wagen und folgte dem Golf.

»Die sieht aber nicht wie eine Doppelmörderin aus, Maloney.«

»Vielleicht ist sie frisch geschminkt. Frauen tun so etwas ab und zu.«

»Schminken und morden? Das ist Unsinn, Maloney. Statistisch gesehen morden Frauen viel weniger als Männer.«

»Statistisch gesehen löst jeder Polizist ab und zu einen Fall.«

»Genau, Maloney. Das ist aber seltsam. Die Frau fährt auf eine Baustelle. *Betreten verboten.* Steht aber nichts von Befahren. Wo sind wir hier überhaupt?«

»Unten am Fluss. Da. Sie hält an und steigt aus.«

»Dann bleibt uns nichts anderes übrig, als ebenfalls auszusteigen. Ich hoffe, dass meine Schuhe nicht schmutzig werden. Passen Sie auf, Maloney, dass Sie nicht von einem Bauarbeiter erschlagen werden. Ich habe keine Lust, heute noch ein Protokoll schreiben zu müssen.«

Wir blieben hinter einer Baumaschine und sahen, wie sich Frau Pauli ans Flussufer begab. Wenig später gesellte sich mein Klient zu ihr. Er trug einen Koffer bei sich. Die Bauarbeiter kümmerten sich nicht um das seltsame Paar. Auch nicht, als Frau Pauli eine Waffe auf meinen Klienten richtete. Hugentobler tat, was er in solchen Situationen immer tut: Mist bauen.

»Im Namen der Versorgungslücke, Sie sind beide verhaftet.«

»Verschwinden Sie, sonst erschieße ich den Kerl.«

Frau Pauli hielt die Waffe auf Herrn Fuhrer gerichtet. Dieser schaute uns ängstlich an.

»Maloney, helfen Sie mir. Die Frau ist gemeingefährlich.«

»Waffe weg!«, rief Hugentobler. »Ich zähle bis drei.«

»Vielleicht sollten wir alles in Ruhe besprechen?«, schlug ich vor. »Sie haben uns alle hereingelegt, Herr Fuhrer.«

»Ich?«

»So ist es«, sagte Frau Pauli. »Fast alle. Ich habe geschnallt, was los ist.«

»Aber erst, nachdem Sie zwei Menschen umgebracht hatten«, sagte ich.

»Jetzt reicht es aber!«, schrie Hugentobler. »Ich sagte, ich zähle bis drei, und was passiert? Niemand hört mir zu. Ich erwarte etwas mehr Respekt vor dem Gesetz.«

»Du meine Güte, zählen Sie endlich. Und dann erschießen Sie diese Frau.«

»Damit Sie in aller Ruhe mit der Kuckucksuhr abhauen und in London die Belohnung kassieren können, Herr Fuhrer?«

»Eins, zwei, drei!«, rief Hugentobler.

»Er hat auch Sie hereingelegt«, sagte Frau Pauli und würdigte mich mit einem vernichtenden Blick. »Sie haben eine billige Kopie in die Schweiz transportiert. Die echte Uhr hat Fuhrer erst später abgeholt.«

»Ich brauche das Geld. Ich bin sonst ruiniert.«

»Noch einmal. Eins, zwei, drei. Waffe runter.«

»Das könnte Ihnen so passen«, sagte Frau Pauli. »So nahe war ich noch nie an der Uhr.«

»Sie wird uns alle töten, wenn Sie nicht endlich etwas unternehmen«, sagte Fuhrer.

»Kein Problem«, sagte ich und zeigte auf Hugentoblers Dienstwaffe. »Zielen Sie auf den Koffer.«

»Wieso auf den Koffer? Ist der auch bewaffnet?«

»Nein, tun Sie das nicht«, jammerte Frau Pauli.

»Sind Sie verrückt geworden?«, schrie Herr Fuhrer. »Schießen Sie nicht auf den Koffer.«

»Wer nicht hören will, muss fühlen«, sagte Hugentobler und schoss. Drei der sechs Schüsse landeten tatsächlich im Koffer. Die Kuckucksuhr gab sich zu erkennen.

»Er hat die Uhr getötet«, sagte Frau Pauli mit Tränen in den Augen.

»Unsinn«, sagte Hugentobler. »Tote Uhren schlagen nicht.«

Frau Pauli ließ resigniert die Pistole sinken. Mein Klient öffnete den Koffer und starrte auf die Kuckucksuhr, die drei Einschusslöcher aufwies. Der Polizist begutachtete sein Werk und erzählte mir ein wenig irritiert, dass er noch nie so gut getroffen hatte. Frau Pauli und mein Klient wurden verhaftet, und die löchrige Kuckucksuhr wurde nach London zurückgebracht. So geht das.

Das Sommerloch

Es war heiß, und die meisten Leute waren in den Ferien oder sonst wie abwesend. Und diejenigen, die da waren, benötigten offenbar keinen Privatdetektiv. Die Ehemänner waren zu träge, um eifersüchtig zu sein, und die Frauen lagen lieber am Strand anstatt neben einem Liebhaber. So erstaunte es mich nicht weiter, dass mein Telefon stumm blieb. Hingegen erstaunte es mich, dass es dann doch plötzlich klingelte. Ich nahm den Hörer ab, und eine helle Frauenstimme drang an mein Ohr.

»Mein Name ist Walker, und ich möchte Sie gerne engagieren.«

»Um was geht es denn?«

»Sie haben sicherlich auch von diesen Kreisen in den Kornfeldern gehört?«

»Allerdings. Soll ich Ihnen welche in den Garten stampfen?«

»Nein. Aber auf dem Nachbargrundstück hat es solche Kreise. Und ich möchte nicht, dass sich diese Kreise auf mein Grundstück ausweiten.«

»Kreise ziehen nun mal Kreise, Frau Walker.«

»Es wäre mir äußerst unangenehm, wenn auf meinem Grundstück plötzlich diese Menschen von der Presse und vom Fernsehen auftauchen würden. Ich mag diesen Rummel nicht.«

»Und ich soll verhindern, dass bei Ihnen auch solche Kreise auftauchen?

»Ich vermute, dass mein Nachbar diese Kreise selber gemacht hat. Mein Nachbar will Aufsehen erregen. Ich habe das nicht nötig. Ich bin reich und glücklich.«

»Klingt vielversprechend. Ich kann mich mal umsehen und mit Ihrem Nachbarn sprechen. Kostet Sie aber was, Frau Walker.«

»Wenn Sie dafür sorgen, dass dieser Spuk aufhört, zahle ich Ihnen mehr, als Sie je auf einem Haufen gesehen haben.«

Ich lächelte. Schade war bloß, dass es nicht mehr Verrückte gab, die reich waren. Ich machte mich auf den Weg zum Grundstück von Frau Walker. Es war etwa halb so groß wie Manhattan, dafür sah man weit und breit keine Obdachlosen. Die Villa lag gut versteckt zwischen großen alten Bäumen und war mit Videokameras gesichert. Ich starrte in eines der Elektroaugen und klingelte. Es summte, und wenig später stand ich Frau Walker gegenüber. Sie war groß und etwas über vierzig. Ihr Händedruck war auch nicht übel.

»Mein Nachbar ist ein seltsamer Mensch. Und er ist geizig. Nicht mal einen Gärtner hat er. Deshalb steht das Gras so hoch.«

»Woher wissen Sie eigentlich, dass im Nachbargarten Kreise zu sehen sind? Ich dachte immer, die Dinger sieht man nur aus der Luft?«

»Ich besitze ein kleines Flugzeug und eine eigene Landebahn. Die Bewilligung dafür hat mich ein Vermögen gekostet. Früher waren die Leute lediglich käuflich, heute sind sie zu allem Übel auch noch teuer.«

»Verstehe. Und mit Ihrem Flugzeug sind Sie über das Grundstück des Nachbarn geflogen?«

»Ja. Und da sah ich diesen Kreis. Wissen Sie, ich fliege nur noch selten. Die Einkäufe erledigt mein Pilot.«

»Ihr Pilot fliegt ins Einkaufszentrum?«

»Es gibt ein paar Dinge, die man bei uns nicht so leicht kriegt. Mein Pilot fliegt deshalb ab und zu ins Ausland und macht Besorgungen.«

Ich nickte verständnisvoll, schließlich hat unsereins auch für die Nöte der Reichen ein offenes Ohr. Vor allem dann, wenn sie einem das Mittagessen für die kommenden Monate finanzieren. Frau Walker führte mich in den Raum, aus dem sie ihr Grundstück überwachte. Er war vollgestopft mit Monitoren, auf denen so ziemlich alles zu sehen war, was um die Villa herum vor sich ging.

»Haben Sie gelesen, wie viele Einbrüche und Überfälle es im vergangenen Jahr gegeben hat? Ich verlasse mein Haus nur noch, wenn es absolut nötig ist.«

»Ich will nicht indiskret sein, aber was machen Sie den ganzen Tag?«

»Ich habe ein Telefon, und ich male. Möchten Sie einige meiner Bilder sehen?«

»Danke, aber ich sehe so viel im Leben, dass ich ganz gut auf den Anblick von gemalten Bildern verzichten kann.«

»Nun, ich glaube, Sie könnten mit meiner speziellen Symbolik sowieso nicht viel anfangen.«

»Mir sind einfache Kreise als Symbole lieber. Vielleicht wäre es ganz gut, wenn ich mir jetzt Ihren Nachbarn vorknöpfen würde. Wie hieß er doch gleich?«

»Gubler. Ein seltsamer Mann. Ein bisschen exzentrisch. Oh, ich habe Ihnen noch gar nichts angeboten. Wie wäre es mit finnischem Mineralwasser? Hat mein Pilot letzte Woche eingekauft.«

»Danke, aber mein Magen verträgt keine finnischen Mineralien. Im Übrigen sollten wir jetzt über das Geschäftliche reden.«

»Ich habe den Check bereits vorbereitet. Bei Erfolg hänge ich noch eine Null daran.«

Das kleine Schriftstück sah nicht übel aus. Es war zwar kein Lottogewinn, aber ein Haufen Geld für ein paar lausige Kreise. Dann machten wir uns auf den Weg zu Gublers Grundstück. Es war mit Pflanzen überwuchert und sah aus wie ein Naturschutzgebiet. Der Hausherr war nirgends zu sehen. Frau Walker führte mich zu den ominösen Kreisen.

»Hier ist es. Das Gras ist niedergedrückt.«

»Sieht nicht sehr imposant aus.«

»Moment mal. Was ist denn das da?«

Sie zeigte auf ein Tuch, das im Gras lag. Als ich genauer hinschaute, wurde mir klar, weshalb sie zwei Schritte zurückging.

»Liegt da nicht ein Mann im Gras?«, fragte sie unsicher.

»Tatsächlich«, stellte ich fest. »Ist das Herr Gubler?«

»Das würde zu ihm passen«, sagte sie gefasst. »Im Freien zu schlafen! Wo man doch weiß, dass das bei der Hitze ungesund ist.«

»Scheint ihm tatsächlich nicht gut bekommen zu sein.«

»Ich habe meine Brille nicht dabei. Ist irgendetwas mit dem Mann?«

Wir gingen näher. Und mit jedem Schritt wurde der Anblick ungemütlicher. Frau Walker hielt sich beide

Hände vor das Gesicht. Ich fluchte leise vor mich hin.
Die Kreise zogen tatsächlich Kreise. Herr Gubler lag tot
in einem dieser Kreise, und sein Kopf sah übel zugerich-
tet aus.

Hugentobler trug eine Mütze, die seinen Schädel vor der
Sonneneinstrahlung schützen sollte. Frau Walker trank
im Haus eine Flasche isländisches Mineralwasser. Mir
bot sie glücklicherweise nichts an.

»Der Mann ist offenbar erschlagen worden«, sagte
Hugentobler. »Ist diese seltsame Frau Walker Ihre Klientin?«

»Kann schon sein.«

»Sieht nach einem Überfall aus. Das Haus von diesem
Gubler ist praktisch leer. Es stehen nur noch ein paar
Möbel herum.«

»Sie glauben, dass die Diebe mit einem Lastwagen vor-
gefahren sind und alles mitgenommen haben, was einigermaßen wertvoll aussah?«

»Es spricht einiges dafür. Wäre nicht das erste Mal.
Das waren Profis, Maloney. Saumäßige Hitze. Ich gehe
wieder zurück in mein klimatisiertes Büro.«

Das tat er dann auch. Mir blieb nichts anderes übrig,
als erneut Frau Walker aufzusuchen, die sich in ihre
kühle Villa verkrochen hatte.

»Schrecklich. Und das direkt in meiner Nachbarschaft.
Stimmt es, dass Gublers Haus vollständig geplündert
wurde?«

»Die Polizei hat so etwas angedeutet. Ist Ihnen nichts
aufgefallen? Sie haben nicht zufällig eine Ihrer Videokameras auf das Nachbargrundstück gerichtet?«

»Selbstverständlich. Aber ich sitze nicht ständig vor den Monitoren. Glauben Sie, dass diese Einbrecher eines Tages auch bei mir vorbeikommen werden? Oder vielleicht sogar in der Nacht?«

»Schon möglich. Aber Ihr Haus scheint mir ausreichend gesichert zu sein.«

»Trotzdem. Würden Sie mein Haus in den nächsten Wochen bewachen?«

Ich sagte ihr, dass ich mir dies gründlich überlegen würde. Sie war nicht beleidigt. Ich hatte nichts Gescheiteres zu tun, deshalb ging ich ins klimatisierte Polizeigebäude.

»Gut, dass ich Sie nochmals sehe, Maloney. Wissen Sie, wer die Frau ist, für die Sie arbeiten?«

»Wieso? Sind ihre Checks etwa nicht gedeckt?«

»Im Gegenteil. Die Frau ist steinreich. Hat von ihrem verstorbenen Mann ein mittleres Firmenimperium übernommen, das sie per Telefon und Telefax kontrolliert. Ziemlich verschroben, diese Frau Walker. Meine Frau erzählte mir gerade am Telefon, dass diese Frau Walker, laut einem Zeitschriftenartikel, einige Goldbarren in ihrem Haus aufbewahrt. Als eiserne Reserve. Falls mal Krieg ausbricht oder eine Revolution.«

»Keine schlechte Idee. Und wie sah es bei diesem Gubler aus? Schlief der auch auf Goldbarren?«

»Im Gegenteil, Maloney. Hat sich an der Börse verspekuliert, und dann hat er sich auch noch mit einer Reisebürokette übernommen. Der Mann war mehr oder weniger pleite.«

»Mit anderen Worten: das Haus war schon leer, als er noch lebte.«

»Ob er derart pleite war, wissen wir nicht. Auf jeden Fall ist Raub nicht das einzige Motiv. Der Mann war nicht gerade beliebt.«

Ich ging zurück an die Sonne und trank unterwegs zu meinem Büro einen Whisky. Später landete ich wieder bei Frau Walker. Die Sonne hatte mir so sehr zugesetzt, dass ich drauf und dran war, ihren Bewachungsauftrag anzunehmen. Doch anstelle von Frau Walker traf ich eine junge Frau, die die Videokameras abstaubte und mich säuerlich musterte.

»Sind Sie der Detektiv, der das Haus bewachen soll?«

»Sind Sie die Frau, die ständig Fragen stellt, die sie gar nicht beantwortet haben möchte?«

»Nur weiter so, Herr Detektiv. Wenn ich diese Kameras geputzt habe, können Sie mich filmen. Sie und diese reiche Schrulle.«

»Sie mögen Frau Walker nicht besonders?«

»Sie als Detektiv sollten doch einen Sinn für Gerechtigkeit haben. Finden Sie es gerecht, dass eine solche Person im Geld schwimmt, während Sie und ich keine Chance im Leben kriegen?«

»Ich möchte eine Chance, wie Frau Walker zu werden, nicht mal geschenkt. Haben Sie vom toten Nachbarn gehört?«

»Das war auch so ein seltsamer Kauz. Sind reiche Leute eigentlich immer so seltsam?«

»Nicht seltsamer als alle anderen. Sie können es sich aber im Gegensatz zu den anderen leisten, ihre Verrücktheiten auszuleben. Wenn ich nackt an eine Party gehe und eine Rede zu Ehren des Lendenschurzes halte, lande ich in der Klapsmühle. Bei einem Reichen würde diese Episode allenfalls zwei Seiten in den Memoiren füllen.«

»Ich habe genug von verschrobenen Reichen. Ich fahre weg, am nächsten Wochenende.«

Wohin sie gehen wollte, verriet sie mir nicht. Dafür verriet Frau Walker mir den Namen und die Adresse des Piloten, der für sie in fremden Ländern einkaufte.

»Wollen Sie einen Rundflug machen?«, fragte Frau Walker, und ihre Äuglein glänzten dabei. »Ich würde Sie gerne pilotieren.«

»Später vielleicht. Ich möchte Ihren Piloten gerne fragen, ob ihm in den letzten Tagen etwas aufgefallen sei.«

»Sehr gut. Ich komme mit. Ich habe nämlich noch einen Auftrag für ihn. In Schottland soll es phantastisch prickelndes Mineralwasser geben.«

Sie erzählte mir unterwegs, aus wie vielen Ländern sie schon Mineralwasser importiert hatte. Mir schauderte bei der langen Liste. Frau Walker musste durch und durch mit Mineralien verseucht sein. Vielleicht würde sie eines Tages als Kristall enden. Der Pilot wohnte in einem modernen Wohnblock. Die Gegend war totenstill, so als ahnte sie, was wir in der Wohnung vorfinden würden. Die Tür war offen, und der Pilot lag auf dem Bett. Seine starren Augen fixierten die Zimmerdecke. Frau Walker würgte einige Mineralien hervor, und ich wunderte mich langsam darüber, wie sich das Sommerloch mit Leichen füllte.

Die Polizisten schwitzten und arbeiteten, während ich es mir in der Küche gemütlich machte. Frau Walker saß mir gegenüber. Sie war sehr bleich.

174

»Was gäbe ich jetzt für ein gutes japanisches Mineralwasser.«

»Ist Ihnen in der Wohnung nichts aufgefallen?«

»Ziemlich unordentlich. Aber was geht mich das Privatleben dieses Mannes an?«

»Die Koffer, Frau Walker. Ihr Pilot hatte die Koffer gepackt.«

»Tatsächlich? Nun, er wollte am nächsten Wochenende wegfahren. Für längere Zeit.«

»Interessant. Ihre Hausangestellte hatte das Gleiche vor.«

»Die hat gekündigt. Glauben Sie, dass die beiden befreundet waren? Mich interessiert so etwas nicht. Solange die Arbeit richtig gemacht wird, ist es mir egal, was diese Leute sonst noch treiben.«

»Würden Sie die Spesen übernehmen, wenn ich mir einen Hubschrauber mietete?«

»Einen Hubschrauber? Ich habe ein Flugzeug, Maloney. Ich fliege Sie, wohin Sie wollen.«

»Ich möchte mir das Grundstück Ihres Nachbarn aus der Luft ansehen.«

»Dann ist es besser, Sie nehmen einen Hubschrauber. Die Nachbarn beschweren sich immer über meine Tiefflüge.«

Hugentobler schwitzte erbärmlich, als er uns mitteilte, dass der Pilot mit seiner eigenen Waffe erschossen worden war. Zwei Stunden später saß ich in einem Hubschrauber. Der Pilot war ein junger Mann, der ständig nervös mit den Achseln zuckte.

»Ihr erster Flug?«, fragte der nervöse Pilot.

»Ich bin früher schon einmal über einen Golfplatz

geflogen. Seither kann mich nichts mehr aus der Ruhe bringen.«

»Habe ein seltsames Gefühl im Magen, aber das muss nichts heißen. Wenn mir schlecht wird, drücken Sie einfach auf diesen Knopf hier.«

Er zeigte mit einem Finger auf einen gelben Knopf.

»Ist das der Autopilot?«

»Nein, ein Tonbandgerät. Darauf können Sie Ihren letzten Willen sprechen.« Er lachte laut und unanständig über den Scherz. »Keine Angst. Ich fliege schon seit acht Jahren und habe noch nie einen Kunden verloren. Ist das da vorne das Grundstück?«

»Genau.«

»Hübsch. Haben Sie das gemacht?«

»Was denn?«

»Da unten! Sehen Sie? Sieht aus wie ein großes *OK*. Heißt der Besitzer des Grundstückes OK?«

»Sie können mich jetzt wieder absetzen. Ich habe genug gesehen.«

»Wie wäre es mit einem kleinen Rundflug über die Stadt? Ich könnte Sie auf der Uniterrasse absetzen.«

Ich sagte ihm, dass er mich auf Frau Walkers Grundstück absetzen solle. Sie empfing mich mit einer Flasche Mineralwasser in der Hand. Ich ging an ihr vorbei zum Telefon. Hugentobler klang gereizt.

»Was soll uns denn aufgefallen sein, Maloney?«

»Bei der ersten Leiche«, sagte ich in den Hörer. »Diesem Gubler. Gab es da nicht etwas, das ungewöhnlich war?«

»Ungewöhnlich? Allerdings, Maloney. Bei armen Leuten wäre das sehr ungewöhnlich, bei reichen hingegen nicht.«

»Gold?«

»Volltreffer, Maloney. An der Leiche fanden wir kleine Mengen von Gold. Winzige Mengen. Seltsam war nur der Ort, wo wir das Gold fanden.«

»Darf ich raten? An den Haaren.«

»Genau, Maloney. Aber wie kommen Sie darauf? Verschweigen Sie mir wieder etwas, Maloney?«

Ich verschwieg es ihm auch weiterhin und hängte ein. Ich wandte mich Frau Walker zu. Die Mineralwasserflasche war weg. Dafür trug sie jetzt ein Fragezeichen als Make-up.

»Was ist mit den Haaren? Haben Sie etwas herausgefunden?«

»Stimmt es, dass hier in Ihrem Haus einige Goldbarren herumliegen?«

»Aber natürlich. Man weiß ja nie, wann unser Wirtschaftssystem zusammenkracht. Ich kenne eine Menge führender Leute hier im Land. Und je besser ich diese Leute kenne, umso mehr zweifle ich daran, dass das noch lange gut gehen kann.«

»Könnten Sie mal nachschauen, ob noch alles Gold da ist?«

Ihr Mund öffnete sich. Darin erkannte ich genug Gold, um meine Miete damit bezahlen zu können.

»Ich schaue sofort nach. Einen Moment bitte.«

Sie verschwand in einem anderen Raum und kam wieder einmal bleich zurück. Ihre Hände suchten halt an einer Mineralwasserflasche, fanden aber nur meine Arme. Sie setzte sich auf einen Stuhl.

»Es fehlen tatsächlich einige Barren.«

»Das werden Sie überleben.«

»Darum geht es nicht. Es ist die Unsicherheit. Ich dachte immer, mein Haus sei optimal geschützt gegen Einbrecher.«

»Wenn die Einbrecher im Haus arbeiten, hilft auch keine Alarmanlage.«

»Sabrina?«

»Wer ist Sabrina?«

»Sabrina ist meine Hausangestellte.«

»Ich dachte eigentlich an den Piloten.«

»Aber der Pilot ist doch tot?«

Wo sie recht hatte, hatte sie recht. Langsam nahm die Geschichte in meinem Kopf Konturen an. Ich besuchte die Hausangestellte in ihrem kleinen möblierten Zimmer. Ihr Gesicht war verheult, und auch sonst sah sie ziemlich zerknittert aus.

»Ich halte das nicht aus. Ich gehe zur Polizei.«

»War es Notwehr?«

»Ein Unfall. Er wollte mich verlassen. Ich habe ihm mit der Pistole gedroht. Die lag bei ihm auf dem Nachttisch. Er wollte sie mir wegnehmen. Da fiel ein Schuss. Er fiel aufs Bett und war tot.«

»Und das Gold?«

»Welches Gold?«

Sie schaute mich verdutzt an. Ich nahm ihr die Verdutztheit ab und ging wieder zurück zu Frau Walker. Es ist nicht besonders angenehm, mitten im Sommer ständig unterwegs zu sein. Frau Walker hatte sich ein wenig erholt. Sie sah mich fragend an. Ich tat, was ich in solchen Situationen immer tue: abwarten.

»Jetzt spannen Sie mich nicht auf die Folter. Hat Sabrina das Gold gestohlen?«

»Nein. Aber sie hat den Piloten erschossen. Vermutlich war es ein Unfall. Ihr Nachbar und der Pilot wollten Sie um das Gold erleichtern. Der Pilot packte das Gold ins Flugzeug und warf es über dem Nachbargrundstück ab. So entging er ihren Videokameras. Ihr Nachbar hatte die Abwurfstelle mit Kreisen markiert. Wenn man genau hinsieht, steht da *OK*. Leider war Ihr Nachbar unvorsichtig und wurde von den Goldbarren erschlagen. Der Pilot nahm das Gold anschließend zu sich und wollte abhauen.

»Und wo ist mein Gold jetzt?«

Die Frage konnte ich ihr nicht beantworten. Das Gold ist nicht wieder aufgetaucht. Frau Walker ließ seither auch ihren Luftraum überwachen. Die Hausangestellte Sabrina konnte vor Gericht glaubhaft machen, dass sie ihren Freund nicht absichtlich tötete. Und meine Abneigung gegen Mineralwasser ist seit diesem Fall um einiges gestiegen. So geht das.

Tod im Schnee

Auf einer Parkbank entdeckte ich einen Mann, der sich mit weit geöffnetem Hemd sonnte. In einem Straßencafé plauderten Schönheiten über belanglose Dinge, und eine dicke Katze wälzte sich wohlig auf dem warmen Asphalt. Der Frühling schien sich in der Adresse geirrt zu haben, genauso wie meine neue Klientin, die mich in den Schnee bestellte. Um die Mittagszeit traf ich in dem Skigebiet oberhalb von Grünwil ein. Frau Dänikon sonnte sich neben der Piste, und verwegene Menschen in grellbunten Anzügen rasten den Hang hinunter.

»Ist es nicht herrlich? Dieser Schnee vertreibt alle trüben Gedanken. Ein Wochenende auf Skiern oder dem Snowboard ist besser als eine Packung Beruhigungstabletten, sage ich immer.«

»Mir persönlich ist hier oben alles ein bisschen zu hell. Ich habe gelesen, dass ungeübte Menschen schneeblind werden können angesichts der weißen Pracht.«

»So viel Schnee hat es auch wieder nicht. Ohne Schneekanonen würde die Landschaft grün aussehen.«

»Für Schneekanonen bin ich nicht zuständig.«

»Was für ein Kaliber tragen Sie mit sich herum?«

»Das ist mein Berufsgeheimnis. Sie sagten am Telefon etwas von einer verschwundenen Freundin.«

»So ist es. Ich habe sie dazu überredet, mit mir hierherzukommen. Und jetzt ist sie weg. Nicht mal mehr Anrufe auf dem Handy nimmt sie entgegen. Vielleicht wurde sie verschüttet?«

»Ich habe in den Nachrichten nichts von einer Lawine gehört. Haben Sie schon in den Spitälern nachgefragt? Besoffene Skiläufer brechen sich alles Mögliche.«

»Ich trinke nicht auf der Piste. Und meine Freundin auch nicht. Hoppla! Da hats wieder jemanden hingelegt. Wenn die Schneedecke so dünn ist, schmerzt es besonders. Aber geschieht ihm Recht. Diese Idioten kennen ihre eigenen Grenzen nicht.«

»Und Ihre Freundin kennt ihre Grenzen?«

»Ich mache mir Sorgen. Nicht, dass ich glaube, ihr sei etwas zugestoßen. Aber sie war gestern mit einem jungen Typen zusammen, der mir nicht ganz geheuer ist. Behauptet, Unternehmersohn zu sein. Meine Freundin ist erst zwanzig und in Sachen Männer unerfahren.«

»Das heißt, ich soll den beiden nachschnüffeln? Für Mord und Totschlag verlange ich weniger. In Betten herumzuschnüffeln wird teuer.«

»Ich glaube nicht, dass es so weit gekommen ist. Auf den Pisten treiben sich zwar auch Unholde herum, aber viel mehr Hochstapler.«

»Und wo vermuten Sie die beiden?«

»Sie müssen noch hier sein. Meine Freundin hat nicht gepackt. Ich bitte Sie, ihr diskret zur Seite zu stehen und den jungen Mann wegzuscheuchen. Wenn es sein muss, darf auch ein wenig Blut fließen.«

»So etwas verrechne ich extra.«

»Ein Tausender sollte vorerst genügen. Schauen Sie sich zuerst in der Bar im Hotel Sonnendach um. Da sitzt eine Frau, von der ich glaube, dass sie mit dem Typen unter einer Decke steckt. Sie folgte ihm überallhin, tat aber so, als wäre sie ganz zufällig in seiner Nähe.«

Sie überreichte mir einen Umschlag, in dem, außer dem Geld, zwei Fotos steckten. Sie zeigten eine fröhlich lächelnde Frau, der man die zwanzig Jahre, die sie bereits gelebt hatte, nicht ansah. Frau Dänikon hatte es plötzlich eilig und hielt Ausschau nach einem Bügel, mit dem sie sich nach oben befördern lassen konnte. Ich ging weiter nach unten, stapfte durch Schnee und durch feuchtes Erdreich, suchte und fand eine Bar.

»Um diese Zeit ist es hier richtig gemütlich«, sagte die bleiche Frau, die lustlos an einem Mineralwasser nippte. »Sie sehen nicht so aus, als würden Sie sich gerne auf Skipisten vergnügen. Unter uns gesagt, bin ich auch eher für das Après-Ski geboren. Aber die Arbeit lässt einem nicht viel Zeit dazu.«

»Sie arbeiten hier? Sind Sie etwa Bartesterin? Wenn ja, für welche Zeitschrift testen Sie, und wo kann ich mich als Tester bewerben? Ich kann spielend vierzig Whiskysorten voneinander unterscheiden.«

»Das ist bemerkenswert. Das könnte ich nie.«

»Ist ganz einfach. Sie müssen nur aufs Etikett schauen.«

»Ich bin für Longdrinks geboren.«

»Und weshalb nippen Sie dann an einem trüben Wässerchen?«

»Weil ich arbeite, und da will ich nüchtern bleiben. Ich bin nämlich Privatdetektivin.«

»Auch das noch.«

»Ich weiß. Wir haben nicht den besten Ruf. Das liegt an den männlichen Kollegen. Die sind alle ein wenig beschränkt. Wenn es zum Polizisten nicht reicht, wird man eben Detektiv.«

»Was Sie nicht sagen. Was für ein Auftrag führt Sie an diese trostlose Bar hier?«

»Das muss unter uns bleiben.«

»Ist mir lieber als über uns.«

»Ich beschatte einen Unternehmersohn. Leider habe ich ihn hier in der Bar aus den Augen verloren.«

»So groß scheint die Bar nicht zu sein.«

»Ich musste mal. Und als ich zurückkam, war er weg.«

»Und weshalb folgen Sie ihm nicht?«

»Er hatte sein Snowboard dabei. Ich fahre nicht Ski, es wäre sinnlos, ihm auf der Piste zu folgen. Und Sie? Sie fahren auch nicht Ski, oder? Vielleicht sind Sie auch Detektiv?«

»Ich bin von der Vogelwarte Sempach und studiere das Balzverhalten der Schneemöwen.«

»Schneemöwen? Habe ich hier noch nie gesehen.«

»Die sind in ihrem Balzverhalten noch diskreter als Unternehmersöhne.«

»So muss es wohl sein. Jetzt bestelle ich mir aber trotzdem einen Gin. Und Sie? Möchten Sie auch etwas?«

Ich wollte, doch ich durfte nicht. Die Detektivin war mir nicht ganz geheuer, und meine Klientin erwartete Resultate. Deshalb verließ ich die Bar wehmütig und marschierte wieder den Hang hinauf auf Tiefschneehöhe. Ich traf auf den Pistenchef, der bemüht war, der widerspenstigen Natur mit einer Schneekanone etwas nachzuhelfen.

»Es ist deprimierend. Januar, und weiter unten alles grün. Als ich hier anfing, gab es jeden Winter Schnee bis ins Dorf, vom Dezember bis Februar, mindestens. Und jetzt muss man froh sein, wenn wenigstens die oberen Pistenbereiche eine dünne Schneedecke haben. Wer auch immer an diesem Klima schuld ist, es kann kein Schweizer sein.«

»Petrus ist vermutlich an einer Überdosis CO_2 gestorben. Und Frau Holle hat sich einen neuen Job gesucht.«

»Sie sagen es. Die Einheimischen beten zwar täglich, aber selbst das hilft nichts mehr. Der Glaube mag Berge versetzen, aber er vermag sie nicht mehr weiß zu machen.«

»Dank Ihrer Kanone hat es dennoch viele Leute auf der Piste.«

»Es ist nicht mehr wie früher. Jetzt kommen fast nur noch Rowdys an den Wochenenden. Sie betrinken sich und laufen um die Wette. Wahrscheinlich werden auch Drogen genommen. Anders kann ich mir nicht erklären, weshalb die jungen Leute so rücksichtslos sind. Mir ist ein betrunkenes Liebespaar aufgefallen, die haben geknutscht und sind ausfällig geworden, als ich ihnen sagte, dass sie die sichere Piste nicht verlassen sollten. Jetzt liegt die Frau da drüben im Schnee. Schon seit einer Stunde, besoffen wie sie ist. Ich lasse sie liegen, soll sie doch selber schauen, wer sie wieder auftaut.«

Ich zeigte dem Mann eines der Fotos, welche die junge Freundin meiner Klientin zeigten. Der Mann holte eine Lesebrille hervor und schaute sich das Bild an. Er nickte und sagte, dass das die besoffene Frau sei, die im Schnee liege. Ich steckte ihm fünfzig Franken zu, und er führte mich zur fraglichen Stelle.

»Normalerweise bin ich nicht so. Aber diese jungen Leute können einem ganz schön auf die Nerven gehen.«

»Und wenn die Frau in der Zwischenzeit erfroren ist?«

»So schnell erfriert man nicht. Etwas unterkühlt wird sie sein, aber unterkühlte Frauen haben auch etwas für sich, finden Sie nicht? Da vorne, da liegt sie.«

»Verständigen Sie schon mal die Rettungsflugwacht.«

»Das ist nicht nötig. Ein Schlitten genügt. Und eine Ausnüchterungszelle.«

»Ich glaube nicht, dass die Frau betrunken ist.«

»Oje, ist das Blut? Sieht aus wie eine Blutspur, die bis zu der Frau führt. Das ist mir vorhin nicht aufgefallen.«

»Vermutlich lebte sie noch ein paar Minuten.«

»Das konnte ich wirklich nicht ahnen. Ich bleibe jetzt hier stehen, mir wird gleich schlecht. Gehen Sie zu der Frau, ich verständige die Sanität.«

Die Frau, nach der ich suchen sollte, lag tot im Schnee. Das Blut war aus einer Wunde unterhalb ihrer rechten Brust geflossen. Das Loch in ihrem Anzug und die versengten Stoffasern deuteten darauf hin, dass die Frau aus unmittelbarer Nähe erschossen worden war.

Obwohl noch immer nicht sehr viel Schnee lag, fuhren mehrere Schneemobile durch die Gegend. Eines hielt unmittelbar vor mir. Ich machte mich darauf gefasst, den Kommandanten der Polizei Grünwil kennenzulernen, stattdessen begrüßte mich ein vertrautes Gesicht.

»Na, Maloney, sind Sie auf der Suche nach dem Yeti, oder denken Sie in freier Natur darüber nach, wie man im Schweizer Fernsehen bei einem Spiel absahnen kann? Ich persönlich finde es eine Frechheit, dass man mit dem

Beantworten von dummen Fragen so viel Geld verdienen kann, während man bei Kreuzworträtseln immer nur bescheidene Preise gewinnt. Ich habe einen Skipass gewonnen, dazu zwei Snowboardlektionen. Ich hoffe allerdings sehr, dass nicht Sie mein Instruktor sind, Maloney.«

»Und ich dachte schon, man hätte Sie zum Dorfpolizisten degradiert. Für den Mord an der jungen Frau sollte die Polizei von Grünwil zuständig sein.«

»Die liegen alle mit Fieber im Bett. Deshalb habe ich hier das Kommando übernommen. Ist das Ihre Klientin, Maloney? Oder haben Sie die Dame bei einer Tombola gewonnen?«

Er zeigte auf Frau Dänikon, die mit offenem Mund dastand.

»Ich bin entsetzt über diese Geschmacklosigkeit. Meine einzige echte Freundin ist tot. Ich konnte ihr alles anvertrauen. Wenn ich jetzt auch noch sterbe, bleibt nichts von mir übrig. Niemand weiß mehr, was wirklich in mir vorgeht.«

»Vorläufig sind Sie noch am Leben«, sagte Hugentobler. »Und wenn Sie sich einen neuen Detektiv suchen, besteht sogar die Chance, dass Sie auch in zwanzig Jahren noch leben.«

»Frau Dänikon hat mich beauftragt, nach ihrer Freundin zu suchen. Das habe ich auch getan. Jetzt könnten Sie nach dem Mörder suchen. Und ich kann endlich wieder zurück in die Stadt, um mich aufzuwärmen.«

»Ich weiß, wer es getan hat«, sagte meine Klientin. »Das war dieser Unternehmersohn. Von wegen. Wahrscheinlich ein Schwindler, ein Dieb, ein Vergewaltiger.«

»Soweit wir dies beurteilen können, wurde die Tote nicht vergewaltigt. Sie hat aber eine Menge Alkohol im Blut.«

»Was schauen Sie mich an? Mein Blut ist rein«, sagte ich.

»Ich erwarte, dass Sie mit der Polizei zusammenarbeiten«, sagte meine Klientin. »Vier Augen sehen mehr als zwei.«

»Das mag schon stimmen, aber zu den vier Augen gehört nur ein brauchbares Gehirn. Das erschwert das Sehen ungemein.«

»Ich habe letzte Woche auf dem Polizeicomputer einen Intelligenztest mit Bravour bestanden. Das Programm wurde zwar für Kinder im Vorschulalter entwickelt, aber die sind heute auch schon viel weiter als noch vor zwanzig Jahren.«

»Wenn Sie so weitermachen, ist der Täter über alle Berge, und wir frieren hier fest.«

Frau Dänikon drehte sich um und stampfte weg. Der Polizist zeigte mir stolz den Skipass, den er gewonnen hatte sowie seine wuchtigen Schneeschuhe. Ich lächelte und ging zurück zum Hotel. In der Bar traf ich wie erwartet auf meine seltsame Berufskollegin.

»Ein Mord? Das ist geradezu unheimlich, finden Sie nicht? In der Stadt ist man das gewohnt, aber hier draußen? Sind Sie sicher, dass die Frau ermordet wurde? Vielleicht ist sie nur in einen Baum gefahren?«

»Sie wurde erschossen. Als Privatdetektivin müsste Sie das anspornen.«

»Tut es auch. Ich habe den Unternehmersohn wiedergefunden. Er hat sich an eine ältere Frau herangemacht. Harmlos vermutlich. Ist nur auf ihr Geld aus.«

»Wer ist eigentlich Ihr Auftraggeber?«

»Über so etwas rede ich normalerweise nicht. Aber weil Sie es sind, will ich eine Ausnahme machen. Ich bin sozusagen in eigener Mission unterwegs. Meine Schwester hat sich unsterblich in diesen jungen Kerl verliebt. Ich möchte Beweise dafür sammeln, dass der Mann nichts taugt. Das bin ich meiner Schwester schuldig.«

»Und wie heißt der Kerl? Ein Mann, der sich als Unternehmersohn vorstellte, wurde nämlich zusammen mit der Toten gesehen.«

»Tatsächlich? Aber das muss nichts heißen. Söhne hat es eine ganze Menge auf den Skipisten. Viele dieser gut aussehenden Männer sind von Beruf Sohn. Und viele der jungen Frauen möchten gerne Hausfrau werden. Ich finde das abstoßend. Da, sehen Sie die Frau da drüben? Alles an ihr glänzt. Hat sich vermutlich bereits mehrmals liften lassen. Mein Unternehmersohn macht ihr schöne Augen. Oje, diese Ohrringe. Weshalb müssen reiche Frauen immer so geschmacklos sein?«

Sie wandte sich angewidert ab. Ich nutzte die Gelegenheit, mir einen Whisky zu genehmigen. Die reiche Dame behielt ich im Auge. Sie bestellte sich einen Cognac. Ich setzte mich lächelnd zu ihr.

»Falls Sie mich zum Tanz auffordern möchten, mache ich Sie darauf aufmerksam, dass ich nicht tanze und auch keine Musik spielt.«

»Ich wollte mich bloß ein wenig unterhalten.«

»Tun Sie das, aber lassen Sie mich in Ruhe. Sie sind

nicht das, was ich mir unter einer angenehmen Konversation vorstelle.«

»Ich habe gehört, dass Sie mehr auf junges Fleisch stehen.«

»Es ist mir ausgesprochen egal, was über mich geredet wird.«

»Der junge Mann ist nur auf Ihr Geld aus. Ich nicht.«

»Und worauf sind Sie aus? Körperliche Versuchungen verbiete ich mir. Sie haben mich auch in jüngeren Jahren nicht glücklich gemacht.«

»Und weshalb lassen Sie sich von einem jungen Mann den Hof machen?«

»Meine Freundinnen werden vor Neid erblassen. Marco ist wunderschön.«

»Und wo ist Marco jetzt? Ich würde mich gerne mit ihm unterhalten.«

»Das sei Ihnen unbenommen. Er ist auf dem Eisfeld. Sie können ihn nicht übersehen. Schön wie er ist.«

Auf dem Eisfeld tummelten sich eine ganze Menge schöner Menschen. Der schönste Mann war groß, schlank und dunkelhaarig. Ich versuchte, ihn mit Handzeichen an die Bande zu locken. Doch erst, als ich seinen Vornamen rief, fuhr er auf mich zu.

»Die Polizei hat mich nicht vernommen. Weshalb sollte sie?«

»Weil die junge Frau, mit der Sie heute Mittag zusammen waren, ermordet worden ist.«

»Ermordet? Das kann ich nicht glauben. Wer hat das getan?«

»Wer, wenn nicht Sie, müsste die Frage lauten.«

»Ich? Die Frau war noch ein Kind, ein Teenager, auch

wenn sie sagte, dass sie zwanzig ist. Die machte mir Augen wie eine 14-Jährige. Ich wollte nichts von ihr, sie aber wollte alles von mir. Gut, ich habe ein wenig mit ihr geknutscht, aber dann war Schluss. Ich habe sie stehen lassen.«

»Weil bereits eine ältere vermögende Frau auf Sie wartete. Da war die junge im Weg.«

»Das ist Unsinn. Ich mache das nur, weil ich glaube, dass mein Vater mich überwachen lässt. Ich möchte ein eigenes Geschäft aufbauen, aber mein Vater gibt mir kein Geld. Er soll ruhig erfahren, dass ich sehr weit gehe, um zu Geld zu kommen.«

»So weit, dass Blutspuren im Schnee zurückbleiben?«

»Damit habe ich nichts zu tun. Ich bin Mitglied vom WWF, und ich habe ein Patenkind in Venezuela. Mord habe ich nicht nötig. Wer so gut aussieht wie ich, dem öffnen sich früher oder später alle Türen.«

»Auch die mit dem großen Sicherheitsschloss?«

»Was soll diese Bemerkung? Worauf wollen Sie hinaus?«

Ich zeigte auf den Mann in den riesigen Schneeschuhen, der durch den Schnee watete wie ein kleiner Elefant. Er wurde ab und zu vom Pistenchef gestützt, der mich verlegen angrinste, als wir uns gegenüber standen.

»Das ist der Mann, zweifellos«, sagte der Pistenchef und zeigte abwechselnd auf Marco und mich.

»Gratuliere, Sie haben mich wieder erkannt. Dafür erhalten Sie den Grünwiler Skipass in Rosa.«

»Sie reden, wenn Sie dazu aufgefordert werden, Maloney. Dieser junge Mann war mit der Toten zusammen, als sie noch lebte?«

»Da bin ich mir sicher«, sagte der Pistenchef. »Er hat mit ihr geschmust. Und er hat mich einen Spanner genannt.«

»Ich bestreite nicht, mit der Frau geschmust zu haben«, sagte Marco selbstbewusst. »Danach aber ging ich weg. Das müssen Sie gesehen haben.«

»Ich habe nichts gesehen«, sagte der Pistenchef.

»Und vermutlich auch nichts gehört«, sagte ich.

»So ist es. Der Lärm der Schneekanonen, Sie verstehen?«

»Im Namen der Lauberhornabfahrt, Sie sind verhaftet«, sagte Hugentobler.

»Aber ich habe nichts getan. Ich bin ein Herzensbrecher, aber doch nicht im wörtlichen Sinn.«

»In welchem Sinn auch immer. Leider habe ich meine Handschellen nicht dabei. Aber eine Schneekette. Oder möchten Sie mir widerstandslos folgen?«

»Dann darf ich jetzt wieder zu meinen Schneekanonen zurück?«, fragte der Pistenchef. Ich verfolgte kopfschüttelnd das Schauspiel der Verhaftung. Der junge Mann versuchte über das Eisfeld zu entkommen. Der Pistenchef musste den Polizisten mehrmals stützen, da dieser auszurutschen drohte. Plötzlich löste sich ein Schuss, und auf dem Eisfeld erstarrten alle. Jemand hielt sich an meiner Jacke fest und zog mich aufs Eis. Ich tat, was ich in solchen Situationen immer tue: ich blieb noch eine Weile liegen.

Während sich die Polizei darüber freute, einen Verdächtigen befragen zu dürfen, freute ich mich darüber, ungestört weiterermitteln zu können. Für meine Klientin schien der Fall ebenfalls erledigt, sie weigerte sich, mein Honorar aufzubessern. Deshalb war es an der Zeit, eine wohlhabende Dame zu besuchen.

»Normalerweise empfange ich keine Besucher in meiner Hotelsuite, aber weil es um einen Mord geht, mache ich eine Ausnahme. Fassen Sie sich kurz, ich habe mir den Knöchel verstaucht, ich benötige Ruhe.«

»Wie viele Zimmer hat diese bescheidene Bleibe?«

»Genug, um sich darin schrecklich zu langweilen.«

»Glauben Sie, dass Marco Sturm ein Mörder ist?«

»Marco ist ein harmloser junger Mann. Mir jedenfalls ist er zu harmlos. Ich bin nicht reich geworden, weil ich einen reichen Mann geheiratet habe, ich habe mir meinen Reichtum selber verdient. Ein Mann wie Marco wird es nie zu etwas bringen, auch nicht zu einem Mord, was ja immerhin etwas Außergewöhnliches ist.«

»Sie könnten mich engagieren, damit ich Marco Sturm aus der Untersuchungshaft hole, indem ich den wahren Täter verhafte.«

»Das könnte ich. Aber ehrlich gesagt, ist mir Marco egal. Es gibt genug junge Männer, die für Geld Zuneigung heucheln. Wenn ich Sie engagiere, dann nur deshalb, weil ich neugierig bin.«

»Mit Tausend pro Tag sind Sie dabei.«

»Ich habe mir sagen lassen, dass Ihr Tarif normalerweise halb so hoch ist.«

»In der Höhenluft verlange ich eine Gefahrenzulage. Sie sehen ja selbst, was einem im Schnee alles passieren kann.«

»Also gut. Tausend. Ich nehme an, dass sich der Fall in einem Tag lösen lässt.«

»Das hängt unter anderem von Ihnen ab. Was hat Ihnen Marco über die Tote erzählt?«

»Sie hat sich Hals über Kopf in ihn verliebt. Ihm war das peinlich, er wollte sie loswerden. Sie verstehen schon, wie ich das meine. Aber da war noch etwas. Marco fühlte sich beobachtet, und ich glaube, er wusste auch von wem. Er erzählte mir von einer anderen Frau, die seit Monaten hinter ihm her ist.«

»Eine Privatdetektivin?«

»Das kann schon sein. Sicherlich eine, die für weniger Honorar weniger Fragen stellt. Ich bitte Sie jetzt zu gehen. Ich erwarte einen stündlichen Zwischenbericht. Haben Sie ein Handy dabei?«

Ich zeigte ihr mein Modell, das sie abschätzig musterte. Es war etwas größer und schwerer als die bunten Dinger, die man für teures Geld kaufen kann. Dafür war es robuster. Ein netter Hotelportier verriet mir den Namen meiner Berufskollegin, und mein Handy verriet mir ihre Wohnadresse. Ihr Büro befand sich in der Stadt, was ich erleichtert zur Kenntnis nahm. Als ich dort ankam, empfing mich ein gestresster Mann.

»Frau Celio ist meine Büropartnerin. Wir waren ein sehr erfolgreiches Team, doch seit ein paar Monaten kümmert sie sich nicht mehr um unsere gemeinsamen Mandate.«

»Weil sie sich Sorgen um ihre Schwester macht.«

»Ich habe keine Schwester. Ich bin Einzelkind, deshalb fällt es mir schwer, mich fest zu binden.«

»Ich meinte, dass Frau Celio sich Sorgen um ihre eigene Schwester macht.«

»Frau Celio hat keine Schwester. Sie ist ebenfalls ein

Einzelkind. Einzelkindern fällt es schwer, feste Beziehungen einzugehen. Ich habe Frau Celio bereits vor zwei Jahren einen Heiratsantrag gemacht, doch sie lehnte ab. Vor einem Jahr trug ich ihr an, dass wir uns künftig duzen könnten, doch auch das lehnte sie ab. Leider hat sich Frau Celio unglücklich verliebt.«

»Das klingt interessant. Doch nicht etwa in einen jungen Sonnyboy, der gerne in teuren Hotels absteigt?«

»Sie kennen ihn? Es ist traurig, mitansehen zu müssen, wie diese Frau einer Illusion nachrennt. Seit Monaten reist sie ihm nach, all ihre Ersparnisse und all die Reserven, die wir gemeinsam für unsere Firma erarbeiteten, sind bereits weg. Wo soll das nur enden?«

Mit meinen neuen Erkenntnissen im Gepäck suchte ich das Polizeipräsidium auf. Dort war man gerade damit beschäftigt, Marco Sturm einem Verhör zu unterziehen.

»Stellen Sie diese Maschine ab. Das ist unerträglich.«

»Mir gefällt es«, sagte Hugentobler, der Watte in den Ohren trug. »Das klingt wie Musik in meinen Ohren. Einer unserer Beamten baut in seiner Freizeit kleine unnütze Maschinen. Sie machen alle Lärm. Jean Tinguely hätte seine Freude an diesem Beamten gehabt. Und ich hätte meine Freude an Ihnen, wenn Sie endlich den Mord gestehen würden.«

»Ich habe niemanden ermordet.«

»Vielleicht sollte ich noch eine zweite Maschine installieren. Eine, die wie der Bohrer beim Zahnarzt klingt. Was meinen Sie dazu, Maloney?«

»Er sagt die Wahrheit. Er ist nicht der Mörder, er ist das Motiv.«

»Das Motiv? Das verstehe ich nicht. Also noch einmal von vorne. Wer hat die junge Frau ermordet, wenn nicht Sie?«

»Der Fußballer Moldovan.«

»Und was für ein Motiv soll dieser Fußballer gehabt haben?«

»Das ist mir rausgerutscht. Ich hatte kein Motiv. Wieso glaubt mir niemand? Die Frauen laufen mir nach, die wollen alle immer nur das eine. Ich möchte gute Gespräche führen.«

»Da sind Sie hier am falschen Ort«, sagte ich. »Ich schlage vor, wir klären die Polizei ein wenig auf. Frau Celio, zu meinem Bedauern eine Berufskollegin von mir, ist seit Monaten hinter Herrn Sturm her. Vermutlich hat sie beobachtet, wie Sie die junge Frau geküsst haben.«

»Frau Celio?«, fragte Marco Sturm verwundert. »Ist das die Verrückte, die ständig in meiner Nähe auftaucht? Sie hat mich noch nie angesprochen. Hat sie etwas mit dem Mord zu tun?«

»Jetzt reicht es aber. Ich finde es unverschämt, mir kurz vor Feierabend eine neue Verdächtige zu präsentieren. Hätte das nicht Zeit gehabt bis morgen früh, Maloney?«

Er ließ Sturm abführen, packte die Höllenmaschine in eine Kiste und wartete andächtig vor der großen Wanduhr, deren Zeiger langsam nach oben marschierte. Als der Zeiger die Klimax erreicht hatte, schwärmten wie auf Knopfdruck Dutzende von Menschen aus ihren Büros. Hugentobler klaubte mürrisch ein paar Münzen aus seinem Portemonnaie und fütterte damit den Kaffeeautomaten.

»Die Frage, die uns jetzt beschäftigen muss, Maloney, ist: Wo hält sich die verdächtige Person versteckt, falls sie sich versteckt. Ich persönlich finde ja, dass wir ruhig noch etwas warten könnten. Es ist erwiesen, dass die Verhaftungserfolge am Vormittag größer sind als am Vorabend.«

»Nicht, wenn die Verdächtige in unmittelbarer Nähe des Polizeipräsidiums auf der Lauer liegt.«

»Wieso sollte diese Frau Celio vor dem Polizeipräsidium auf der Lauer liegen?«

»Sie ist dem Mann ihrer Träume überallhin gefolgt.«

»Das klingt einleuchtend. Allerdings nicht ganz, Maloney. Weshalb hat sich Frau Celio nicht freiwillig gestellt, um ebenfalls verhaftet zu werden?«

»Weil dann der Mann, den sie liebt, wieder freigekommen wäre. Sie befindet sich also in einem echten Dilemma. Ich vermute, dass sie sich jetzt gerade Gedanken darüber macht, wie sie Marco Sturm aus diesem Gebäude befreien könnte.«

»Dann wird es aber höchste Zeit einzugreifen, Maloney. Ich werde mir eine schusssichere Weste überziehen. Sie könnten sich in der Zwischenzeit als Zielscheibe vor das Polizeipräsidium stellen. Ich werde dafür sorgen, dass Ihre Verdienste an Ihrer Beerdigung gewürdigt werden.«

Ich ging zum Fenster und schaute mich um. Genau gegenüber dem Polizeipräsidium befand sich eine kleine Pension. Hugentobler erschien mit einer Weste, die ihm viel zu groß war. Gemeinsam besuchten wir Frau Celio, die in einem der kleinen Zimmer saß und einen bemitleidenswerten Anblick bot.

»Kommen Sie mir nicht zu nahe, sonst hauche ich Sie an, und Sie sterben an einer Alkoholvergiftung.«

»Im Namen aller Überstunden kompensierenden Beamten, Sie sind verhaftet.«

»Schon gut, ich wehre mich nicht.«

»Sie haben die junge Frau aus Eifersucht getötet?«, fragte Hugentobler.

»Er hat immer mit anderen Frauen rumgemacht, aber diesmal sah es ernst aus. Die war jung und machte ihm riesige Augen. Ich dachte, jetzt verlierst du ihn.«

»Das können Sie uns alles morgen früh erzählen, wenn Sie wieder nüchtern sind.«

»Es war unerträglich. Ich hatte es getan, um ihn nicht zu verlieren, doch ich wusste, dass ich ihn damit endgültig verlor. Aber vielleicht kann ich so wieder zu mir finden.«

»Vorerst finden Sie zu mir«, sagte Hugentobler und zeigte ihr die Handschellen.

»Sie wollen die Frau in den Freitod treiben?«, fragte ich.

»Sie sind verhaftet. Eine Einzelzelle ist Ihnen gewiss. Ich werde jetzt meine Frau anrufen und fragen, ob sie die Rösti für mich aufwärmen kann. Auf Sie wartet wieder nur eine Flasche, Maloney. Es gibt eben doch eine Gerechtigkeit auf Erden.«

Die Flasche wartete lange, weil mich unterwegs eine ratlose Frau nach dem kürzesten Weg zum Bahnhof fragte. Ich zeigte ihn ihr, doch nachdem wir uns ein wenig unterhalten hatten, wählte sie den längeren Weg und der führte unter meinem Schreibtisch durch. So geht das.

Tiefdruckgebiete

Das Wetter beschäftigt mich nur dann, wenn ich an einem Fall arbeite, den ich außerhalb meines Büros lösen muss. Da es mir in der Regel entweder zu heiß oder zu kalt, zu feucht oder zu trocken ist, gehöre ich zu jenen Menschen, denen es Petrus nie recht machen kann. Als mich Frau Ineichen aufsuchte, ahnte ich noch nicht, wie sehr einem das Wetter an sich zu schaffen machen kann.

»Mein Mann ist vor drei Tagen spurlos verschwunden.«

»Männer kommen und gehen. Vielleicht sollten Sie warten, bis wieder einer kommt.«

»Rafael ist nicht so. Wenn er mich verlassen wollte, würde er mir das von Angesicht zu Angesicht sagen und sich nicht einfach verdrücken. Nein. Es muss etwas passiert sein.«

»Waren Sie schon bei der Polizei?«

»Der Beamte sagte mir, dass die meisten Männer früher oder später wieder auftauchen. Was aber, wenn er früher oder später in einem See wieder auftaucht?«

»Ist Ihr Mann Nichtschwimmer?«

»Nein, er ist Hobbymeteorologe.«

»Auch nicht schlecht. Weckt er Sie jeweils mit einer falschen Wetterprognose auf?«

»Er ist gut, er ist sogar sehr gut. Seine Prognosen sind

besser als jene der Profis. Er sollte heute am Kongress der Hobbymeteorologen eine Rede halten.«

»Und Sie vermuten, dass das jemand verhindern wollte?«

»Ja. Aber wie kommen Sie darauf?«

»Berufsgeheimnis. Ihr Mann hatte Feinde?«

»Natürlich. Jeder außergewöhnliche Mensch hat Feinde.«

»Wem sagen Sie das. Wen verdächtigen Sie?«

»Die ganze Bande. All die Wetterfrösche, die ihre Nase im Wind drehen und keines eigenen Gedankens fähig sind. Sie haben Rafael nie gemocht, er war immer ein Außenseiter, sie hatten Angst vor ihm, Angst vor seinem Genie.«

Sie steigerte sich in eine Lobeshymne, die darin gipfelte, dass sie ihren Mann in eine Reihe mit Männern wie Einstein, da Vinci und Leonardo di Caprio stellte. Ich hörte ihr brav zu, nannte ihr meinen Tagesansatz und machte mich zwei Stunden später auf zum Kongress der Hobbymeteorologen. Wie es sich gehörte, passte sich das Wetter meiner Stimmung an.

»Ich habe eine zwanzigprozentige Wahrscheinlichkeit für Regen vorausgesagt. Das war gestern, heute würde ich eine Wahrscheinlichkeit von sechzig Prozent voraussagen.«

»Die Castellanus waren heute früh deutlich zu sehen.«

»Dafür ist Rafael Ineichen nirgends zu sehen«, mischte ich mich in das Gespräch der beiden Wetterfrösche. Beide trugen Namensschilder, was die Zuordnung vereinfachte. Elisabeth Fuhrer zeigte mir ihre strahlend weißen Zähne.

»Sie suchen Ineichen? Er ist vermutlich gerade dabei, auf seinem Computer zu beweisen, dass der Dow-Jones-Index verlässliche Aussagen über das Reisewetter im Sommer zulässt.«

»Vergessen Sie Ineichen, er ist ein Scharlatan«, sagte Stefan Wicki, der einen Kopf kleiner war als Frau Fuhrer. »Er ist einer dieser Einzelgänger, die als Kinder in den Keller gesperrt wurden und sich jetzt mit idiotischen Thesen rächen.«

»Seine Frau hält ihn für ein Genie.«

»Vielleicht ist er das auch«, sagte Wicki. »Wo und mit was auch immer, aber sicher nicht in der Wetterkunde. Frau Fuhrer ist ein Genie. Sie ist eine hochbegabte Dichterin, eine Poetin des Wetters.«

»Ich schreibe an einem Theaterstück. Eine Zirruswolke verirrt sich in einen Nimbostratus, kann fliehen und verliebt sich in eine Altokumulus.«

»Und wenn sie nicht gestorben sind, dann hängen sie noch immer am Himmel herum.«

Stefan Wicki schaute verächtlich zu mir hoch.

»Sind Sie ein Laie?«

»Sehe ich so aus?«

»Du musst es ihm erklären. Sonst kapiert er die Poesie deines Stücks nicht.«

»Die Zirruswolke ist eine federartige, feine Wolke aus meist sehr feinen Eis- und Schneekristallen in sechs bis zehn Kilometer Höhe am blauen Himmel. Der Nimbostratus ist eine dichte, dunkle Wolkenschicht, aus der anhaltend Regen fällt. Und die Altokumulus ist die berühmte Schäfchenwolke, nicht zu verwechseln mit der Zirrokumulus, das sind kleine Schäfchenwolken.«

»Wenn Sie jetzt auch noch mit Blumenkohl kommen, lanciere ich eine Volksinitiative zur Abschaffung des Wetters.«

»Die Poesie des Wetters liegt darin, dass es sich formt wie ein Gemälde, das nie seine definitive Form findet. Aber einem Laien ist es schwer zu vermitteln, welche philosophischen Tiefen sich in einem Satellitenbild verbergen.« Frau Fuhrer fuhr sich durch ihr dünnes Haar.

»Als Laie interessiere ich mich vor allem dafür, wo sich Rafael Ineichen verbirgt.«

»Wo wird er schon sein? In die Hosen hat er sich gemacht. Sein Vortrag wäre eine Lachnummer geworden, wahrscheinlich wurde ihm das bewusst, und er verkroch sich bei der neuen Wetterstation in Grünwil.«

»Wir müssen jetzt wieder in den Kongresssaal«, sagte Wicki. »Unser italienischer Kollege Luigi Cumulieri hält einen Vortrag über den Zusammenhang zwischen Pasta und Gewitterfronten.«

»Da gibt es tatsächlich einen Zusammenhang?«

»Wahrscheinlich nicht, aber die Idee ist doch faszinierend, oder?«, sagte Frau Fuhrer.

Ich wünschte mir einen Regenschirm herbei, doch keiner der Wetterfrösche hatte mit Nässe gerechnet, und so blieb ich ein Opfer der hohen Luftfeuchtigkeit. Als ich die Bahn bestieg, die mich zur Wetterstation oberhalb Grünwils bringen sollte, machte ich eine grauenhafte Entdeckung.

»Na, Maloney. Es soll Rentner geben, die praktisch den ganzen Tag und die halbe Nacht im Zug verbringen, weil ein Generalabonnement billiger ist als jede Wohnung.«

»Es soll Beamte geben, die ihre Tage in einem Bahnabteil verbringen, weil da die Wahrscheinlichkeit gering ist, auf Arbeit zu stoßen.«

»Haben Sie eine Ahnung, Maloney. Gemordet wird heutzutage überall. Erst kürzlich wurde eine Frau ermordet in einem Solarium aufgefunden. So etwas war vor vierzig Jahren noch nicht einmal denkbar.«

»Die Zeiten werden härter. Aber schon bald kommt auch dagegen eine neue Wunderpille auf den Markt.«

»Gegen Haarausfall? Ich habe davon gelesen, Maloney. Ich persönlich finde ja, man sollte der Natur ihren freien Lauf lassen.«

»Bei Ihnen ist sie sehr frei gelaufen.«

»So, jetzt sind wir gleich da. Ich schaue mir die neue Wetterstation an. Meine Frau hat mir ein Buch über das Wetter geschenkt. Spannend, Maloney. Wussten Sie, was eine Absinkinversion ist? Ich weiß es zwar auch nicht, Maloney, aber in dem Buch ist diesem Phänomen eine ganze Seite gewidmet. Wussten Sie, dass ich wetterfühlig bin?«

»Ich weiß schon. Immer wenn Sie zu spät nach Hause kommen, gibt es ein Donnerwetter.«

»Nein, nein. Wenn mein linkes Knie juckt, wird es schön. Mein rechtes Knie juckt nie, dafür schläft mir der rechte Fuß ein, wenn ein Gewitter aufzieht.«

Als die Bahn die Endstation erreichte, waren wir die einzigen verbliebenen Passagiere. Ein Bahnbeamter winkte uns wie zwei Todgeweihten zu, tatsächlich fühlte ich mich nicht besonders gut. Auch nicht, als wir bei der Wetterstation auf einen Mann mit wirrer Haarpracht stießen.

»Ich bin unschuldig. Ich wollte lediglich die Wetterstation in die Luft jagen.«

»Da haben wir es, je lausiger die Ermittlungsbeamten, um so beflissener die Verbrecher.«

»Sie wollen uns ein Verbrechen gestehen?«, fragte Hugentobler und zückte sein Notizbuch. »In welcher Pensionskasse sind Sie?«

»Beeler ist mein Name. Ich wollte die Bombe zünden, da sah ich ihn. Ich habe nichts damit zu tun.«

»Vielleicht sollten Sie ihn nach der Pensionskasse der Bombe fragen?«

»Überlassen Sie das mir, Maloney. Wen haben Sie gesehen, und weshalb wollten Sie was in die Luft jagen?«

»Die Wetterstation. Ich führe Statistik. Nicht dieser El Niño ist an dem schlechten Wetter schuld, nein, jedes Jahr gibt es neue Wetterstationen, und die beeinflussen das Wetter. Deshalb muss man sie in die Luft jagen. Alle.«

»Die Wetterstation steht aber noch«, stellte Hugentobler fest.

»Genau, weil ich die Leiche sah, da liegt sie, sehen Sie? Grauenhaft. Es ist Ineichen.«

»Der Hobbywetterfrosch?«, fragte ich.

»Genau. Jemand hat ihn erstochen.«

»Schön der Reihe nach. Wie kommt es, dass hier alle außer mir die Leiche namentlich kennen? Sind Sie etwa in diese Bombengeschichte verwickelt, Maloney?«

»Ich habe die Bombe nicht gezündet. Ich hätte es tun können. Die Leiche wäre vielleicht nie gefunden worden. Aber mit Mord will ich nichts zu tun haben. Leichen haben keinen Einfluss auf das Wetter. Aber die Wetterstationen. Wussten Sie, dass überall da, wo Wetterstationen stehen, mehr Regen fällt als in Regionen ohne Wetterstationen? Die Wetterstationen werden eines Tages die Erde überfluten, wenn nicht etwas geschieht.«

Hugentobler fragte Beeler, ob er ihm erklären könne, was eine Absinkinversion sei. Beeler holte tief Luft, begann mit einer Erklärung und schwenkte dann wieder zu seinem Lieblingsthema um. Ich schaute auf die Wetterstation und auf den Mann meiner Klientin, der tot neben einem Baum lag.

Herr Beeler wurde nicht verhaftet, weil keiner der Polizisten sich zuständig fühlte. Er nahm mich in seinem Wagen nach Grünwil mit, wo wir es uns in einer kleinen Kneipe gemütlich machten. Ein Reisecar aus Brandenburg füllte die Kneipe mit trinkfreudigen Menschen.

»Vor zwei Jahren bin ich eher zufällig darauf gestoßen. Ich habe die Niederschlagsmengen vor und nach dem Aufbau einer Wetterstation in verschiedenen Gebieten verglichen. Das Resultat ist verblüffend. Wetterstationen sind weitaus gefährlicher als Starkstromleitungen.«

»Und deshalb wurden Sie zum Terroristen, der harmlose Wetterstationen in die Luft jagt?

»Ich habe Hunderte von Briefen geschrieben, mich an Politiker gewandt, habe versucht, die Medien zu mobilisieren, es war alles umsonst. Niemand will die Gefahr sehen. Ich bin wie der berühmte Prophet in der Wüste, nur dass sich diese Wüste bald in ein Meer verwandeln wird, wenn wir nicht handeln. Dieses Dorf hier wird in den Fluten versinken.«

»Was hielt Ineichen von Ihren Theorien?«

»Ach, Ineichen interessierte sich nicht für andere Forscher. Er war arrogant und besserwisserisch. Wissen Sie, ich bin kein Studierter, ich habe mir mein Wissen angelesen, das hat mich Jahre und zwei Ehen gekostet. Meinen Sohn aus erster Ehe habe ich seit sechs Jahren nicht mehr gesehen. Seine Mutter ist ausgerechnet in ein Haus unterhalb einer Wetterstation gezogen. Ich habe sie gewarnt, denn der große Regen wird kommen.«

Vorerst kam nur die Bedienung, eine junge Frau, die Kaugummi kauend auf uns zu schlurfte und uns strafend beäugte, als wir nichts Essbares bestellten. Als die Getränke nach einer weiteren halben Stunde noch immer nicht aufgetischt wurden, verließen wir die Kneipe. Am nächsten Morgen besuchte ich meine Klientin. Sie machte einen gefassten Eindruck.

»Der Anruf der Polizei war nur die Bestätigung für das, was ich seit Tagen vermutete. Hat er leiden müssen?«

»Die Stichverletzung war sofort tödlich, er hat vermutlich nicht einmal realisiert, was mit ihm geschieht.«

»Der Polizist sagte mir, dass mein Mann wahrscheinlich schon seit zwei Tagen tot ist.«

»Dann könnte Ihr Verdacht zutreffen.«

»Wie meinen Sie das?«

»Wäre er gestern ermordet worden, hätten alle anderen Hobbywetterfrösche ein Alibi gehabt. Bis auf Beeler, der die Leiche fand.«

»Beeler ist ein Spinner.«

»Spinner sind unberechenbar.«

»Hat die Polizei Beeler vernommen?«

»Er behauptet, dass er eine Wetterstation in die Luft

sprengen wollte. Ich glaube aber, dass er nicht einmal Sprengstoff dabei hatte.«

»Das würde zu ihm passen.«

»Weshalb aber sollte er zum Tatort zurückkehren? Wenn er der Täter ist, konnte er davon ausgehen, dass die Leiche früher oder später gefunden wird.«

»Es gibt genügend andere Meteorologen mit einem Motiv.«

»Woran arbeitete Ihr Mann?«

»An einem Computerprogramm, das die Wetterprognostik revolutioniert hätte.«

»Besaß Ihr Mann eine eigene Wetterstation?«

»Nein. Sein Programm benutzte ganz andere Daten. Die Mondphasen zum Beispiel, die aktuelle Orangenernte in Kalifornien und die Anzahl der Neugeburten in Neukaledonien.«

»Und daraus kann man das Wetter ablesen?«

»Das Wetter ist eines der komplexesten Systeme, die man sich vorstellen kann. Deshalb sind einigermaßen präzise Voraussagen nur für wenige Tage möglich. Das Programm meines Mannes ist in der Lage, Prognosen für mehrere Wochen zu machen. Gute Prognosen. Mein Mann war dabei, die Software zu vervollkommnen. Es hätte weltweit Meteorologen überflüssig gemacht.«

Damit lieferte mir Frau Ineichen gleich ein paar Hundert Verdächtige. Ich fuhr zurück in mein Büro und schaute mir im Fernsehen eine Wetterprognose an. Eine lächelnde junge Frau zappelte vor einer Wetterkarte herum und versprach strahlend ein bisschen Sonne. Tatsächlich verzogen sich die Wolken, als ich zu Stefan Wicki fuhr.

»Dieser Mord geht mir nahe. Auch wenn ich Ineichen

nicht ausstehen konnte, so etwas hat er dennoch nicht verdient.«

»Seine Frau vermutet den Täter unter den Hobbywetterfröschen.«

»Seine Frau hat immer loyal zu ihm gehalten, auch wenn ich mir nicht vorstellen kann, dass sie den Unsinn glaubte, den Ineichen verzapfte.«

»Sein Computerprogramm taugte in Ihren Augen nichts?«

»Geld- und Zeitverschwendung. Es gibt keine wissenschaftlich fundierte Methode, um das Wetter über Wochen hinweg präzise voraussagen zu können.«

»Welche Methode wenden Sie an?«

»Meine Frau.«

»Ist sie wetterfühlig?«

»Meine Frau ist ein Wettermedium.«

»Ich dachte, sie schreibt Theaterstücke über Wolkenformationen?«

Wicki schaute verlegen weg.

»Ach so, das ist nicht meine Frau. Frau Fuhrer ist eine Kollegin.«

»Und Ihre Frau weiß nichts davon?«

»Sie wollen mir eine Affäre andichten?«

»Ich suche nach Motiven.«

»Das ist absurd. Selbst wenn ich eine Affäre hätte, weshalb sollte ich Ineichen ermorden?«

»Vielleicht weil Ihre Frau es mit Ineichen bei der Wetterstation trieb?«

»Clara und Ineichen? Dass ich nicht lache. Kommen Sie ins Haus, ich stelle Ihnen Clara vor.«

Er amüsierte sich königlich über meinen Verdacht. Das

Haus war nobel eingerichtet, und auch Frau Wicki machte einen noblen Eindruck. Sie trug ein schwarzes Kleid, das ihren Körper dezent, aber wirkungsvoll betonte.

»Das ist Philip Maloney. Er ermittelt im Mordfall Ineichen.«

»Sie sind auch im Wettergeschäft tätig, Frau Wicki?«

»Ich bin ein Medium.«

»Zeitung oder Fernsehen?«

»Privatdetektive müssen Zyniker sein, das gehört zum Berufsbild. Ist es nicht so?«

»Und wie steht es mit den Wetterfröschen? Ich habe den Eindruck, dass die meisten irgendwann zu viel Ozon abbekommen haben.«

»Oh, ich habe eine Vision«, sagte Frau Wicki und berührte ihre Schläfen.

»Lassen Sie mich raten. Morgen ist es teils heiter, teils wolkig, teils regnerisch.«

»Ich sehe eine Kaltfront. Sie kommt auf uns zu.«

»Sie sehen sie? Wie sieht eine Kaltfront aus?«

»Sie sieht die Wetterphänomene als Farben«, sagte Stefan Wicki. »Blau ist kalt, rot ist heiß, grün sind die Störungsfronten, gelb ...«

»Ist die Sonne?«

»Gelb sind wolkenlose Tage«, sagte Clara Wicki.

»Sag ich doch.«

»Die Kaltfront wird uns in drei Wochen erreichen.«

»Das ist phänomenal«, staunte Stefan Wicki. »Auf den Satellitenbildern ist nichts davon zu sehen.«

»Und wie lauten die Lottozahlen für die Ausspielung in vier Wochen?«

»Ich sehe einen Orkan«, sagte Clara Wicki.

»Er kommt auf uns zu?«

»Er wird über die Stadt hinwegfegen.«

»Genug für heute«, sagte Stefan Wicki und klatsche in die Hände. »Du solltest dich hinlegen. Komm, trink einen Schluck Grüntee.«

»Aber davon werde ich immer so müde, und dann schlafe ich ganz lange.«

»Du brauchst das, die Visionen zehren an deinen Kräften.«

Die Visionen zehrten auch an meinen Kräften. Ich verbrachte den Tag am Schreibtisch und verfasste einen Bericht für einen Klienten, der seinen Hund beschatten ließ, weil er es nicht ertrug, dass sein Hund täglich eine Stunde ohne Herrchen spazieren ging.

Am nächsten Morgen studierte ich die Wetterprognosen in drei verschiedenen Zeitungen. Bewölkung hatten alle vorausgesagt, die eine dichte, die andere lockere und die dritte nur vormittags. Ich studierte auch mein Horoskop. Darin wurde nichts von Damen erwähnt, trotzdem erschienen gleich zwei davon.

»Ich war zuerst«, sagte Clara Wicki.

»Aber nur, weil Sie mich im Treppenhaus überholt haben«, sagte Frau Ineichen.

»Was kann ich dafür, dass Sie nicht mehr die Jüngste sind?«

»Mit Ihnen nehme ich es jederzeit auf.«

»Ich habe Herrn Maloney in jeder Beziehung mehr zu bieten.«

»Sehen Sie etwa tropische Nächte auf uns zukommen?«, fragte ich lächelnd.

»Nein, einen Auftrag«, sagte Frau Wicki.

»Philip Maloney arbeitet bereits für mich«, sagte Frau Ineichen.

»Ich weiß. Aber der Mord an Ihrem Mann wird früher oder später von der Polizei aufgeklärt. Mein Fall hingegen ist Privatsache.«

»Schön der Reihe nach. Alter vor Hellsicht, was bewegt Sie in mein Büro, Frau Ineichen?«

»Ich habe herausgefunden, dass mein Mann mit seinem Computer den Zentralrechner der meteorologischen Zentralanstalt angezapft hat.«

»Das ist typisch.«

»Ruhe jetzt.«

»Mein Mann hat sich illegal Daten besorgt, für die andere viel Geld bezahlen müssen.«

»Dann hätten wir jetzt noch ein Motiv.«

»Und jetzt bin ich an der Reihe«, drängte Frau Wicki.

»Lassen Sie mich raten. Ihnen ist Ineichens Mörder im Traum begegnet. Er wandelte durch eine Gewitterfront.«

»Nein. Ich habe einen Liebesbrief gefunden.«

»Von Ineichen an Ihren Mann? Das wäre noch ein Motiv und was für eines.«

»Mein Mann schrieb keine Liebesbriefe«, sagte Frau Ineichen.

»Der Brief stammt von Elsbeth Fuhrer«, sagte Frau Wicki.

»Der Wetterpoetin?«

»Genau. Sie hat etwas mit meinem Mann. Ich möchte, dass Sie diese Frau unschädlich machen.«

»Soll ich sie heiraten?«

»Mir ist egal, wie sie vorgehen. Aber diese Frau muss

weg. Mein Mann ist in Gefühlsdingen labil. Es gibt Frauen, die so etwas ausnutzen. Ich verzeihe ihm, nicht aber dieser Frau.«

»Stefan Wicki ist nicht labil«, sagte Frau Ineichen abschätzig. »Er ist ein geiler Bock.«

»Woher wollen Sie das wissen?«, fragte Frau Wicki erzürnt.

»Er ist seit Jahren hinter mir her.«

»Ein tolles Märchen«, lachte Frau Wicki böse.

»Verschließen Sie nur die Augen vor der Realität. Das macht Ihre Wetterprognosen auch nicht besser.«

Die beiden gerieten sich heftig in die Haare. Ich tat, was ich in solchen Situationen immer tue: ich schmiss beide raus. Mein leerer Kühlschrank bewog mich, in der Stadt nach etwas Essbarem zu fahnden. Vor einem Kaufhaus traf ich auf Herrn Beeler, der Flugblätter verteilte.

»In keinem anderen Land gibt es mehr Wetterstationen. Jeder Meteorologe baut eigene Stationen. Kachelmann und Konsorten zerstören das Klima.«

»Übertreiben Sie nicht ein wenig? Wetterfrösche sind zwar eine Plage, aber es genügt, rechtzeitig den Fernseher auszuschalten, um die Plage loszuwerden. Man muss sie nicht gleich umbringen.«

»Ineichen war ein Spinner, aber irgendwie habe ich ihn gemocht. Seine Frau ist unerträglich. Sie hat Ineichens Theorien in den Medien vermarktet. Sie hat überall herumposaunt, was für eine geniale Software ihr Mann programmierte. Sie hat ihn auf dem Gewissen.«

»Stimmt es, dass Stefan Wicki es auf Ineichens Frau abgesehen hat?«

»Das ist eine alte Geschichte. Wicki war in Ineichens

Frau verliebt, als die beiden heirateten. Er hat das Ineichen nie verziehen. Aber jetzt muss ich gehen. Ich trai-
niere für die Zerstörung der Wetterstationen.«

»Mit Bomben?«

»Nein. Mit Geisteskraft. Ich stelle mich vor eine Wet-
terstation und konzentriere mich ganz intensiv. Bis die
Wetterstation aufgibt. Auf diese Art und Weise kann ein
Einzelner ganze Kriege gewinnen.«

Ich wünschte ihm viel Glück bei seinem Unterfangen
und kaufte eine Menge Leckereien, mit denen ich meinen
Kühlschrank beinahe zum Erliegen brachte. Nachdem
ich meine Gedanken mit einem Glas Whisky angeregt
hatte, rief ich meine Klientin an, erfuhr Erstaunliches
und traf wenig später vor ihrem Haus auf Hugentobler.

»Üble Sache, Maloney. Frau Ineichen hat diesem
Herrn hier den Mord an ihrem Gatten gestanden.«

»So ist es«, sagte Stefan Wicki. »Sie rief mich an und
fragte, ob ich sie heiraten möchte. Ich sagte Nein, und
sie brach in Tränen aus und erzählte mir von ihrer un-
glücklichen Ehe.«

»Die Liebe, Maloney. Sie ist verantwortlich für
schlechte Fernsehserien und ein paar Morde.«

»Und die Polizei ist dafür verantwortlich, dass die
Mörder ungeschoren davonkommen.«

»Ich werde Frau Ineichen verhaften und zwar auf der
Stelle.«

»Tun Sie das. Aber vielleicht sollte dieser Herr auch
ein paar Handschellen abkriegen.«

»Ich? Das ist absurd.«

»Genau, Maloney. Dieser Mann hat kein Motiv für die
Tat.«

»Sie haben Ineichen gehasst, weil er Ihnen die Frau wegheiratete, die sie liebten. Sie haben heute Frau Ineichen gestanden, noch immer in sie verliebt zu sein, Frau Ineichen aber will nichts mehr von Ihnen wissen. Dann haben Sie ihr den Mord gestanden. Und jetzt versuchen Sie, ihr den Mord in die Schuhe zu schieben.«

»Moment mal. Jetzt steht Aussage gegen Aussage. Das ist interessant, das lässt sich nur mit Psychologie lösen, Maloney. Ich werde Frau Ineichen in Hypnose versetzen lassen, und diesen Herrn hier werden wir in eine Dunkelzelle sperren.«

»Ich möchte auch hypnotisiert werden«, sagte Stefan Wicki.

»Meinetwegen. Aber nur, wenn Sie uns versprechen, den Mord zu gestehen.«

»Aber nicht ohne meinen Anwalt.«

Und so kam es. Wickis Hass auf Ineichen hatte sich bei der Wetterstation entladen, kurz vor dem Kongress, an dem Ineichen mit seinen abstrusen Theorien für Aufsehen gesorgt hätte. Am Abend rief ich die Wetterpoetin an und fragte, ob sie Lust hätte, sich mit mir über mein Tiefdruckgebiet zu unterhalten. Sie hängte wortlos ein. So geht das.

Die Blumen des Bösen

Es war ein hübsches Mietshaus im Norden der Stadt. Vor dem Haus standen einige Fahrräder. Die Fassade war frisch gestrichen, und alles sah ganz ordentlich aus. Nichts deutete darauf hin, dass hier jemand in der Nacht Angst und Schrecken verbreiten würde. Und doch war ich genau deswegen angerufen worden. Frau Diepholz empfing mich in ihrer Wohnung. Sie bot mir eine Tasse Kaffee an. Ich lehnte dankend ab.

»Ich bin eigentlich keine besonders ängstliche Person. Aber das, was in den vergangenen Nächten vor sich ging, hat mich sehr beunruhigt.«

»Sie sagten am Telefon etwas von einem Irren. Können Sie das präzisieren?«

»Ja. Der Mann lacht.«

»Zugegeben, das ist in der heutigen Zeit nicht ganz normal, aber das ist noch lange kein Grund, um durchzudrehen.«

»Sie haben dieses Lachen auch nicht gehört, Herr Maloney. Es ist ein völlig irres Lachen, geradezu maliziös.«

»Maliziös?«

»Sie müssen entschuldigen, das ist mir so rausgeflutscht. Haben Sie übrigens den Dachfirst unseres Hauses schon gesehen? Ist er nicht maliziös?«

»Doch, doch, ich habe noch selten so einen maliziösen

Dachfirst gesehen. Was macht denn der Irre noch, außer dass er nachts lacht?«

»Genügt das nicht? Er schleicht ums Haus und lacht. Ich möchte, dass Sie das Haus bewachen und den Irren überstellen.«

»Was denn? Überstellen soll ich ihn auch noch? Würde es nicht genügen, wenn ich ihm heimlich ein Bein stelle?«

»Egal. Hauptsache, Sie machen ihn unschädlich und sorgen dafür, dass wir hier nachts wieder in aller Ruhe rammdösig werden können.«

Ich schaute mir die Dame genauer an. Ihr linkes Auge zuckte, und ihr Haar hatte die letzte Dauerwelle nur mit Mühe und Not überstanden. Sie lächelte wie eine liebe Nachbarin. Während ich mir so meine Gedanken machte, schlich sich eine müde alte Katze ins Wohnzimmer und legte sich neben Frau Diepholz.

»Das ist mein Kater Bresthaft.«

»Wie heißt der Kerl?«

»Bresthaft. So nannte man früher Menschen, die mit einem Gebrechen behaftet sind. Sie müssen wissen, dass ich Präsidentin der Vereinigung zur Förderung seltener Wörter der deutschen Sprache bin. Wir haben uns zum Ziel gesetzt, selten gebrauchte Wörter vermehrt in den Wortschatz der Menschen einfließen zu lassen.«

»Daher kommt ihr Kauderwelsch? Ich verstehe.«

»Kauderwelsch! Was für ein schönes Wort. Wird leider auch viel zu selten gebraucht.«

»Haben Sie den Irren einmal zu Gesicht bekommen?«

»Nein. Die Dunkelheit in der Nacht ist ja hageldicht.«

»Es hat gehagelt?«

»Nein, die Nacht war hageldicht. Das heißt so viel wie

die Dunkelheit war so dicht wie ein Hagelsturm. Da sieht man nichts.«

»Wenn Sie mich fragen, sind Ihre seltenen Wörter nicht gerade kommunikationsfördernd. Genaugenommen wird man richtig bresthaft, wenn man Ihnen zu lange zuhört.«

»Ich bitte Sie! Sie wollen sich doch nicht mit mir über die Sprache streiten, oder? Nehmen Sie den Fall an, und bringen Sie den Irren dahin, wo er hingehört!«

Langsam hatte ich meine Zweifel, dass Frau Diepholz an dem Ort war, wo sie hingehörte. Ich nahm den Fall dennoch an. In meinem Büro holte ich die Taschenlampe aus dem Schreibtisch, wartete bis es dunkel wurde und fuhr zurück zu dem Haus. Es kamen immer mal wieder ein paar Leute vorbei, einige lachten auch, aber es klang nicht irrer als das Lachen der Leute, die damit im Fernsehen Geld verdienten. Als es mir zu langweilig wurde, machte ich einen Streifzug durchs Haus. In der zweiten Etage vernahm ich ein seltsames Geräusch. Ich klingelte. Eine junge Frau öffnete.

»Ist was?«

»Allerdings. Was ist das für ein Geräusch in Ihrer Wohnung?«

»Das ist meine Transalpin. In genau 25 Minuten fährt sie im Bahnhof ein, dann ist Feierabend. Möchten Sie sich meine Eisenbahn mal anschauen? Ich habe zwölf Tunnels gebaut. Ist doch toll, nicht?«

Ich nickte und machte mich aus dem Staub. Das Haus schien voll von Irren zu sein, die entweder seltsame Wörter oder eine Unmenge von Tunnels gebrauchten, um dem Leben etwas abzugewinnen. Frau Diepholz kam aus ihrer Wohnung gestürmt und rannte mich beinahe über den Haufen.

»Haben Sie es gehört, Maloney? Infernalisch, sag ich Ihnen, geradezu kodderig.«

»Kodderig? Ist das was Unanständiges?«

»Kodderig heißt soviel wie unverschämt.«

»Und wer war unverschämt zu Ihnen?«

»Das Lachen, Maloney, das Lachen! Ich glaube, es kam von ganz weit unten! Vielleicht aus dem Keller?«

Ich hatte zwar nichts gehört, und ich nahm auch nicht an, dass außer Frau Diepholz sonst noch jemand etwas gehört hatte. Aber schließlich wurde ich dafür bezahlt, mir diesen Unsinn anzuhören, und so ging ich mit Frau Diepholz in den Keller. Selbstverständlich lachte im Keller niemand, nicht mal eine betrunkene Kellerassel. Frau Diepholz ließ sich nicht beirren.

»Vielleicht kam es aus der Waschküche? Schauen wir uns den Waschzuber an?«

»Meinetwegen.«

»Haben Sie eine Waffe dabei? Menschen, die lachen, können gefährlich sein.«

Frau Diepholz ließ nicht locker. Gemeinsam gingen wir in die Waschküche. Der Anblick war nicht zum Lachen. Neben der Waschmaschine lag eine Frau in einer Blutlache.

»Ist sie tot?«

»Sie hat garantiert ausgelacht. Kennen Sie die Frau?«

»Ja. Das ist Frau Jäger aus dem Parterre. Die Frau hat immer nur ganz gemeine Wörter gebraucht. Nie, aber auch gar nie hat sie ein seltenes Wort benutzt.«

»Das wird wohl kaum das Motiv für den Mord gewesen sein. Sehen Sie mal, da liegen Blumen. Was macht eine Frau in der Waschküche mit einem Blumenstrauß?«

»Woher soll ich das wissen, Sie sind der Detektiv. Glauben Sie, dass Frau Jäger so irre gelacht hat?«

Ich zuckte die Schultern. Man soll sich nicht über das Schicksal beklagen, aber mir juckte nicht gerade das Herz vor Freude. Denn dass neben der Toten und Frau Diepholz auch noch die Polizei in dem seltsamen Haus auftauchen würde, machte die Sache nicht besser. Ich zündete mir eine Zigarette an und rauchte, während Frau Diepholz in ihrem Gehirn nach einem seltenen Wort für *Mord* suchte.

Die Polizisten wunderten sich über den Blumenstrauß. Die Tote dagegen war für sie nichts Ungewöhnliches. Frau Diepholz lieferte ihre Version der Geschichte und reicherte sie mit seltenen Wörtern an. Ich versuchte, möglichst klar und deutlich zu bleiben.

»Das ist mal ganz was Neues, Maloney. Normalerweise gehen Sie doch Blumen aus dem Weg, oder?«

»Die waren auch nicht für mich bestimmt.«

»Unter uns, Maloney. Diese Frau Diepholz hat einen Sprung in der Schüssel, nicht wahr?«

»Die hat einfach zu viel im Duden geblättert. Sie glaubt im Übrigen, dass hier irgendein Irrer unterwegs ist.«

»Ein Irrer? Könnte stimmen. Ein normaler Mensch legt doch keine Blumen neben eine Leiche. Vielleicht hat der Täter die Blumen hier vergessen. Soll ja vorkommen.«

»Vielleicht wollte er der Dame Blumen schenken und

die hat ihm anstelle einer Vase einen Korb gegeben. Auch so was kann vorkommen.«

»Interessante These, Maloney. Ich bin sicher, dass die Leute von der Spurensicherung mehr herausfinden. Ist noch keine vier Stunden her. Die Frau ist erschlagen worden. Fragt sich nur, womit?«

Ich ließ ihn fragend zurück und ging die Treppe hoch. Frau Diepholz und ihr Kater erwarteten mich.

»Ich glaube, ich weiß, wer der Mörder ist. Das war dieser leptozephale Mann.«

»Laptop? Ein Computermann?«

»Leptozephal heißt schmalköpfig. Dieser Gärtner hat einen ganz schmalen Kopf. Sieht ein wenig aus wie der Kopf einer dieser Etruskerfiguren.«

»Ein Gärtner? Haben Sie das der Polizei erzählt?«

»Der Polizei? Selbstverständlich nicht. Die werden dafür bezahlt, dass sie die Täter selber ausklamüsern.«

»Blumen und Gärtner passen zusammen. Aber was hatte der Grünmann für ein Motiv?«

»Ganz einfach. Der Gärtner wurde vor einigen Monaten rausgepfeffert, weil sich einige Mieter über sein stümperhaftes Hantieren beschwert haben. Die Tote hatte sich auch beschwert.«

Frau Diepholz nannte mir den Namen und die Adresse des Gärtners. Ich notierte mir alles fein säuberlich, schlich mich in mein Büro und legte mich unter meinen Schreibtisch. Es war Zeit, ein wenig zu schlafen. Als ich wieder erwachte, war ein neuer Tag mit voller Wucht und schon seit zehn Stunden über die Stadt und mich hereingebrochen. Ich stand trotzdem auf und machte mich auf den Weg zum Gärtner.

»Morgen. Sie wünschen?«

»Mein Name ist Maloney. Privatdetektiv. Wo waren Sie gestern Abend zwischen zwanzig Uhr und Mitternacht?«

»Was geht Sie das an?«

»Eine ganze Menge. Es gibt Leute, die glauben, dass Sie nachts in fremde Waschküchen steigen und Blumen verteilen.«

»Blödsinn. Ich war gestern Abend bei einem Vortrag über Gartenbau.«

»Die ganze Nacht?«

»Habe anschließend noch mit zwei Kollegen bis etwa um halb drei gesoffen. Genügt das?«

Das genügte vorerst. Das Alibi war leicht nachzuprüfen. Ich überließ das der Polizei. Der Gärtner verzog sich in seiner Wohnung und kam in Berufskleidern wieder zum Vorschein. Er wollte sich einen Garten anschauen, den ihm jemand empfohlen hatte. Ich fragte, ob ich ihn begleiten dürfe. Er hatte nichts dagegen einzuwenden.

»Mal ehrlich. Weshalb sind Sie zu mir gekommen?«

»In einem Haus, bei dem Sie bis Kurzem als Gärtner gearbeitet haben, wurde gestern Nacht eine Frau ermordet. Man hat Sie entlassen, weil Ihre Gartenschere nichts taugte.«

»Wissen Sie, die Leute in dem Haus sind Banausen. Wollten einen idiotischen Ziergarten, wie man ihn überall in der Stadt sieht. Scheußliche Dinger. Bin eigentlich ganz froh, dass ich den Job loswurde.«

Er klang nicht verbittert. Der Mann machte einen ganz zufriedenen Eindruck. Langsam hatte ich das Gefühl, dass Frau Diepholz zwar eine gute Nase, aber keinen dazugehörigen Verstand besaß. Der Gärtner parkte vor einem Haus, das auch nicht viel besser aussah als all die anderen. Vor dem Haus standen zwei Wagen der Polizei. Der Gärtner wunderte sich. Ich ging ins Haus und erlebte eine Überraschung.

»Maloney und der geheimnisvolle Blumenmörder. Scheint eine Art Symbiose zu sein.«

»Nun übertreiben Sie mal nicht, mit all den fremden Wörtern. Kann ganz schön ins Auge gehen.«

»Ich frag Sie jetzt lieber nicht, wie Sie hierhergefunden haben, Maloney.«

»Wieso denn nicht? War doch ganz einfach. Die Straße ist auf jedem Stadtplan eingezeichnet.«

»Nur die Leichen sind auf keinem Plan vermerkt.«

»Ich höre immer das Wort Leichen«, sagte ich. »Dabei habe ich noch nicht mal gefrühstückt.«

»Sind Sie deshalb noch nüchtern, Maloney? Ernsthaft: Da oben liegt tatsächlich eine Leiche. Und daneben liegt wieder so ein Blumenstrauß.«

»Ist nicht wahr? Ich habe es immer gesagt: Blumen sind ungesund.«

»Blumen schlagen niemandem den Kopf ein, Maloney. Aber dieser Frau Loob hat jemand ganz schön was auf den Schädel geknallt.«

Ich verzichtete darauf, mir die Leiche genauer anzusehen. Die Tote hieß Karin Loob, war vierzig Jahre alt und alleinstehend. Das allein war allerdings auch noch kein ausreichendes Tatmotiv. Irgendwo in der Stadt lief einer herum, der etwas ganz Spezielles durch die Blume sagen wollte. Doch zwei seiner Kunden konnten das nicht mehr verstehen.

In meinem Büro lag noch kein Blumenstrauß, dafür klingelte das Telefon. Frau Diepholz war am Apparat und wünschte meine Anwesenheit in ihrer Wohnung. Ich machte mich auf den Weg. Sie empfing mich freundlich, aber ein wenig ungeduldig.

»Ich weiß jetzt, wer der Irre ist.«

»Der Blumenmörder? Wollen Sie mich noch einmal auf eine falsche Fährte locken?«

»Hat der Gärtner nicht gestanden?«

»Nein. Aber dafür gab es heute Morgen noch eine Leiche zu besichtigen. Aber schön der Reihe nach. Welchen Irren meinen Sie?«

»Der Irre, der lacht. Es ist ein Schauspieler von gegenüber. Heute Morgen hat er wieder losgewiehert. Ich habe ihn vom Erkerfenster aus beobachtet und sofort zur Rede gestellt.«

»Wunderbar. Dann kann ich den Fall abschließen?«

»Das können Sie. Der Mann hat nämlich eine Rolle gekriegt beim Radio. Irgend so ein Hörspiel. Darin stand als Regieanweisung: homerisches Gelächter. Das hat er seit Tagen und Nächten geübt. Verrückte Erdenwürmer, diese Schauspieler, finden Sie nicht?«

Ich tat, was ich in solchen Situationen immer tue: artig nicken.

Frau Diepholz holte aus der Tiefe ihres Oberkörpers eine Menge Luft nach oben und setzte diese in Töne um.

»Mir ist da noch etwas eingefallen. Diese Entseelte in der Waschküche besaß eine Eigentumswohnung. Die hat sie vermietet, und sie selber hauste hier. Ist doch seltsam, nicht?«

»Zumindest nicht uninteressant. Wo finde ich diese Eigentumswohnung?«

»Ich habe doch gewusst, dass Sie das erwartungsvoll macht, Herr Maloney. Hier, ich habe Ihnen die Adresse aufs Papier geschmotzt.«

Ich bedankte mich und machte mich auf den Weg. Ich versprach mir nicht viel davon, allerdings konnte ich auch nicht mehr als noch eine Leiche mit noch einem dieser widerlichen Blumensträuße antreffen. Doch anstelle der Leiche traf ich vorerst nur auf einen Polizisten.

»Ertappt, Maloney. Diesmal sind Sie aber ganz schön auf dem falschen Dampfer. Hier im Haus leben noch alle.«

»Sind Sie ganz sicher? Liegt nicht über jedem Haus der Geruch von Fäulnis und Tod? Es gibt Leute, die sind schon längst tot und leben trotzdem weiter.«

»Ich nehme an, dass Sie zu Frau Loob wollen, Maloney?«

»Loob? Ich dachte, die sei tot?«

»Ist sie auch. Aber wir haben festgestellt, dass sie hier ebenfalls als Mieterin registriert war. Üble Sache, Maloney. In der Wohnung leben vier Leute in Untermiete. Ich werde einfach nicht schlau aus den Morden. Nirgendwo gibt es ein Motiv.«

»Das Motiv liegt vielleicht gerade dort, wo Sie es nicht vermuten. Soll vorkommen.«

»Glauben Sie, Maloney? Vielleicht hat die Befragung der Blumengeschäfte schon etwas ergeben. Ich werde mich darum kümmern. Soll ich Sie ein Stück mitnehmen, Maloney?«

»Danke, aber mein Herz ist auch nicht mehr das beste. Ist wohl besser, wenn ich es schone.«

»Schnüffeln Sie ruhig noch ein wenig im Haus herum. Ich hoffe, dass Ihre Nase dabei was abbekommt.«

Ich ging zwei Stockwerke höher und klingelte an einer Tür, neben der vier mit Kugelschreiber bekritzelte Namensschilder klebten. Es öffnete niemand. Dafür ging die Tür gegenüber auf. Eine neugierige Frau mit großen Augen und kurzen Haaren stand vor mir.

»Sind Sie von der Polizei?«

»Nein, tut mir leid, mir geht es gut.«

»Wird langsam Zeit, dass sich jemand um diese Wohnung kümmert. Wenn Sie mich fragen, ist das Betrug. Aber das kümmert anscheinend niemanden.«

»Wer betrügt hier wen?«

»Seit der alte Mann ins Altersheim gezogen ist, geht es in der Wohnung drunter und drüber. Ständig wechseln die Mieter. Die vermietet ihre Eigentumswohnung zimmerweise. Und das zu völlig übersetzten Mietzinsen. Ein Skandal ist so etwas.«

Die Frau ereiferte sich mächtig. Ich ließ es dabei bewenden und fuhr zurück in mein Büro. Zwölf Telefonanrufe später war mir alles klar. Ist schon ein nützliches Ding, so ein Telefon. Ich machte mich auf den Weg ins Altersheim Sonnenhalde. Es lag im Schatten eines riesigen Bürogebäudes. Ich entdeckte ihn im zweiten Stock. Er hatte gerade wieder eine seiner Überraschungen in der Hand.

»Na, Herr Loob? Wen wollen Sie denn jetzt noch mit Blumen beglücken?«

»Lassen Sie mich. Nur noch eine Viertelstunde. Dann dürfen Sie mich verhaften.«

»Eine Viertelstunde? Nicht übel für Ihr Alter. Es gibt jüngere, die brauchen viel länger, um jemandem die Birne einzuschlagen.«

»Was machen Sie da? Lassen Sie mich los. Dieses Luder hat mir wieder das Gebiss versteckt. Dafür werde ich sie jetzt bestrafen.«

Der Mann war erstaunlich kräftig. Ich trat ihm mit voller Wucht auf seine Pantoffeln. Es nützte. Er ließ den Blumenstrauß fallen. Aus dem Strauß fiel ein Gummihammer. Schließlich setzte sich Herr Loob auf einen Stuhl und gestand.

»Meine Tochter und diese Besitzerin der Wohnung steckten unter einer Decke. Sie machten gemeinsame Sache, verstehen Sie?«

»Und was machten die beiden unter der Decke? Doch nicht etwas Unanständiges, oder?«

»Meine Tochter überredete mich, aus der Wohnung auszuziehen, weil die Besitzerin angeblich eine Familie darin unterbringen wollte. Ich ging ins Altersheim. Als ich aber vor zwei Wochen einen Spaziergang zu meiner alten Wohnung machte, stellte ich fest, dass die Wohnung zu völlig überrissenen Bedingungen an vier Personen vermietet worden war.«

»Und da stellten Sie Ihre Tochter zur Rede?«

»Sie hat alles abgestritten. Aber ich sah, dass sie in ihrer Wohnung alles neue Geräte hatte. Video und so. Die hat von der Besitzerin der Wohnung Geld kassiert, damit sie offiziell als Mieterin ihren Namen hergab.«

»Schön und gut. Aber weshalb dann gleich zum Hammer greifen?«

»Weshalb nicht? Wissen Sie, ich habe mein Leben lang

nie richtig auf den Tisch gehauen. Und jetzt habe ich dafür mal so richtig auf den Kopf gehauen.«

Er lachte und schaute liebevoll auf den Hammer, der zwischen uns auf dem Boden lag.

»Und was hat es mit den Blumen auf sich?«

»Meine Schwester und die Besitzerin der Wohnung haben mir einmal im Monat einen Blumenstrauß ins Altersheim geschickt. Da wollte ich mich revanchieren.«

Der alte Herr Loob lachte auch noch, als die Polizei ihn abführte. Sein Gebiss wurde wenig später in einer Dose Puderzucker gefunden. Frau Diepholz wurde ein paar Wochen später verhaftet, weil sie einen Polizisten mit den Worten *Staatlicher Gummiknüppelschwinger* tituliert hatte. Die Vereinigung zur Förderung seltener Wörter der deutschen Sprache zeichnete sie dafür mit dem großen Duden-Verdienstkreuz aus gestampften Altpapier aus. Ich blieb bei meinem kleinen Duden. Ein größerer hätte in meinem Büro keinen Platz gehabt. So geht das.

Schmuckstücke

Mein neuer Klient war ein junger Journalist, der mir sogleich sympathisch war, weil er mich in eine Bar einlud. Leider stellte sich die Bar als alternative Bar heraus, was wiederum hieß, dass darin kein Whisky, dafür seltsame Gemüsesäfte ausgeschenkt wurden. Ich verzichtete, während Herr Gstrein ein Glas mit grünem Inhalt leerte.

»Vor drei Monaten begann ich mit der Recherche zu einem Buch. Mein erstes Buch. Ich werde es meiner Mutter widmen.«

»Hat Sie Ihre Mutter in der Kindheit mit schrecklichen Gemüsesäften gefoltert, und jetzt kommen Sie nicht mehr davon los?«

»Meine Mutter hat mich gefördert. Als ich sieben war, da wollte ich Comics lesen. Sie aber schenkte mir ein Abonnement des *Spiegels*.«

»Solche Rabenmütter werden heutzutage in Talkshows geoutet und ausgebuht.«

»Dank ihr bin ich Journalist geworden. Mit zehn schrieb ich meine erste Reportage. Mit zwölf erhielt ich meinen ersten Preis. Mit vierzehn hatte ich eine Krise und wollte Lehrer werden.«

»Und jetzt haben Sie die Krise überstanden und möchten ein Buch schreiben?«

»Über Originale.«

»Das bringt mehr ein als ein Buch über Fälschungen?«

»Mein Buch erzählt die Lebensgeschichten von Stadtoriginalen. Menschen, die aus dem Rahmen fallen. Sie sind auch so etwas wie ein Original.«

»Danke, aber über mich müssen Sie nichts schreiben. Ihre Mutter würde das nicht gerne lesen.«

»Sie kennen meine Mutter?«

»Ich hoffe nicht.«

»Sie ist einmalig. Deshalb muss ich die Schmuckstücke wiederbekommen.«

»Haben Sie mit 13 Jahren gelernt in Rätseln zu sprechen, oder kam das später?«

»Meine Mutter hat mir ein paar Schmuckstücke zur Aufbewahrung überlassen. Sehr alt, sehr wertvoll. Leider wurden diese Schmuckstücke gestohlen.«

»Aber zur Polizei gehen Sie erst, wenn Sie vierzig sind?«

»Ich möchte nicht, dass der Dieb strafrechtlich belangt wird.«

»Sie wissen, wer es war? Ist sie groß, schlank und unwiderstehlich?«

»Als ich vier war, wusste ich, dass ich mir nichts aus Frauen mache. Daran hat sich bis heute nichts geändert.«

»Vielleicht sollte sich Ihre Mutter klonen lassen, damit Sie später doch noch heiraten können.«

»Beschaffen Sie mir den Schmuck. Die Stadtoriginale waren alle mindestens einmal in meiner Wohnung. Ich verdächtige niemanden konkret. Aber es muss einer meiner Interviewpartner gewesen sein.«

»Kein Problem. Ich werde die Damen und Herren Originale kräftig durchschütteln, bis sie sich als Fälschung zu erkennen geben.«

»Ich verabscheue Gewaltanwendung. Gehen Sie behutsam vor, mit psychologischem Geschick. Diese Menschen sind hochsensibel und verletzlich. Mit einer Ausnahme. Diese Ausnahme müssen Sie finden.«

Er überreichte mir eine Adressliste. Einige der Originale lebten in richtigen Wohnungen, andere in einer Baumhütte. Da es regnerisch war, zog ich es vor, mich zuerst in einer Wohnung umzusehen. Die Wohnung entpuppte sich jedoch als potemkinsche Fassade. Dahinter lauerte der nackte Irrsinn.

»Willkommen im Reich der grauen Federn, hugh. Ich bin Häuptling Graue Feder, ein Nachkomme der Yotayota-Indianer.«

»Und ich bin Philip Maloney, ein Nachkomme irischer Säufer und Schweizer Alphornbläser.«

»Feuerwasser ist in meinem Tipi verboten. Wenn Sie möchten, können wir zusammen eine Friedenspfeife rauchen. Aber nur, wenn Sie in friedlicher Absicht gekommen sind.«

»Ich schreibe an einem Artikel über die letzten Indianer der Stadt. Man hat mir Ihre Adresse genannt, da außer Ihnen nur noch dieser übergewichtige Sänger behauptet, Indianer zu sein.«

»Alles nur Folklore. Ich habe echtes Indianerblut in mir. In einem früheren Leben wurde ich am Missouri von der Kavallerie verfolgt und getötet. Sehen Sie diese Narbe? Eindeutig eine Schusswunde.«

»Ich wusste gar nicht, dass sich Schusswunden vererben.«

»Das ist eine Art Stigma. Sie kennen das sicherlich, die Menschen, die plötzlich an Händen und Füßen zu bluten beginnen. Bei mir ist das anders. Ich spüre das Leid, das meinem Volk angetan wurde.«

»Und weshalb wandern Sie nicht aus und gehen zu Ihren Stammesbrüdern in ein Reservat?«

»Das geht leider nicht. Ich bin der einzige Überlebende meines Volkes. Die Yotayota-Indianer finden Sie in keinem Geschichtsbuch. Sie sind ausgerottet und vergessen. Mit einer Ausnahme. Sie steht vor Ihnen.«

»Dann kann ich Sie für meinen Artikel nicht gebrauchen. Ich schreibe nur über eingebildete Indianer.«

»Ich bin nicht eingebildet. Ich bin echt.«

»Ich schreibe gleichzeitig einen Artikel über alte Broschen und anderen Schmuck.«

»Ich besitze nur Indianerschmuck. Und eine Lebensversicherung. Eigentlich lehnen wir Indianer es ab, unser Leben zu versichern. Aber meine Wohnung gehört der Versicherungsgesellschaft, und die schmeißen mich raus, wenn ich die Versicherung kündige. Aber vielleicht könnte ich bei Ihnen unterkommen? Ich könnte mein Tipi in Ihrem Büro aufstellen und Ihnen weise Indianersprüche diktieren. Damit könnten Sie reich werden.«

Ich zog es vor, ein armer Schlucker zu bleiben und mich mit anderen Stadtoriginalen herumzuschlagen. Carlo Pronto war ein Künstlername. Doch der Mann, der sich so nannte, war kein Künstler, sondern ein Geisterjäger. Er war gerade dabei, in einer alten Villa nach dem Rechten zu sehen. Von überall her vernahm man Geräusche, die wie Rülpsen und Furzen klangen.

»Das geht den ganzen Tag und die ganze Nacht so. Es ist richtig unanständig.«

Frau Pfarr sah schlank und edel aus. Dazu passte das teure Kleid und die hochhackigen Schuhe.

»Der Geist ist ein Proletarier, das ist ungewöhnlich. Die meisten Geister stammen aus der Oberschicht.«

Herr Pronto sah wie ein italienischer Coiffeur aus. Dunkle Brusthaare ragten aus seinem Hemd.

»Dieser Geist scheint Verdauungsprobleme zu haben«, sagte ich, nachdem ein Rülpsen das Haus erschüttert hatte.

»Kein Problem. Ich werde dem Geist den Garaus machen, danach wird dieses Haus für immer geistfrei sein.«

»Das möchte ich aber nicht«, sagte die edle Frau Pfarr.

»Ich soll den Geist nicht verjagen?«

»Ich möchte, dass Sie diesen Geist durch einen anderen ersetzen. Einen zivilisierten, einen gebildeten Geist. Ich habe dieses Haus gekauft, weil es darin spukt, aber ich ahnte nicht, dass dieser Geist keine Manieren hat.«

»Vielleicht sollten Sie beim nächsten Mal zuerst einen Katalog anfordern«, schlug ich vor. »Pflegeleichte Geister sind möglicherweise teurer.«

»Was wissen Sie schon?«

»Ich weiß nur, dass ich mit Herrn Pronto sprechen möchte.«

»Aber erst, nachdem er diesen Rüpelgeist verjagt hat.«

»Zwei bis drei Tage müssen Sie mir schon Zeit lassen. Ich muss Tag und Nacht hier sein, muss mit dem Geist Kontakt aufnehmen. Wo ist er nachts zu hören?«

»In meinem Schlafzimmer.«

»Dann werde ich mich zu Ihnen legen.«

»Wenn es der Sache dient.«

»Moment mal, so leicht komme ich nie in das gemachte Bett einer Klientin«, beschwerte ich mich.

»Sie sind im Gegensatz zu Herrn Pronto auch nicht gerade der südländische Typ.«

»Herr Maloney ist Privatdetektiv. Er interessiert sich für Geisterjäger, weil er glaubt, damit nebenbei etwas Geld verdienen zu können.«

»Ich glaube nicht, dass er für diesen Job geeignet ist.«

»Ich habe von einem Geist gehört, der alte Broschen sammelt. Kommt Ihnen das bekannt vor, Herr Pronto?«

»Geister sind in der Regel keine Sammler. So, und jetzt mache ich mich an die Arbeit. Wir sollten in Ihrem Schlafzimmer beginnen, Frau Pfarr. Wussten Sie, dass Geister durch nackte Körper irritiert werden?«

»Tatsächlich? Ich schlafe immer im Nachthemd.«

»Das sollten Sie umgehend ändern.«

»Umgehend?«

»Umgehend.«

»Aber nicht vor diesem Mann.«

Sie wies mir die Tür, und der Geisterjäger Pronto schaute lüstern auf das Hinterteil der reichen jungen Dame. Wieder einmal wurde mir bewusst, dass es angenehmere Berufe gibt als jenen, den ich gewählt hatte. Dieser Eindruck verstärkte sich, als ich in die Wohnung von Herrn Klauser, einem weiteren Stadtoriginal, kam. Klauser lag mausetot auf dem Küchenboden.

Ich rief meinen Klienten an, und dieser versprach, an den Tatort zu kommen, um jene Fragen der Polizei zu beantworten, die nur er beantworten konnte.

»Das soll mal einer verstehen, Maloney. Der Tote hatte

weder Verwandte noch Bekannte, und auch im Haus kann sich niemand daran erinnern, je einen Satz mit ihm gewechselt zu haben. Zudem hatte der Tote keine Arbeit. Saß den ganzen Tag in seiner Wohnung. So etwas kann Ihnen auch mal blühen, Maloney.«

»Immerhin musste der Tote sich nie mit einem Polizisten unterhalten. Ein solches Leben hat auch etwas für sich.«

»Und Sie, junger Mann, in welchem Verhältnis standen Sie zu dem Toten?«

»Ich wollte über ihn schreiben«, sagte mein Klient.

»Das ist wieder typisch. Die Journalisten interessieren sich nur für das Abnormale, das Perverse, das Negative. Über einen Polizeibeamten, der tagein tagaus seinen Dienst versieht, wird nie etwas geschrieben.«

»Dafür erscheinen nette Artikel über Polizisten, die sich als Drogenkuriere versuchen und so dämlich sind, Rauschgift in einer Lautsprecherboxe zu verstecken.«

»Noch ist nichts erwiesen, Maloney. Vielleicht sind diese Polizisten unschuldig. Vielleicht sind das gar keine Polizisten, vielleicht wurde alles nur von den Medien erfunden. Die Medien brauchen schließlich Geschichten. Es fällt nicht jeden Tag ein Kennedy vom Himmel.«

»Herr Klauser war ein Genie. Er wäre berühmt geworden, wenn ich seine Geschichte veröffentlicht hätte.«

»Und was hat dieses Genie gemacht?«, fragte Hugentobler. »Wie ein Künstler sieht der Tote nicht gerade aus.«

»Herr Klauser hat vor zehn Jahren ein beträchtliches Vermögen geerbt.«

»Seit wann ist Erben ein Geniestreich?«

»Die einen erben Geld, die anderen Intelligenz und der Rest ein Dienstreglement«, sagte ich.

»Herr Klauser hat sich völlig zurückgezogen und in der Abgeschiedenheit eine eigene Sprache erfunden. Eine Sprache, die nur er selber beherrschte.«

»Und wozu soll das gut sein?«, fragte Hugentobler.

»Sprachen, die niemand spricht, gibt es genug. Denken Sie nur an Latein, Esperanto oder Rätoromanisch.«

»Herr Klauser hat sich nur noch in seiner eigenen Sprache verständigt. Wenn man sich Mühe gab und sich Zeit nahm, konnte man ihn verstehen. Mir ist es gelungen, einige seiner Worte zu deuten. Magadoguwugo hieß zum Beispiel Niederdruckheizung.«

»Ein Wort, das in der alltäglichen Konversation nicht fehlen darf«, sagte ich.

»Es reicht. Ich bin hier, um einen Mord aufzuklären. Dazu genügen mir Name und Adresse des Opfers, Blutgruppe, AHV-Nummer und Impfausweis. Das geben wir in unseren Computer ein, und schon haben wir ein Motiv. Und wenn kein Motiv herausschaut, haben wir wenigstens eine schöne Liste. Die kann man ausdrucken und vervielfältigen. Ganz im Gegensatz zu diesem Mogadischu-Unsinn, den Sie uns erzählen.«

»Magadoguwugo.«

»Sag ich doch.«

Mein Klient begleitete mich in eine Bar. Ich genehmigte mir etwas Alkoholisches, während er sich mit einem Tomatensaft begnügte. Er fragte nach dem Stand meiner Ermittlungen, und ich verwies ihn auf das beinahe leere Glas. Er nickte nachdenklich und riet mir, auch die anderen Originale aufzusuchen. Am nächsten

Morgen besuchte ich Frau Fähndrich, die unnützes Wissen sammelte.

»In meinem Computer habe ich drei Gigabyte unnützes Wissen gesammelt.«

»Und wozu soll das gut sein?«

»In unserer Zeit muss alles einen Nutzen haben. Dabei vergisst man, dass vieles, was auf den ersten Blick nutzlos erscheint, später von großer Wichtigkeit sein kann. Nehmen Sie zum Beispiel den Fahrplan der schwedischen Eisenbahn aus dem Jahre 1976. Ich kann Ihnen jederzeit sagen, welche Züge zu welcher Zeit zwischen Stockholm und Göteborg fuhren.«

»Die Wahrscheinlichkeit, dass ich das je wissen muss, ist relativ gering.«

»Aber vielleicht wird eines Tages ein Skelett gefunden und bei dem Skelett eine Bahnfahrkarte, die aber nicht mehr leserlich ist. Die Polizei muss herausfinden, wann dieses Skelett wohin gefahren ist.«

»1976 in Schweden? Besitzen Sie noch mehr alte Fahrpläne?«

»Ich digitalisiere alles, was mir in Antiquariaten und Brockenhäusern in die Finger kommt. Zum Beispiel ein Adressbuch aus Turin, 1954.«

»Zweifellos eine spannende Lektüre.«

»So ist es. Diese Bücher erzählen Geschichten. Unser Leben ist ein Puzzle, von dem wir nur die großen Stücke im Gedächtnis behalten. Ich interessiere mich für das, was unser Gedächtnis nicht speichert, weil wir es für unnütz halten.«

»Und wie finanzieren Sie sich dieses unnütze Hobby?«

»Ich erhalte Stipendien und Forschungsaufträge. In

ein paar Jahren wird an jeder Universität unnützes Wissen gelehrt.«

»Das war schon immer so.«

»Unnützes Wissen lehrt uns, dass alles an Bedeutung verlieren kann. Ein Adressbuch zum Beispiel ist nur interessant, solange es ständig aktualisiert wird. Ist es nicht auch bei den Menschen so? Solange sie leben und sich aktualisieren, interessiert man sich für sie, und wenn sie sterben, werden sie vergessen, früher oder später. Wie das Turiner Adressbuch aus dem Jahre 1954. Dagegen kämpfe ich an. Gegen das Vergessen.«

Ich wünschte ihr ein Elefantengedächtnis und fuhr zurück in mein Büro. In einer Schreibtischschublade fand ich eine ganze Beige unnützen Wissens. Zum Beispiel ein uraltes Telefonbuch und eine Wettervorhersage aus dem Jahre 1986. Und auf einem alten Stadtplan fand ich den Wald, in dem Herr Rauber hauste. Auch er ein Stadtoriginal.

»Dieser Journalist möchte ein Buch über mich schreiben.«

»Über Sie alleine? Haben Sie denn so viele Seiten zu bieten?«

»476 Stofftiere. Alle geben Geräusche von sich.«

»Das ist ja ekelhaft. Kein Wunder, haben Sie Ihre Wohnung verloren.«

»Ich habe mich freiwillig in den Wald zurückgezogen. Meine Nachbarn machten sich über mich lustig, und die Polizei vermutete, dass ich mit meinen Stofftieren Kinder in die Wohnung locken wollte. Dabei versuchte ich nur, Schwingungen zu erzeugen. Die Stofftiere verursachen Geräusche, die mein Skrotum in Schwingung versetzen.«

»Ihr Skrotum?«

»Wenn ich ein anderes Wort dafür verwende, klingt es unanständig. So ist es aber nicht gemeint. Es gibt eine direkte Verbindung vom Skrotum zum Stammhirn. Wird diese Verbindung durch Schwingung animiert, werden im Gehirn Glückshormone freigesetzt. Die Folge ist die unendliche Glückseligkeit.«

»Und die erleben Sie hier im Wald?«

»Nicht ganz. Erst in der Vereinigung mit einer geliebten Frau wird das Glück vollkommen.«

»Und diese Frau muss eine Waldfee sein?«

»Sie muss vor allem akzeptieren, dass die körperliche Verschmelzung auf Stofftieren geschehen muss. Die Geräusche sind wichtig für die gemeinsame Glückseligkeit.«

»Und wie finanzieren Sie sich die Stofftiere?«

»Ich lebe bescheiden, erlege ab und zu ein Wildtier und verkaufe es. Stofftiere sind nicht teuer. Jetzt aber möchte ich mein Skrotum in Schwingung versetzen.«

Er tat dies, indem er mehrere Stofftiere gleichzeitig zum Quietschen brachte. Seine Augen verdrehten sich in Verzückung, und ich suchte das Weite. Erst Stunden später hatte ich mich von den beiden letzten Stadtoriginalen einigermaßen erholt. Am nächsten Morgen rief mich Herr Pronto, der Geisterjäger, an. In seiner Wohnung spukte es.

»So etwas ist mir noch nie passiert. Der Geist, den ich aus Frau Pfarrs Haus vertrieben habe, ist mir gefolgt.«

»Soweit ich informiert bin, genügt es, wenn Sie sich nackt ins Bett legen, um ihn zu verjagen.«

»Das funktioniert nur in fremden Häusern.«

»Und bei fremden Frauen?«

»Eine Frau liegt in meinem Bett.«

»Donnerwetter, Sie haben ein Tempo drauf. Gestern noch im fremden Bett und jetzt im trauten Bett mit fremder Dame?«

»Die Frau ist nicht fremd. Ich habe sie bei diesem Journalisten kennengelernt. Sie sammelt seltsame Informationen. Busfahrpläne und anderen Mist.«

»Alte Adressbücher aus Turin?«

»Alles, alles. Die Frau ist nicht ganz dicht, aber wie soll ich sagen, ungemein, Sie wissen schon.«

»Und jetzt liegt sie in Ihrem Bett und verlangt nach dem Mailänder Telefonbuch aus dem Jahre 1987?«

»Sie verlangt gar nichts mehr. Sie ist tot.«

»Sie haben Frau Fähndrich umgebracht?«

»Nein, nein, sie lag da, tot in meinem Bett, erschossen.«

»Und weshalb haben Sie nicht die Polizei verständigt?«

»Die Polizei, genau. Ich überlegte, was ich machen sollte, aber es fiel mir nicht ein. Mit Geistern komme ich alleine klar, aber mit dem Vorstadium von Geistern, mit echten Toten, da kenne ich mich nicht aus. Rufen Sie die Polizei, ich trinke in der Zwischenzeit eine Flasche Grappa.«

Tatsächlich leerte er locker eine Flasche, während ich mit der Einsatzzentrale sprach. Als die Polizei eintraf, kümmerten sich die Beamten umgehend um Herrn Pronto, der regungslos auf dem Sofa lag. Ich machte die Beamten darauf aufmerksam, dass die eigentliche Leiche im Schlafzimmer lag.

Mit dem Erscheinen der Polizei verstummte der rüpelhafte Geist in Herrn Prontos Wohnung. Wahrscheinlich sah er ein, dass er gegen die Beamten keine Chancen hatte. Herr Pronto duschte kalt und war wieder ansprechbar. Er versuchte, seine Dienste der Polizei schmackhaft zu machen.

»Viele Verbrechen sind auf Geister zurückzuführen.«

»Davon wissen wir nichts. In unseren Statistiken kommen keine Geister vor.«

»Die Leute werden durch die Geister verrückt und begehen Morde. Deshalb ist es wichtig, auch gutmütige Geister zu verjagen.«

»Dann könnten Sie gleich das ganze Polizeipräsidium ausmisten.«

»Die Frau in Ihrem Bett wurde erschossen. Mit einer Schusswaffe. Geister benutzen keine Schusswaffen, das kann man in jedem Gruselkrimi nachlesen.«

»Das ist alles Schund. Ich befasse mich seit über dreihundert Jahren mit dieser Materie.«

»Seit dreihundert Jahren? Ist das wieder einer Ihrer bekloppten Klienten, Maloney?«

»Er behauptet, Geisterjäger zu sein, aber offenbar hält er sich selber für einen Geist.«

»Ich wurde auf die Erde geschickt, um meinesgleichen zu bekämpfen.«

»Und um die Betten junger Damen zu erobern«, ergänzte ich.

»Frauen schätzen es, wenn ein Mann Jugendlichkeit und Erfahrung mitbringt.«

»So jung sehen Sie auch wieder nicht aus, Herr Pronto. Aber egal. Schon bald können Sie uns beweisen, ob Sie tatsächlich etwas Geistiges, ich meine Geisthaftes an sich haben. Dann nämlich, wenn Sie in einer Einzelzelle schmoren.«

»Ich habe mit dem Mord nichts zu tun. Frau Fähndrich hat sich ohne mein Wissen in mein Bett gelegt. Wir haben uns bei diesem Journalisten kennengelernt und danach miteinander geschlafen. Aber das war es auch schon. Die Frau interessierte sich für seltsame Dinge. Sie wollte wissen, wie meine Nachbarn in meiner Kindheit hießen.«

»Die Frau sammelte unnützes Wissen. Darin war sie der Polizei nicht unähnlich.«

»Die Polizei sammelt Fakten, Maloney. Jedes Detail ist wichtig.«

»Zum Beispiel der Busfahrplan von Boston nach Washington aus dem Jahre 1964.«

»Genau, Maloney. War die Tote Amerikanerin? Dann könnten wir mit unseren Kollegen vom FBI zusammenarbeiten. Wussten Sie, dass beim FBI ein Mann arbeitet, der in zwei Stunden fünfzig Kreuzworträtsel lösen kann? Diese Amerikaner müssen in allem übertreiben. Sie sind verhaftet, Herr Pronto.«

»In Wirklichkeit heiße ich Hablützel. Ernst Hablützel.«

»Das spielt keine Rolle. Unsere Zellen sind nicht angeschrieben, bei uns wird jeder Name gleich schlecht behandelt.«

Der Geisterjäger packte Kleider und Bücher in eine Tasche und ließ sich widerstandslos abführen. Ich ging ebenfalls und besuchte den Indianerhäuptling. In seinem Tipi traf ich auf meinen Klienten, der sich seltsame Laute anhörte.

»Faszinierend. Ist das echt?«, fragte Herr Gstrein den seltsamen Indianer.

»Ein Cherokee-Häuptling«, sagte der Häuptling und schaltete das Tonbandgerät aus. »Herr Klauser hat sich dieses Band immer und immer wieder angehört. Er war fasziniert von dieser Sprache, auch wenn sie ganz anders klang, als die Sprache, die Klauser erfunden hatte.«

»Sie vermuten, dass Klauser wegen seiner Sprache ermordet wurde?«, fragte ich.

»Menschen werden nicht wegen ihrer Sprache ermordet, sondern wegen dem, was sie sagen. Wer mit gespaltener Zunge spricht, muss sich nicht über einen gespaltenen Schädel wundern.«

»Ich habe aus dem Radio vernommen, dass auch Frau Fähndrich ermordet worden ist«, sagte Herr Gstrein.

»Tragisch, aber die Frau lebte riskant«, sagte der weise Häuptling.

»Weil sie unnützes Wissen sammelte?«, fragte ich.

»Sie sammelte auch, wie soll ich sagen, unnütze Männerbekanntschaften.«

»Sie starb im Bett von Herrn Pronto«, sagte ich.

»Der Geisterjäger hat die Frau erschossen?«, fragte Herr Gstrein. »Das kann ich nicht glauben.«

»Müssen Sie auch nicht. Er behauptet, nichts mit dem Mord zu tun zu haben.«

»Ganz unter uns«, sagte der Häuptling leise. »Frau Fähndrich hat auch mir Avancen gemacht.«

»Die Frau kannte offenbar keine Schamgrenze.«

»Als Häuptling warte ich jedoch auf die auserwählte Squaw. Frau Fähndrich konnte nicht kochen. So eine

Frau passt nicht in ein Tipi. Herr Klauser war leider nicht so wählerisch.«

»Er hatte mit Frau Fähndrich ein Verhältnis?«, fragte ich.

»Sie war begeistert von seiner Sprache. Total unnützes Wissen, sagte sie. Sie wollte seine Sprache digitalisieren.«

»Ich habe diese Menschen zusammengebracht«, sagte Herr Gstrein nachdenklich. »Ich habe Schicksal gespielt. Und was ist mit meinem Schmuck?«

»Frau Fähndrich trug alten Schmuck, als sie mich besuchte.«

»Wir müssen in ihre Wohnung. Sie hat eine Zweitwohnung, davon weiß niemand etwas. Ich habe sie dort, nun ja, privat, sie verstehen ...«

»Ich dachte, Sie machen sich nichts aus Frauen, Herr Gstrein?«

»Ich habe sie fotografiert. Ich möchte einen Fotoband veröffentlichen. Über Frauen, die anders sind.«

»Wieso machen Sie keinen Fotoband über Indianer, die anders sind? Ich würde meinen Körper bemalen und rituelle Tänze aufführen. Möchten Sie sehen?«

Er begann, sich andächtig zu bewegen. So andächtig, dass schon bald sein Tipi wackelte und wir wenig später unter dem schweren Zelt begraben wurden. Ich kämpfte mich frei und half meinem Klienten aus der beklemmenden Situation. Gemeinsam mit Hugentobler suchten wir die Zweitwohnung von Frau Fähndrich auf. Die Tür war nicht abgeschlossen.

»Das ist seltsam«, sagte Gstrein. »Und dieser Geruch. Riecht es hier nach Tannennadeln?«

»Wir scheinen nicht die einzigen Überraschungsgäste zu sein«, sagte ich.

»Das ist illegal, Maloney. Auch wenn die Türe nicht abgeschlossen war, darf man nicht einfach in eine fremde Wohnung eindringen. Laut Dienstreglement geht das nur, wenn vorher ein Schusswechsel stattgefunden hat.«

»Dann ballern Sie ein wenig in die Decke«, schlug ich vor.

»Da, sehen Sie?« Gstrein ging auf einen Sekretär zu. »Das ist der Schmuck, der mir gestohlen worden ist.«

»Nichts anfassen, junger Mann. Wir werden alle Spuren sichern und danach den Tatort abriegeln.«

»Was denn für ein Tatort?«, fragte ich erstaunt. »Hier liegt keine Leiche herum.«

»Wo Maloney ist, ist auch eine Leiche. Das ist das fünfte Gesetz der Thermodynamik, Maloney.«

»Haben Sie wieder aus Langeweile in einem Lexikon geschmökert?«

Hinter mir begann es zu spuken. Doch diesmal gab der Geist andere Geräusche von sich. Er bekam einen Niesanfall.

»Ich habe etwas gehört«, sagte Gstrein.

»Und ich habe etwas gefunden«, sagte ich und nahm eines der Stofftiere in die Hand. Es quietschte laut, als ich es zusammendrückte.

»Was soll das, Maloney? Wir sind nicht hier, um mit Stofftieren zu spielen.«

Der Geist nieste erneut. Ich ging zum Schrank und öffnete die Tür.

»Dieser Herr spielt gerne mit Stofftieren, damit sein Skrotum vibriert«, sagte ich und zeigte auf Lorenz Rauber, den Waldmenschen, der gekrümmt zwischen Hosen und Kleidern stand.

»Ich habe sie geliebt«, sagte der Waldmensch.

»Herr Rauber?«, fragte Gstrein kopfschüttelnd. »Deshalb riecht es in dieser Wohnung nach Wald.«

»Es ist egal, wie es hier riecht«, sagte Hugentobler. »Dieser Mann hält sich illegal in einem fremden Schrank auf. Im Namen des Kleiderschrankes, Sie sind verhaftet, auf der Stelle.«

»Sie hat mich nicht beachtet. Sie sagte, Stofftiere seien kein unnützes Wissen und deshalb für sie nicht interessant. Ich habe ihr meine schönsten Tiere geschenkt und Schmuck.«

»Den Sie mir gestohlen haben«, sagte Gstrein böse.

»Ein Dieb, ein Mörder und ein sich illegal in Schränken Aufhaltender? Die Welt ist aus den Fugen, Maloney.«

»Er hat auch Klauser erschossen.«

»Sie wollte zu Klauser ziehen, ihn heiraten, seine Sprache erlernen. Ich dachte, wenn Klauser tot ist, habe ich bessere Chancen bei ihr. Ich beobachtete sie, folgte ihr und sah, wie sie sich bei diesem Geisteridioten ins Bett legte. Da knallten bei mir alle Sicherungen durch.«

»Dann ist dieser Geisterjäger unschuldig? Egal, Maloney. Er sitzt noch immer. Damit wäre bewiesen, dass er kein Geist ist. Das ist doch immerhin etwas. Finden Sie nicht, Maloney?«

Der Waldmensch verlangte nach einem Anwalt und er wollte unbedingt einige seiner Lieblingsstofftiere mit in die Untersuchungshaft nehmen. Mein Klient zeigte sich erkenntlich und schenkte mir eine alte Brosche. Als ich sie verhökern wollte, kriegte der Händler einen Lachanfall, an dem er beinahe gestorben wäre. So geht das.

Ein seltsames Paar

Ich saß an meinem Schreibtisch und erledigte einige Dinge. Als diese erledigt waren, erholte ich mich vom Erledigen, ehe ich selber erledigt war. Ich nahm den Hörer ab, als es klingelte, und spulte meinen üblichen Spruch runter. Am anderen Ende der Leitung war eine Frau.

»Ich brauche Ihre Hilfe, Maloney. Ich glaube, ich bin in etwas hineingeraten, das sehr gefährlich für mich werden kann.«

»Geht es um einen Mann? Oder ist es was Ernsthaftes?«

»Ich habe Angst. Könnten wir bei mir über die Sache reden?«

»Geben Sie mir wenigstens einen Anhaltspunkt. Mehr verlangt unsereins nicht.«

»Mehr kann ich leider nicht sagen. Wenn Sie wollen, gebe ich Ihnen meine Adresse.«

Ich wollte und sie gab. Sie wohnte in einem großen Haus mit lauter kleinen Zellen, die man mit ein wenig Nachsicht auch als Wohnungen bezeichnen konnte. Meine Klientin wohnte in einer Zelle im vierten Stock und hieß Löffler. Ich klopfte an die Tür, die einen Spalt weit offen stand. Ich hatte keine Vorstellung, wie meine Klientin aussah, was ich dann aber erblickte, war mir allzu vertraut.

»Üble Sache, Maloney. Was gibt es Schlimmeres als eine Leiche zur Vorspeise und Maloney zum Dessert?«

»Ihren Magen möchte ich nicht geschenkt. Was ist los? Liegt da drin eine tote Frau mit einem auf meinen Namen ausgefüllten Check in der Hand? Letzteres würde mich brennend interessieren.«

»Das glaube ich Ihnen gerne, Maloney. Aber aus dem Check wird nichts. Die Dame hat weder einen Check in der Hand noch Kleidungsstücke am Körper.«

»Kann ich mir das genauer ansehen?«

»Das könnte Ihnen so passen. War das eine Klientin von Ihnen?«

Er schaute mich herausfordernd an. Ich sagte nichts, bis ich in der Wohnung war. Es gab nicht mehr viel zu sehen. Auf dem Bett klebte eine Menge Blut. Das Zimmer war durchwühlt worden, und es lagen Papiere und Kleidungsstücke verstreut herum.

»Die Tür ist in Ordnung. Kein Einbruch. Eine Freundin der Toten hat die Leiche entdeckt.«

»Und wo ist diese Freundin jetzt?«

»Auf dem Präsidium. Es gab Kommunikationsprobleme.«

»Verstehe. Wurde die Tote vergewaltigt?«

»Sieht nicht danach aus. Was wollte die Frau von Ihnen, Maloney?«

»Sie rief mich heute an und sagte, dass sie in Schwierigkeiten stecke.«

»Sind Sie da ganz sicher, Maloney?«

»Was soll denn das wieder heißen?«

»Sie sagten, dass die Frau Sie angerufen hat. Ihnen ist dabei nichts aufgefallen?«

»Was hätte mir denn auffallen sollen?«

»Nun, zum Beispiel, dass diese Frau Löffler nicht sprechen konnte.«

»Wenn ich es mir recht überlege, wäre mir dies wahrscheinlich aufgefallen.«

»Frau Löffler war gehörlos. Genauso wie ihre Freundin, die die Leiche entdeckt hat. Ich sagte Ihnen doch, dass es Kommunikationsprobleme gab.«

Ich kratzte mich am Ohrläppchen und schaute auf das blutige Laken. Der Polizist erklärte mir, dass Frau Löffler bereits tot war, als ich den Anruf erhielt. Wenn ich es mir richtig überlegte, konnte da etwas nicht stimmen. Ich ging zurück in mein Büro und trank einen Schluck Whisky. Danach war ich auch nicht klüger. Dafür klingelte erneut das Telefon. Eine Männerstimme röchelte leise an mein Ohr.

»Hotel Conti … Zimmer 144. Schnell!«

Das war alles. Genug, um mich erneut auf den Weg zu machen. Ich rief vorsichtshalber gleich eine Ambulanz und die Polizei. Als ich im Conti eintraf, war von den Helfern und Rettern noch nichts zu sehen. Die Tür zu Zimmer 144 war nur angelehnt. Ich warf einen Blick auf den Mann, der auf dem Bett lag. Der Telefonhörer lag neben ihm. Dann erschien die Ambulanz und wenig später auch die Polizei.

»Kannten Sie den Mann, Maloney?«

»Er hat bei mir angerufen. Vermutlich auch ein Gehörloser.«

»Schon gut, Maloney. Hat er etwas gesagt, das uns weiterhilft?«

»Nein. Aber ich mache mit Ihnen eine Wette, dass der

Schuss auf ihn aus derselben Waffe kam wie der Schuss auf Frau Löffler.«

»Das werden wir abklären. Vorerst gibt es aber nur einen Zusammenhang zwischen den beiden Mordfällen. Und das sind Sie, Maloney.«

Es hatte keinen Sinn zu widersprechen, denn ausnahmsweise hatte er recht. Doch der Zusammenhang war noch etwas größer, als er glaubte. Er bestand aus den beiden Toten und jener Frau, die bei mir angerufen hatte. Ich hatte ihre Stimme, mehr nicht. Aber selbst Politiker können aus einer einzigen Stimme eine ganze Menge machen, weshalb sollte mir nicht etwas Ähnliches gelingen? Eigentlich gab es keinen Grund für mich, mich mit den beiden Leichen herumzuschlagen. Schließlich war niemand da, der für meine Spesen aufkam. Und dennoch trieb es mich am nächsten Morgen ins Polizeipräsidium.

»Sie hatten recht, Maloney. Es war die gleiche Waffe. Wer aber hat ein Motiv, um eine Gehörlose und einen Arbeitslosen umzubringen?«

»Ein Arbeitsloser? Das Hotel, in dem er gefunden wurde, ist aber alles andere als ein Obdachlosenasyl.«

»Allerdings. Der Mann hatte im Voraus bezahlt. Für eine ganze Woche.«

»Und wie hieß der Mann?«

»Wartburg. Liegt nichts gegen ihn vor. Ziemlich undurchsichtige Angelegenheit.«

»Vielleicht hatten die beiden etwas zusammen. Und das passte jemand anderem nicht in den Kram. Soll vorkommen.«

»So wie es aussieht, kommt Eifersucht als Motiv nicht

infrage. Es gibt nämlich niemanden, der eifersüchtig war oder ist. Nein, da muss etwas Anderes dahinterstecken.«

Ich ließ ihn weiter rätseln und ging zurück in mein Büro. Dort wurde ich bereits erwartet. Sie war groß und rümpfte die Nase, als sie mich sah. Vermutlich hatte sie Tom Cruise oder einen anderen Affen erwartet, und war jetzt enttäuscht, nur einen Mann vor sich zu haben.

»Sie sind also Philip Maloney?«

Ich erkannte ihre Stimme sofort wieder, ließ mir aber nichts anmerken.

»Sie haben sich meine Wenigkeit ganz anders vorgestellt? Aber das macht nichts. Ich kann mir meine Klienten auch nicht aussuchen.«

»Wie wäre es mit einer Klientin? Monika Dürr ist mein Name.«

»Klientinnen kann ich mir noch viel weniger aussuchen. Was glauben Sie, was sonst los wäre in meinem Büro?«

»Sie sind nicht interessiert?«

»An Ihnen oder an Ihren Problemen? Kommt zwar in der Regel auf dasselbe heraus, aber wir könnten es ja mal versuchen. Geschäftlich interessiert mich ein größerer Check. Privat gebe ich mich auch mit einem kleineren zufrieden.«

»Ich habe Sie heute Morgen angerufen.«

Sie machte eine Pause und wartete auf meine Reaktion. Ich tat so, als ob mich das Ganze nichts anginge. In Tat und Wahrheit versuchte ich herauszufinden, ob die schöne Dame einen Revolver auf sich trug. Man kann ja nie wissen heutzutage.

»Ich habe gehört, dass Doris erschossen wurde.«

»Doris Löffler?«

»Sie war eine Freundin von mir.«

»Haben Sie ihr außer Ihrer Stimme auch noch anderes ausgeliehen?«

»Sie gab mir einen Zettel mit dem Text drauf und sagte, dass ich Sie eines Tages anrufen soll.«

»Das verstehe ich nicht. Der Text klang ziemlich dramatisch, und trotzdem hatte sie es nicht eilig?«

»Doris war oft etwas überspannt. Ich habe es nicht für so wichtig gehalten.«

»So kommen wir der Sache schon näher. Sie haben es also verschlampt? Und jetzt fühlen Sie sich an ihrem Tod mitschuldig?«

»Es beschäftigt mich sehr. Ich kann nicht tatenlos herumsitzen und warten, bis die Polizei etwas unternimmt.«

»Da haben Sie auch wieder recht. Kannten Sie einen gewissen Wartburg? Ein Arbeitsloser, mehr weiß ich leider nicht.«

»Philip Wartburg?«

»Philip? Muss denn das sein?«

»Was ist mit Philip?«

»Er ist auch tot. Die beiden kannten sich?«

»Ja. Sie waren befreundet.«

»Interessant. Fällt Ihnen irgendetwas ein, das uns auf die Spur des Mörders bringen könnte?«

»Philip war ein Abenteurer. Er träumte davon, reich zu werden und möglichst nichts dafür zu tun.«

»Mit diesem Traum steht er nicht alleine da. Einige schaffen das auch. Aber eine Grundvoraussetzung wäre zumindest ein wohlhabendes Elternhaus oder der Job bei einer Bank und Computerkenntnisse.«

»Philip hatte nichts dergleichen. Aber seit die beiden von den Philippinen zurückgekommen waren, taten sie sehr geheimnisvoll. Sie schotteten sich ab. Ich hatte das Gefühl, dass die beiden etwas austüftelten. Vielleicht erfahren wir etwas von Charlotte.«

»Wer ist Charlotte?«

»Bei Charlotte hat Philip Wartburg ab und zu übernachtet. Die beiden waren früher mal zusammen.«

Ich zog mir die Jacke an und machte mich mit Monika Dürr auf den Weg zu Charlotte. Sie wohnte in einem Altbauhaus mit hübschen Erkern und riesigen Balkonen. Früher hatte ich auch mal von so etwas geträumt, war aber immer wieder in meinem kleinen Büro aufgewacht.

»Philip ist tot«, sagte Frau Dürr.

»Zum Glück gibt's noch andere davon«, sagte ich.

»Das ist Philip Maloney. Ein Privatdetektiv.«

»Ich weiß leider auch nicht mehr«, sagte Charlotte gefasst. »Philip war anfangs letzter Woche das letzte Mal bei mir.«

»Hat er dir erzählt, woher er das Geld hatte, um sich in dem Hotel einzuquartieren?«

»Er hatte kein Geld, als er aus Manila zurückkam.«

»Darf ich mich ein wenig umsehen?«

»Meinetwegen.«

Das Zimmer, in dem Philip Wartburg manchmal übernachtet hatte, war schön ordentlich aufgeräumt. Persönliche Dinge lagen praktisch keine herum. Nur ein paar Hemden, Hosen und eine Jacke. In der Jacke fand ich Zigaretten, ein wenig Kleingeld und einen Zettel.

»Haben Sie etwas gefunden?«, fragte Frau Dürr.

»Bloß einen Zettel.«

»Das ist Philips Handschrift«, sagte Charlotte und nahm mir den Zettel ab. *Angie Lovekiss ist ein Anagramm,* stand auf dem Zettel.

»Wie viel Gramm wiegt so eine Anna?«

»Ein Anagramm ist eine Art Pseudonym«, sagte Frau Dürr. »Man stellt die Buchstaben eines Namens so um, dass daraus ein neuer entsteht.«

»Aus Ihrem Namen könnte man zum Beispiel Al Money machen«, sagte Charlotte.

»Das wäre zu schön, um wahr zu sein. Und Sie glauben, wenn man diese Angie Lovekiss umdreht, kommt eine Mörderin dabei heraus?«

»Könnte doch sein, oder?«, sagte Frau Dürr und drehte in Gedanken die ersten Buchstaben um. Ich nickte und kratzte mich am Kinn. In einem Spielwarengeschäft kaufte ich mir ein Scrabble. Ich ließ es mir als Geschenk einpacken und fuhr zurück in mein Büro. Frau Dürr kam eine Stunde später, und bei einer Flasche Whisky legten wir Buchstaben aneinander. Es war eine ziemlich ermüdende Angelegenheit, und ich konnte mir beim besten Willen nicht vorstellen, dass es Leute gab, die so etwas spielten, um sich zu entspannen.

»Wie wäre es mit Olga Evi Kissen?«

»Gibt es nicht. Langsam habe ich das ungute Gefühl, dass wir uns hier nur Kopfschmerzen und eingeschlafene Beine holen.«

»Spielen Sie nicht gerne?«

»Ich bevorzuge Spiele, bei denen eine Matratze zum Spielgerät gehört.«

»Wir könnten auf dem Bett weitermachen.«

»So habe ich das auch nicht gemeint. Mal davon abgesehen gibt es in meinem Büro kein Bett.«

»Haben Frauen in Ihrem Leben keinen Platz?«

»Doch, doch. Aber nur Frauen, die ein eigenes Bett haben.«

»Das ist lustig.«

»Was ist denn daran so lustig?«

»Hier, sehen Sie? Man kann aus dieser Angie Lovekiss auch Evelin K. Sagiso machen.«

»Sagten Sie Sagiso?«

»Ja. Diese Schauspielerin, die den jungen Howald heiraten wird.«

»Den Millionenerben?«

»Es stand überall in den Klatschspalten. Der Millionenerbe und das Waisenkind.«

»Tatsächlich. Es funktioniert. Evelin K. Sagiso.«

»Sie glauben doch nicht, dass sie etwas mit den Morden zu tun hat?«

»Schauen Sie sich ab und zu einen Porno an?«

»Ab und zu. Aber ich stehe mehr auf softere Sachen. Wollen Sie mich etwa in einen Pornoschuppen abschleppen?«

»Vielleicht. Es geht hier immerhin um Mord.«

»Lösen Sie Ihre Fälle immer, wenn andere stöhnen?«

»Wenn ich selber stöhne, kann ich normalerweise keinen Fall lösen. Mir ist da etwas aufgefallen. Angie Lovekiss klingt nach einem Pseudonym. Wer aber legt sich ein solches Pseudonym zu?«

»Eine Pornodarstellerin!«, rief Frau Dürr und weckte die ganze Nachbarschaft. »Glauben Sie, dass diese Sagiso früher in Pornos mitgespielt hat?«

»Schon möglich. Vielleicht haben Wartburg und diese Löffler auf den Philippinen einen Porno entdeckt, in dem diese Sagiso unter dem Pseudonym Angie Lovekiss mitspielte. Und vielleicht wollten die beiden Frau Sagiso damit erpressen.«

»Aber wer greift gleich zur Pistole? Heute gehört es doch schon fast zum guten Ton, dass Schauspielerinnen zumindest mal im *Playboy* waren oder in einem Softporno.«

»Vielleicht gehört dieser junge Millionärssohn zu denjenigen, die mit derart guten Tönen nichts anfangen können. Und als diese Sagiso ihre Millionen entschwinden sah, hat sie vielleicht durchgedreht.«

»Ich weiß nicht. Einer dieser Filme könnte jederzeit wieder auftauchen.«

»Nach der Heirat wäre das nur noch halb so wild.«

»Da haben Sie auch wieder recht. Und was machen wir jetzt?«

»Wir besorgen uns ein Foto dieser Sagiso und einen Porno mit dieser Lovekiss.«

»Besorgen Sie das Foto, ich besorge Ihnen jemanden, der sich in Pornos auskennt«, sagte Frau Dürr und stand auf. Zwei Stunden später saßen wir in Monika Dürrs Wohnung. Es klingelte, und eine ältere Frau erschien.

»Das ist Philip Maloney«, sagte Frau Dürr.

»Ich bin Katrin«, sagte die ältere Frau. »Sie interessieren sich für einen Porno?«

»Sie sind eine Spezialistin?«

»Ich kenne ziemlich alles, was auf dem Markt ist. Und ich kann auch alles besorgen.«

»Arbeiten Sie beim Jugendschutz?«

»Nein. Ich interessiere mich privat für solche Filme.«

»Allerhand.«

»Bist du fündig geworden?«, drängte Frau Dürr.

»War gar nicht einfach. Ist ein ziemlich billiger Streifen aus Asien.«

»Von den Philippinen?«

»Schon möglich. Wollt Ihr ihn euch ansehen?«

Sie schaute mich an, und ich nickte. Wir setzten uns vor den Videorecorder. Der Film ging ziemlich zur Sache. Die Bildqualität war lausig, und die Darsteller mühten sich ab, als seien sie mutierte Hasen. Und alle stöhnten wie ein vollgepferchtes Militärlazarett.

»Billigware«, sagte die Kennerin. »So etwas kauft hier kaum jemand.«

»Haben Sie schon eine Frau entdeckt, die dieser Sagiso ähnlich sieht?«, fragte Frau Dürr.

»Nein«, sagte ich. »Ist die Sagiso eigentlich Philippinin?«

»Ihre Mutter war Philippinin. Ihr Vater irgendetwas anderes.«

Und dann war es so weit. Eine zierliche Frau mit schwarzen Haaren und einer schmalen langen Nase erschien auf dem Bildschirm, zusammen mit einer anderen Frau, die ein Dienstmädchen spielte. Beide gingen sogleich mächtig zur Sache.

»Ich werde verrückt«, sagte Frau Dürr. »Das ist sie tatsächlich.«

Wir schauten uns die Szene noch einige Male an. Jedes Mal wurde die Faszination ein wenig größer. Ich nahm die Kassette zu mir, verständigte die Polizei und fuhr zu Frau Sagiso. Sie wohnte in einem Appartement in der

Innenstadt. Der Millionärssohn war nicht anwesend. Dafür aber die Polizei.

»Was soll das, Maloney?«, fragte Hugentobler. »Es ist schon beinahe Mitternacht.«

»Das möchte ich auch gerne wissen« sagte Frau Sagiso.

»Haben Sie Handschellen dabei?«, fragte ich Hugentobler.

»Soll ich diese Frau verhaften? Sie lesen wohl keine Klatschspalten, Maloney? Diese Frau ...«

»Möchte gern einen Millionärssohn heiraten. Ich weiß.«

»Ich bitte Sie jetzt, meine Wohnung zu verlassen. Ich bin müde.«

»Ausruhen können Sie sich im Gefängnis«, sagte ich.

»Ich verstehe nicht. Was wollen Sie von mir?«

»Das hier«, sagte ich und warf Hugentobler die Videokassette zu.

»Was soll das, Maloney? Das ist ein Porno.«

»Allerdings. Gestehen Sie, Frau Sagiso, das macht alles einfacher.«

»Gut, ich komme mit«, sagte Frau Sagiso resigniert.

»Kann mir jemand sagen, was los ist?«, fragte Hugentobler, dessen Blick an dem Schutzumschlag klebte.

»In diesem Porno spielt eine gewisse Angie Lovekiss mit. An ihren Gesichtszügen werden Sie sie unschwer als Frau Sagiso wiedererkennen. Auch der Oberkörper stimmt mit dem überein, was wir jetzt vor uns haben. Der Rest erinnert allerdings nicht unbedingt an Frau Sagiso.«

»Gesicht? Porno? Oberkörper? Rest? Ich verstehe noch immer nichts.«

»Frau Sagiso war früher mal ein Mann. Jemand hat das herausgefunden und wollte sie damit erpressen. Und sie hat die Erpresser erschossen.«

»Stimmt das, Frau Sagiso?«

Frau Sagiso nickte. Die Sache erregte einiges Aufsehen. Frau Sagiso landete im Knast, aber es kam noch schlimmer. Der Millionärssohn sagte ihr später, dass er sie trotz allem geheiratet hätte. Frau Sagiso verstand die Welt nicht mehr. Und der Millionärssohn wurde später häufig in Begleitung gut aussehender Männer gesehen. Mich konnte man einige Male auf Monika Dürrs Matratze beim Spielen beobachten. Dabei gerieten nicht nur einige Buchstaben in Unordnung. So geht das.

Der Klabautermann

Es war kein Badewetter, und deshalb tummelten sich am See nur ein paar Liebespaare, Hundebesitzer und ein Mann namens Bigler, dem die Ehre zukam, mein neuer Klient zu sein. Er zeigte auf ein Boot.

»Das ist eines der wenigen Boote, das noch nicht angezündet worden ist. Seit Monaten geht der Klabautermann um.«

»Ich habe davon gelesen. Nennt sich der Brandstifter selber Klabautermann, oder hat man ihn in den Medien auf diesen Namen getauft?«

»Er soll angeblich bei einer Zeitung angerufen haben. Allerdings nur ein einziges Mal, und man weiß nicht, ob es sich beim Anrufer tatsächlich um den Brandstifter handelt.«

»Geht die Polizei davon aus, dass es sich immer um den gleichen Täter handelt?«

»Ja. Obwohl man natürlich nicht ausschließen kann, dass es Trittbrettfahrer gibt. Allerdings spricht einiges dafür, dass es nur einen Täter gibt. Er schlägt immer nach Mitternacht zu und benutzt Brandbeschleuniger.«

»Ich soll nach Mitternacht auf den Täter warten und ihn mit Haftbeschleuniger behandeln?«

»Diese Unsicherheit muss ein Ende nehmen. Die Bootsbesitzer haben zusammengelegt. Sie möchten, dass der Täter endlich gefasst wird.«

»Meine Nachtzulage ist exorbitant. Vor allem, wenn es sich um einen Freilufteinsatz handelt.«

»Geld darf keine Rolle spielen. Meine Julia ist mit Geld nicht aufzuwiegen.«

»Julia ist Ihre Jacht?«

»Ein bescheidenes Boot. Der Gedanke, dass es eines Nachts in Flammen stehen könnte, ist unerträglich.«

Er führte mich zu einem anderen Bootssteg und zeigte mir die Überreste einer kleinen Jacht, die am Wochenende gebrannt hatte. Tränen kullerten über seine Wangen. Der Himmel heulte ebenfalls, und Regentropfen wurden mir von einem kühlen Wind ins Gesicht geblasen. In meinem Büro wärmte ich mich auf, und kurz vor Mitternacht fuhr ich, in eine warme Jacke gehüllt, wieder ans Seeufer. Eine junge Frau kam auf mich zu.

»Haben Sie Feuer?«

»Welches Boot möchten Sie anzünden?«

»Nur eine Zigarette. Ich rauche nicht mehr vor Mitternacht. In zehn Minuten ist es so weit.«

»Genaugenommen ist es immer vor Mitternacht, außer, wenn es Punkt zwölf schlägt.«

»Das verstehe ich nicht.«

»Macht nichts. Ich habe kein Feuer, weder für Zigaretten noch für Schiffe.«

»Haben Sie auch keine Augen für Schiffe?«

»Erst nach Mitternacht. Vorher benötige ich meine Augen für andere Dinge. Zum Beispiel für Frauen, die nur nach Mitternacht rauchen.«

»Geben Sie sich keine Mühe. Unter zwölf Metern ist bei mir nichts zu wollen.«

»Ganz schön anspruchsvoll, die Dame.«

»Allerdings. Ich träume schon lange von einer Luxusjacht vor Saint-Tropez.«

»Und ich träume von einer Luxusnacht in Saint-Tropez.«

»Nicht schlecht. Sind Sie reich genug, um uns beide glücklich zu machen?«»

»Ich habe beschlossen, nur noch nachmittags reich zu sein. Abends und nachts bin ich ein armer Schlucker.«

»Schade. Mit den meisten Neureichen kann man sich nicht unterhalten. Sind ziemlich doof. Aber was nützen mir gute Gespräche, wenn sie nicht auf einer Jacht stattfinden?«

»Gute Frage. Sind Sie jede Nacht hier?«

»So oft ich kann.«

»Dann müssten Sie dem Klabautermann schon einmal begegnet sein.«

»Dem Brandstifter? Dem würde ich die Eier …, ich meine, ich würde sofort die Polizei verständigen. Jemand, der Boote anzündet, gehört eingesperrt, lebenslänglich, in einen Kerker, ohne Licht.«

Sie gab mir ihre Karte und bat mich, sie anzurufen, wenn ich in den Besitz einer Jacht kommen sollte. Unsereins spielt zwar ab und zu Lotto, aber die Millionäre sind immer die anderen. Es war kurz vor zwei, als ich auf einen Mann traf, dem offenbar das letzte Hemd gestohlen worden war. Er schwamm in der Dunkelheit.

»Ich schwimme jede Nacht im See. Egal, wie kalt es ist. Kommen Sie doch auch rein. Zu zweit macht es mehr Spaß.«

»Danke, aber ich bleibe lieber am Ufer und einsam.«

»Wenn der Mond auf das Wasser scheint, glaubt man

in einer anderen Welt zu sein. Das Paradies ist mitten unter uns, und niemand sieht es.«

»Mein Paradies ist trockener. Haben Sie keine Angst vor brennenden Booten?«

»Der Klabautermann hat offensichtlich etwas gegen Schiffe und Boote, nicht aber gegen Schwimmer. Ich schwimme nie zu nahe an Boote heran. Wussten Sie, dass man beim Schwimmen klarere Gedanken hat als im Büro? Hier kann man richtig abschalten oder umschalten.«

»Und welcher Fisch drückt auf die Fernbedienung?«

»Wasser wird an keiner Börse gehandelt, deshalb kann ich so ruhig darin schwimmen. In Kaffee würde ich nie baden, weil ich ständig an die Börse denken müsste. Entscheidend ist, dass man keine Badehose trägt. Sonst sammelt sich alles Negative in der Badehose. Nackt aber fließt alles Negative aus dem Körper.«

»Und verunreinigt den See.«

»Im Gegenteil. Nackt bin ich eins mit den Fischen, eins mit der Welt. Ich werde jetzt ein wenig tauchen. Das ist phantastisch, man taucht sozusagen ins Nichts.«

Tatsächlich war wenig später nichts mehr von ihm zu sehen. Ich hatte keine Lust, auf sein Auftauchen zu warten und ging weiter dem Seeufer entlang, bis lodernde Flammen die dunkle Nacht erhellten. Mein Klient stand kopfschüttelnd neben einer brennenden Jacht.

»Ein Trauerspiel. Der Klabautermann schlug unbarmherzig zu. Die Feuerwehr muss gleich hier sein. Mich würde interessieren, wo Sie gesteckt haben, Maloney.«

»Ich habe mich mit verdächtigen Personen unterhalten. Es ist ganz erstaunlich, was für Leute sich mitten in der Nacht am See aufhalten.«

»Ich habe Sie nicht engagiert, um am See soziologische Studien zu betreiben. Der Klabautermann war hier, und Sie haben ihn nicht einmal gesehen.«

»Sie aber waren sofort zur Stelle, als es brannte?«

»Was wollen Sie damit sagen? Verdächtigen Sie mich? Ich bezahle Sie, Maloney.«

»Sie wären nicht der erste Täter, der einen Detektiv engagiert, um von sich abzulenken.«

»Das ist lächerlich. Jedes brennende Boot ist wie ein Stich in mein Herz. Wenn ich zwischen einer Frau und einem Boot wählen müsste, ich würde das Boot nehmen.«

»Und wenn ich zwischen einem Klienten und einem Kahn wählen müsste, dann würde ich das Weite suchen.«

»48 Stunden gebe ich Ihnen Zeit. Schnappen Sie sich diesen Klabautermann. Tot oder lebendig.«

Vorerst schnappte ich nach Luft. Die Feuerwehr löschte den Brand innert weniger Minuten. Die Spurensicherung dauerte etwas länger. Auf dem Boot wurden nämlich die sterblichen Überreste einer Frau gefunden.

Die Polizei ging eifrig ans Werk, wie sie das immer tut, wenn Journalisten herumstehen und Fernsehkameras auf die Gesichter der Beamten gerichtet sind. Als sich die Aufregung in andere Gebiete verlagerte, stand ich mit dem ermittelnden Beamten am Seeufer und lauschte den Enten.

»Üble Sache, Maloney. Die Frau wurde wahrscheinlich erwürgt, und danach wurde das Boot angezündet.«

»Und wie heißt die Tote?«

»Verena Klaus. Die Frau war dafür bekannt, dass sie

nachts am Seeufer die Boote anhimmelte. Eine Fanatikerin, eine Fetischistin, die es auf Boote abgesehen hat.«

»Ich bin der Frau kurz vor ihrem Tod begegnet.«

»Das überrascht mich nicht, Maloney. Sie sollten eine Plakette auf sich tragen, auf der steht: *Nur Lebensmüde lassen sich auf mich ein.* Weshalb spazieren Sie nachts am Seeufer, Maloney? Der Frau Ihres Lebens werden Sie garantiert nicht mehr begegnen.«

»Aber vielleicht dem Klabautermann?«

»Das darf doch nicht wahr sein. Hat Sie einer dieser reichen Bootsbesitzer engagiert? Diese Leute würden gescheiter die Polizei finanziell unterstützen. Wir planen die Anschaffung von Nachtsichtgeräten, die sind aber teuer. Vorerst müssen wir uns mit neuen Taschenlampen begnügen.«

»Vielleicht ist der Klabautermann ein Polizist, der nachts gerne Zeitung liest und deshalb für ein wenig Licht sorgt?«

»Wir haben in unserem Computer ein praktisch perfektes Täterprofil. Der Klabautermann nennt sich so, weil er darauf hinweisen will, dass er eine helle und eine dunkle Seite hat.«

»Sozusagen eine mit und eine ohne Nachtsichtgerät.«

»Klabautermänner gelten bei den Seefahrern einerseits als Glücksbringer, aber auch als Vorboten von Unheil. Ein Klabautermann kann den Untergang eines Schiffes ankündigen.«

»Kein Wunder, wenn er es danach selber anzündet.«

»Unser Computer hat anhand der Daten, die wir eingaben, ein Täterprofil erstellt. Demnach handelt es sich um einen Mann. Er wurde in Niedergösgen geboren und im Kindergarten wegen seiner abstehenden Ohren gehänselt. Er machte in Grünwil eine Lehre als Tischler, und er hat sich während der Rekrutenschule in eine Wirtin verliebt, der er fünf Kinder schenkte. Im Jahr 1946 wanderte er nach Connecticut aus, wo er zehn Jahre später, also 1956 verstarb.«

»Das klingt interessant. Weshalb aber dauerte es so lange, bis der Mann als Klabautermann wiedergeboren wurde?«

»Unser Computer ist natürlich nicht perfekt. Aber Sie können sicher sein, dass zumindest die Hälfte der Angaben richtig ist. Wir haben das getestet.«

»Und was für ein Motiv vermutet der Computer hinter den Brandstiftungen und dem Mord?«

»Der Täter wurde vermutlich von der jungen Frau überrascht. Sie hat ab und zu auf fremden Booten geschlafen. Jetzt muss ich aber zurück ins Präsidium. Wir erhalten Besuch aus Tallin, das ist in Estland, Maloney.«

»Kollegen, die sich darüber wundern, dass hier in der Stadt keine Morde aufgeklärt werden?«

»Ganz im Gegenteil, Maloney. Die Kollegen aus Tallin interessieren sich für unser Dienstregelement. Sie möchten es gerne übernehmen. Das ist eine große Ehre. Kaum ein einheimischer Dichter wird auf Estnisch übersetzt, wohl aber unser Dienstreglement. Ist das nicht toll, Maloney?«

Mein Klient interessierte sich nicht für Dienstreglemente. Er saß mit ernster Miene in seinem Büro und faxte, was das Zeug hielt. Es waren Mitteilungen an die Medien.

»Daran sind die Sozialisten schuld.«

»An den hohen Telefonkosten, die durch das verschicken unnützer Faxmeldungen verursacht werden?«

»In den Medien wird nicht objektiv berichtet. Das sind alles linksgrüne Waschlappen. Der Brandstifter ist ein Roter, ganz eindeutig. Der Klabautermann hat es auf ein Symbol des Kapitalismus abgesehen. Schöne Boote und Jachten sind der Inbegriff für Erfolg und Freiheit.«

»Übertreiben Sie da nicht ein bisschen? Nur weil jeder Neureiche sich ein größeres Pedalo kauft, müssen die Brandstiftungen noch lange nicht der Ausdruck von Klassenkampf sein.«

»Ich kenne diese Typen. Neid ist die Wurzel allen Übels. Die Leute sollten stolz darauf sein, dass es Menschen gibt, die intelligenter und erfolgreicher sind als sie selber. Sie sollten jubeln über jeden, der sich ein Boot leisten kann. Stattdessen zerstören sie alles.«

»Ich glaube nicht, dass der Brand von gestern Nacht etwas mit dem Klabautermann zu tun hat.«

»Ich habe Sie nicht engagiert, damit Sie mir Ihren Glauben nahebringen. Ich will Fakten.«

»Der Brand könnte dazu dienen, dem Klabautermann den Mord an der Frau in die Schuhe zu schieben.«

»Wenn es so ist, dann interessiert mich dieser Mord nicht. Ich bin einzig und allein daran interessiert, diesen verrückten Sozialisten aus dem Verkehr zu ziehen.«

»Und wenn es sich um einen strammen Rechten handelt?«

»Fakten, Maloney. Hier in meinem Büro finden Sie keine. Rufen Sie mich an, wenn Sie etwas gefunden haben.«

Ich fuhr zurück in mein Büro und zappte mich durch

die verschiedenen Fernsehprogramme. Der Schrott, der von lokalen Sendern produziert wird, hat wenigstens den Vorteil, dass er aus der Umgebung stammt und deshalb manchmal hilfreich ist. Ich entdeckte eine junge Frau, die entsetzt in die Kamera schaute und sich als beste Freundin der Toten zu erkennen gab. Die beste Freundin hieß Diana Felder und lebte in einem heruntergekommen Haus in einer Gegend, in die sich kaum je erfolgreiche Bootsbesitzer verirren.

»Ja, ich war Verenas beste Freundin. Ehrlich gesagt war ich ihre einzige Freundin. Sie hat sich nämlich immer mehr abgekapselt in den letzten Wochen, seit sie arbeitslos war.«

»Wann begann der Spleen mit den Jachten?«

»Das gehörte zu ihr wie der schiefe Schneidezahn. Sie redete immer nur über Jachten und Kapitäne. Im Fernsehen schaute sie sich immer nur Mist wie Traumschiff oder Autorennen an.«

»Sie träumte von einer Jacht und einem Formel-1-Rennwagen?«

»Nein, aber wenn die in Monaco herumfuhren, hat sie immer zugeschaut, weil man da die Jachten im Hafen sieht. Sie glaubte ernsthaft, dass ihr eines Tages ihr Kapitän begegnen würde.«

»Und was sagte die beste Freundin dazu?«

»Was sollte ich schon zu ihr sagen? Sie hatte sich das in den Kopf gesetzt. Ich selber bin wasserscheu, ein Kapitän wäre das Letzte, was ich mir wünschen würde. Wenn schon, dann einen Piloten. Es gibt nichts Erregenderes als einen Steigflug. Finden Sie nicht?«

»Ich fliege selten, und wenn, dann sitze ich meist neben

dicken Männern, die in der Nase bohren oder Frauen, die in Parfüm badeten, ehe sie zum Flughafen fuhren.«

»Ja, Economy ist nicht das Wahre. Mein Traum wäre es, ganz allein in einem Jet zu sitzen, einem Jet, der immer höher und höher steigt. Allerdings dürfte er nicht übers Meer fliegen. Das würde mich beunruhigen.«

In meinem Büro legte ich mich unter meinen Schreibtisch und döste. Als es Nacht wurde in der Stadt, machte ich mich auf den Weg. Der Himmel war bewölkt, aber kein Tropfen netzte meine Haare. Dafür drohte mir anderes Unheil in Form eines Feuerwehrmannes und eines Polizisten.

»Es ist eindeutig. Ich habe das auf einer Karte eingezeichnet. Die Boote konnten sich alle sehen. Das ist verblüffend, das ist ungewöhnlich.«

»Dieser Herr arbeitet bei der freiwilligen Feuerwehr Grünwil«, sagte Hugentobler. »Er hat eine interessante Theorie zu den Schiffsbränden.«

»Allerdings. Die Schiffe, die brannten, haben alle einen Brand gesehen.«

»Dieser Satz sollte genügen, um Sie zu entmündigen. Danach bleiben Ihnen nur noch zwei Möglichkeiten. Entweder Sie landen in der Psychiatrie oder bei der Polizei.«

»Sehen Sie, Maloney, Sie denken zu eindimensional. Die Welt ist nicht immer das, als was sie uns erscheint, Maloney. Denken Sie nur an die schwarzen Löcher.«

»Genau, genau. Die Schiffe haben eine Seele, alles hat eine Seele.«

»Nur die Wurst hat zwei«, sagte ich.

»Schiffe sind in der Nacht einsam. Niemand braucht sie.

Da kann man schwermütig werden, wenn man nicht gebraucht wird. Es genügt ein Funke, ein Boot, das sich selber in Brand setzt. Ich habe es auf der Karte eingezeichnet. Die Boote haben gesehen, wie andere Boote sich angezündet haben, da sind sie dem Beispiel gefolgt. Die Boote wollen auf ihre Einsamkeit aufmerksam machen.«

»Natürlich ist das nur eine Theorie«, sagte Hugentobler. »Ich habe ein Buch gelesen, Maloney. Von einem Sheldrick oder so ähnlich. Alles ist mit allem verbunden. Wenn ich Sie jetzt anfasse, Maloney, dann entsteht zwischen uns eine Verbindung, die auch noch in hundert Jahren besteht.«

»So lange möchte ich aber nicht mit Ihnen verheiratet sein.«

»Da drüben, sehen Sie? Schon wieder ein Boot, ein einsames Boot, das um Hilfe ruft.«

»Sieht mir eher nach dem Klabautermann aus.«

»Den schnappen wir uns, Maloney.«

»Aber dieses Boot hat es aus Verzweiflung getan«, sagte der Feuerwehrmann bestimmt.

»Schon gut, junger Mann. Gehen Sie jetzt schlafen. Falls das Boot einen Abschiedsbrief hinterlassen hat, werden wir Ihnen das unverzüglich mitteilen.«

Er zückte seine Dienstwaffe und feuerte in die Luft. Ein Liebespaar erschrak und suchte das Weite. Wir näherten uns dem Feuer, doch vom Klabautermann war nichts zu sehen.

Am nächsten Morgen rief mich mein Klient an, und ich machte mich schlaftrunken auf den Weg. Er führte mich lächelnd in den Keller. Ich gähnte und fragte nach dem

Sinn dieses Abstechers, doch er schwieg und öffnete eine Tür. Hinter der Tür saß Frau Felder auf einem Stuhl. Nicht ganz freiwillig.

»Das ist Freiheitsberaubung«, schrie Frau Felder.

»Halten Sie den Mund«, sagte Bigler. »Ich habe sie gesehen, ich bin ihr gefolgt, ich habe sie überwältigt.«

»Er hat mich niedergeschlagen und verschleppt. Dieser Mann hat einen Dachschaden.«

»Sie ist der Klabautermann. Ich brauche einen Zeugen. Ich werde sie hier schmachten lassen, bis sie gesteht.«

»Binden Sie die Frau los«, sagte ich.

»Das ist mein Keller. Hier fessle ich, wen ich will und wie lange ich will. Vielleicht mag sie es ja. Diese Sozialisten sind verdorben.«

»Was reden Sie für einen Stuß daher?«, sagte Frau Felder. »Ich hasse Sozialisten, wenn es nach denen geht, sollte man weniger fliegen. Das ist barbarisch, Fliegen ist ein Menschenrecht.«

»Sie sind keine Sozialistin? Auch keine Grüne?«

»Ich bin nicht mal Feministin. Aber das heißt noch lange nicht, dass ich mich von reichen Kerlen entführen lasse.«

»Was haben Sie mitten in der Nacht am See gemacht?«, fragte ich Frau Felder. »Sie erzählten mir, Sie seien wasserscheu.«

»Das bin ich auch.«

»Wunderbar.« Bigler rieb sich freudig die Hände. »Ich werde sie in meinen Swimmingpool werfen. Dann wird sie gestehen.«

»Dann werde ich ertrinken. Ich kann nicht schwimmen.«

»Und trotzdem gingen Sie am See spazieren?«, fragte ich.

»Das gehört zur Therapie. Ich will mich langsam ans Wasser gewöhnen.«

»Kein Problem«, sagte Bigler. »Ich kann den Pool nur halb auffüllen.«

»Sie füllen höchsten ein Glas«, sagte ich. »Mit Whisky, für mich.«

»Ich bin dabei«, sagte Frau Felder.

»Ich trinke nicht«, sagte Bigler.

»Das macht nichts. Ich bin es mir gewohnt, alleine zu trinken.«

»Ich habe irgendwo eine Flasche Bier«, sagte Bigler. »Ist aber schon ein paar Jahre alt.«

»Reich und kein Stil, das ist typisch«, beschwerte sich Frau Felder. »Vielleicht ist es doch gut, dass ich mich in einen armen Schlucker verliebt habe. Er ist Taucher, deshalb will ich mich ins Wasser wagen. Beni war in Verena verliebt, die hatte aber überhaupt nichts für ihn übrig. So, und jetzt binden Sie mich los, sonst zeige ich Sie wegen versuchter Vergewaltigung an.«

»Dass ich nicht lache.«

»Wenn Sie nicht sofort tun, was Frau Felder verlangt, werde ich mich ihrer Aussage anschließen.«

»Aber das können Sie nicht tun. Sie arbeiten für mich, Maloney.«

»Und ob ich das kann.«

»Also gut. Ich binde Sie los, aber nur, wenn Sie von einer Anzeige absehen.«

»Jetzt macht er sich in die Hosen. Typisch. Wo Beni jetzt steckt? Ich denke ununterbrochen an ihn. Wenn er sich doch nur in mich verlieben würde. Vielleicht tut er es, wenn ich ihm beweise, wie sehr ich ihn liebe. Darf ich in Ihrem Swimmingpool üben?«

»Meinetwegen«, sagte Bigler.

»Am Anfang darf aber die Wasserhöhe höchstens dreißig Zentimeter betragen.«

Die beiden schlossen Frieden, und Herr Bigler prüfte mit einem Maßstab die Wassertiefe seines Pools. Frau Felder machte sich frei, sehr frei, und stieg in das temperierte Wasser. Bigler starrte gierig auf Frau Felders Kurven, und ich kratzte dieselbige. Bei der Polizei war man weniger offenherzig bekleidet.

»Einige unserer Streifenbeamten möchten im Sommer gerne in Shorts patrouillieren. Wie finden Sie das, Maloney?«

»Da die Polizei sowieso meist mit abgesägten Hosen dasteht, spielt das keine Rolle.«

»Ich persönlich bin dagegen. Stellen Sie sich vor, ein Verbrecher wird von einem Polizisten in kurzen Hosen gejagt. Das ist ein unwürdiges Schauspiel. Wenn schon, müsste man auch die Verbrecher dazu bringen, Shorts zu tragen.«

»Vielleicht trägt der Klabautermann Shorts, aber niemand weiß es, weil ihn niemand zu Gesicht bekommen hat.«

»Die Welt ist aus den Fugen, Maloney. Es gibt keine Spuren, keine Zeugen, nichts. Der Kerl löst sich nach der Tat jeweils in Luft auf.«

»Oder in Wasser.«

»Das ist Unsinn, Maloney. Diese Redewendung funktioniert nur mit Luft.«

»Aber verschwinden kann man auch im Wasser. Ein Taucher könnte an die Boote heran schwimmen, sie in Brand stecken und wieder im Wasser verschwinden.«

»Ein Taucher? Aber der sieht nichts in der Nacht. Das ist viel zu gefährlich. Nein, nein, Maloney, ich habe eine ganz andere Theorie.«

»Die Boote haben Selbstmord gemacht?«

»Es gehört zu unseren Aufgaben, allen Bürgern zu-zuhören, auch jenen, die Unsinn erzählen. Das gilt für freiwillige Feuerwehrmänner genauso wie für Privatde-tektive. Meine Theorie aber ist alles andere als Unsinn. Die Boote werden von jemandem angezündet, der in sei-ner Kindheit nie auf einem Schiff mitfahren durfte. Das hat tief in ihm drin Hassgefühle entstehen lassen. Das ist Psychologie, Maloney.«

Er erzählte mir, dass unzählige Beamte ausgeschwärmt seien, um alle männlichen Bewohner der Stadt nach ihren Kindheitserinnerungen, die mit Schiffen zu tun hatten, zu befragen. Seiner Schätzung zufolge musste der Kla-bautermann durch diese etwas übertriebene Ringfahn-dung, in spätestens acht Jahren dingfest gemacht werden. Ich hatte es eiliger und besuchte deshalb Beni Taucher. Nomen est omen, wie der Lateiner schon wusste.

»Wichtig ist, dass meine Wohnung am Wasser liegt. Alles andere ist zweitrangig.«

»Ihre Wohnung ist ein klägliches Schrebergartenhäus-chen. Geben Sie all Ihr Geld für Ihr Hobby aus?«

»Wüsste nicht, was Sie das angeht.«

»Ich ermittle in Sachen Klabautermann.«

»Sehen Sie hier einen Klabautermann? Bin Taucher.«

»Sie waren in Verena Klaus verliebt.«

»Stimmt nicht.«

»Sie lügen.«

»War nicht in Verena verliebt. Bin es immer noch.«

»Verena ist tot.«

»Menschen kann man töten. Liebe kann man nicht töten.«

»Verena Klaus interessierte sich nicht für arme Schlucker.«

»Sie war geblendet vom Reichtum, von den Leuten in ihren teuren Jachten. Wäre vorbeigegangen, alles geht vorbei. War auch verblendet, dachte, müsse meinem Vater etwas beweisen. Dann kam der Unfall. Der Schlauch der Sauerstoffflasche war defekt. Bekam keine Luft mehr. Wurde bewusstlos. Danach war ich ein anderer Mensch. Muss jetzt niemandem mehr etwas beweisen. Bin ganz ich selbst.«

Ich fragte ihn nach seinen Alibis für die verschiedenen Tatzeiten, doch er sagte kein Wort mehr. Auch nicht, als Diana Felder auftauchte. Sie tat es im Trockenen.

»Lassen Sie Beni in Ruhe.«

»Er ist noch immer in Ihre tote Freundin verliebt.«

»Das stimmt nicht, Sie lügen.«

»Hau ab, Diana. Will dich nicht mehr sehen.«

»Aber Beni. Ich werde mir Mühe geben. Ich werde mich an das Wasser gewöhnen.«

»Werde mich nie an dich gewöhnen.«

»Vielleicht sollten Sie es zuerst einmal mit dreißig Zentimetern von ihr versuchen.«

»Will es nicht versuchen.«

»Beni, bitte, gib mir eine Chance.«

»Dachte, es würde bei Verena auch funktionieren.«

»Was sollte bei Verena funktionieren?«, fragte ich.

»Sauerstoffmangel. Dachte, wenn sie wieder aufwacht, ist sie gesund und will keine Jacht mehr. Ist aber nicht mehr aufgewacht.«

»Was sagst du da?«

»Er hat Verena Klaus erwürgt.«

»Das kann ich nicht glauben.«

»Wachte einfach nicht mehr auf.«

»Du bist der Klabautermann?«

»Zumindest einmal ist er in diese Rolle geschlüpft.«

»Mag es, unter brennenden Schiffen zu tauchen. Lodernde Flammen, wenn du auftauchst. Wollte Verena zeigen, dass Schiffe vergänglich sind, nicht aber meine Liebe.«

»Wenn das so ist, höre ich sofort mit meinem Schwimmunterricht auf.«

»Können mich nicht verhaften. Tauche unter.«

»Das werden Sie nicht tun«, sagte ich, doch Beni Taucher war schneller. Er nahm ein Tauchermesser in die Hand und kam auf mich zu. Ich ging zur Seite. Beni Taucher rannte an mir vorbei und stürzte sich kopfvoran in den Fluss. Die Polizei suchte tagelang vergeblich nach seiner Leiche. Wahrscheinlich schwimmt und taucht er noch immer irgendwo in einem Fluss, als eine Art unendliche Liebeserklärung an seine geliebte Verena. So geht das.

Schnee von gestern

Schon als kleiner Junge war mir klar, dass Besuch nicht immer etwas Schönes ist, vor allem, weil man ihn sich nicht immer aussuchen kann. Doch das Unangenehmste ist mit Sicherheit ein unangemeldeter Besuch der Polizei. So gesehen, befand ich mich in einer äußerst unangenehmen Situation.

»Na, Maloney, wieder einmal ohne Auftrag? Oder trauern Sie um Ihre Klientin?«

»Was denn für eine Klientin? Offenbar wissen Sie heute mehr als ich. Was für ein seltsamer Tag.«

»Valerie Tanner. Und sagen Sie jetzt nicht, dass Ihnen der Name nichts sagt.«

»Was soll mir der Name sagen?«

»Eine ganze Menge, Maloney. Die junge Frau ist nämlich tot.«

»Und was habe ich mit der Sache zu tun?«

»Das möchte ich ja gerne von Ihnen erfahren, Maloney.«

Er zeigte mir ein Foto, auf dem die Leiche einer jungen Frau zu sehen war.

»Von hinten erschossen?«

»Sie wollte offenbar gerade den Kühlschrank öffnen, als der Schuss fiel.«

»Tut mir leid, der Kühlschrank kommt mir nicht bekannt vor.«

»Es geht um Mord. Valerie Tanner hat Sie angerufen, kurz bevor sie starb. Das steht einwandfrei fest.«

»Daher weht der Wind.«

»Ich würde gerne wissen, was die junge Frau von Ihnen wollte.«

»Das würde ich auch gerne wissen.«

Ich erinnerte mich an den Anruf einer Frau. Es war vor zwei Tagen, sie hatte mich aus dem Mittagsschlaf gerissen. Ich war zuerst ein wenig sauer, schließlich benötigt gerade unsereins den Schlaf der Gerechten.

»Maloney, private Ermittlungen.«

»Guten Tag. Können Sie mir eine Frage beantworten?«

»Sind Sie von einem dieser albernen Meinungsforschungsinstitute?«

»Nein, ich bin Studentin und schreibe an einem Kriminalroman.«

»Ist Ihnen nichts Gescheiteres in den Sinn gekommen, um Steuergelder zu verjubeln?«

»Es geht um einen Vermissten.«

»Ich soll den Kerl suchen?«

»Ja. Das heißt nein. Ich möchte wissen, ob man ein Skelett auch noch nach zehn Jahren identifizieren kann.«

»Sie vermissen ein Skelett? Was ist das für ein idiotischer Kriminalroman?«

»Das spielt jetzt keine Rolle. Kann man das Skelett noch identifizieren?«

»Kommt auf das Skelett an. Wenn die Zähne noch dran sind und vielleicht auch noch ein verheilter Knochenbruch. Es ist auch schon vorgekommen, dass man eine Leiche anhand des Schädels und von Fotos identifizieren konnte. Noch besser wäre es natürlich, wenn bei dem Skelett eine Brieftasche dabei wäre, oder der Impf-ausweis.«

»Sie glauben also, dass das möglich wäre?«

»Kommt auf die Umstände an. Aber theoretisch ist es möglich.«

»Besten Dank.«

»Moment mal. Wie sagten Sie, war Ihr Name?«

»Ich habe Ihnen meinen Namen nicht genannt.«

»Ach so.«

»Genau.«

Ich versuchte, den Dialog möglichst präzise zu wie-derholen. Hugentobler notierte sich nicht viel, vielleicht waren es auch nur Antworten für ein Kreuzworträtsel, die ihm erst jetzt einfielen.

»Sie sind sicher, dass das Valerie Tanner war?«

»Ehrlich gesagt, war das der einzige Anruf in dieser Woche. Ich befürchtete schon, dass der Apparat seinen Geist aufgegeben hat.«

»Ziemlich seltsam. Soweit wir wissen, schrieb die Frau gar keinen Kriminalroman.«

»Gottseidank. Wo kämen wir denn hin, wenn jetzt auch noch Studenten zu schreiben anfangen würden? Es gibt schon genug Schriftsteller, die die Umwelt mit Bü-chern belasten.«

»Dagegen kann man leider nichts machen, Maloney. Halten Sie mich auf jeden Fall auf dem laufenden, wenn Ihnen noch etwas einfällt.«

»Rasieren müsste ich mich wieder einmal.«

»Wie bitte?«

»Ist mir gerade eingefallen. Soll ich Sie anrufen, wenn mir wieder etwas in der Richtung einfällt?«

»Sie wissen schon, was ich meine, Maloney.«

Ich überlegte eine Weile, aber es kam nichts Gescheites dabei heraus. Hugentobler war weg und mit ihm der Geschmack von Freizeit und Lagerfeuer. Offenbar war ich wieder einmal in einen Fall gerutscht, bei dem es außer ein paar Löchern in den Schuhen nichts zu holen gab. Nicht mal Kamele würden sich um so etwas reißen. Ich saß missmutig in meinem Büro, bis ein älterer Herr anklopfte. Er trug eine dicke Brille und dünne Haare, und auch der Rest war nicht gerade hollywoodtauglich.

»Guten Tag. Tanner ist mein Name.«

»Wenn das Zufall ist, will ich von jetzt an Froschschenkel heißen.«

»Ich dachte, Sie heißen Philip Maloney?«

»Allerdings. Sind Sie der Vater von Valerie Tanner?«

»Ja, aber woher wissen Sie das?«

»Was glauben Sie, weshalb mein Ruf noch besser ist als meine Nase?«

»Meine Tochter.«

»Sie ist tot. Ich weiß.«

»Ich habe einen Umschlag in ihrer Wohnung gefunden. Er ist an Sie adressiert. Offenbar wollte sie ihn abschicken.«

»Zeigen Sie her.«

Der Brief war von Hand geschrieben.

»*Der Schnee von gestern bringt es zutage, doch wer kennt des Schnees heutige Lage? Wenn Sie dieses Rätsel lösen, beauftrage ich Sie vielleicht mit einem Fall, Maloney.* Ist das alles?«

»Ja.«

»Bei wem war Ihre Tochter in Therapie?«

»Meine Tochter war nicht verrückt. Sie hatte immer Spaß an Rätseln. Was glauben Sie, wie viele Rätsel ich lösen musste, als sie noch bei uns wohnte?«

Ich wartete die Antwort erst gar nicht ab. Ich fragte Herrn Tanner, ob ich das Rätsel für ihn lösen sollte. Er nickte und griff zur Brieftasche. Damit hatte ich wenigstens etwas in der Hand. Wenn es auch nur ein kleiner Check war. Ich konnte mich nicht beklagen.

Kaum hatte ich mich von Herrn Tanners Besuch einigermaßen erholt, rief auch schon Frau Tanner an und wollte mich sehen. Wir verabredeten uns im zoologischen Garten.

»Ein seltsamer Ort für eine Verabredung.«

»Mögen Sie keine Tiere?«

»Habe heute noch nicht mal eins gegessen. Wie kommt es eigentlich, dass die ganze Familie Tanner meine Telefonnummer wählt?«

»Mein Mann hat mir erzählt, dass er Ihnen den Brief meiner Tochter gegeben hat.«

»Das hat er. Wenn Sie mich fragen, wollte sich Ihre Tochter einen Scherz mit einem Detektiv erlauben.«

»Das glaube ich nicht. Es gibt etwas, das mein Mann nicht weiß. Und von dem ich auch nicht möchte, dass er es erfährt.«

»Darf ich raten? Ein Mann ohne dicke Brille mit festem Haarwuchs?«

»Wie bitte?«

»Sie haben einen Liebhaber?«

»Nein«, sagte Frau Tanner und errötete leicht.

»Das verstehe ich nicht. Wozu dann die ganze Aufregung?«

»Mein Mann ist nicht Valeries Vater.«

Sie betrachtete eine Giraffe, als sie dies sagte. In meinem Beruf erlebt man einiges. Aber ein solches Geständnis inmitten von unschuldigen Tieren war ganz was Neues.

»Sie fragen sich jetzt sicher, wozu ich Ihnen dies alles sage?«

»Man darf sich ab und zu was fragen, oder?«

»Meine Tochter hat so etwas schon lange vermutet. Sie hat mich einmal sehr direkt danach gefragt. Ich weiß auch nicht, wie sie darauf kam. Mein Mann hat sie sehr geliebt, und doch hat meine Tochter irgendwie instinktiv gespürt, dass er nicht ihr Vater war.«

»Haben Sie ihr gesagt, wer ihr richtiger Vater war? Und weshalb sind Sie sich eigentlich so sicher?«

»Valerie war es, die mich so sicher machte. Sie hat einiges von ihrem Vater geerbt. Ich war manchmal selber verblüfft. Ihr ganzes Temperament. Nein, ich habe es ihr nicht gesagt. Es wäre eine zu große Enttäuschung für sie gewesen.«

»Und weshalb erzählen Sie mir das alles?«

»Ich bin erst darauf gekommen, als mein Mann erzählte, was in dem Brief drin stand, den Valerie an Sie schicken wollte. Ich glaube, dass Valerie herausgefunden hat, wer ihr Vater war. Schnee von gestern, das stand doch in dem Brief?«

»Allerdings.«

»Und was verbinden Sie mit diesem Begriff?«

»Etwas, das lange Zeit zurückliegt.«

»Schnee kann aber auch noch etwas anderes bedeuten.«

»Rauschgift?«

»Valeries Vater war ein Drogendealer. Er war ziemlich dick drin in dem Geschäft. Das war auch der Grund, weshalb ich das Verhältnis abbrach, als ich es erfuhr.«

»Das könnte hinhauen. Glauben Sie, dass Valerie ihren Vater ausfindig gemacht hat?«

»Ich weiß es nicht. Valerie war eine sehr intelligente junge Frau.«

»Wo lebt ihr Vater?«

»Keine Ahnung. Er war Holländer. Ich habe seither nie mehr etwas von ihm gehört.«

»Und sein Name?«

»Willem van Overbeek. Das war sein richtiger Name. Er benutzte aber noch einige andere.«

»Glauben Sie, dass dieser Oberbeck etwas mit dem Tod Ihrer Tochter zu tun hat?«

»Overbeek. Er ist ein Krimineller. Ich möchte, dass mein Mann nichts davon erfährt. Er hat Valerie sehr geliebt.«

»Ich weiß nicht, ob sich das machen lässt. Wenn dieser Overdings etwas mit dem Mord zu tun hat, dann wird die Geschichte irgendwann auf den Tisch kommen. Und sei es als Zeitungsschlagzeile.«

»Vielleicht ist ja nichts dran. Aber ich wüsste nicht, wer sonst meiner Valerie etwas hätte antun können. Die Polizei hat bereits verschiedene Personen überprüft und verhört. Sogar mich.«

Sie sah erneut auf die Giraffe, so als sei diese schuld daran, dass die Polizei Frau Tanner auch ein paar Fragen gestellt hatte. Ich ging zurück in mein Büro und telefonierte zwei Stunden in Holland herum. Ein Kollege namens Goodefrot, der zuerst eine Stunde lang über die Großtaten von Ajax Amsterdam schwärmte, war bereit, mir weiterzuhelfen.

»Hier ist Philip Maloney, ein Kollege aus der Schweiz. Ich hätte gerne ein paar Auskünfte über Willem van Overbeek.«

»Van Overbeek? Ist doch längst zu den Akten gelegt. Es gibt keinerlei Hinweise, dass der Mann noch lebt.«

»Moment mal. Soll das heißen, dass er tot ist?«

»Schon seit mehreren Jahren. Vielleicht lebt er auch unter falschem Namen in der Südsee oder sonst wo. Er war mal groß im Geschäft. Es gab aber genug Leute, die etwas gegen ihn hatten. Ich habe selber einmal Nachforschungen angestellt. Vor vier Jahren ist bei einer Razzia ein Ausweis von ihm aufgetaucht. Aber er selbst war verschwunden. Er hatte ein Konto auf einer Bank hier. Das blieb unangetastet. Wenn Sie mich fragen, ist Overbeek tot. Und niemand wird ihm eine Träne nachweinen.«

Ich bedankte mich bei meinem holländischen Kollegen und erinnerte mich an Valeries seltsamen Anruf. Die Frage, ob man ein Skelett nach Jahren noch identifizieren kann, ist eine höchst akademische Frage, es sei denn, man vermutet, dass dieses Skelett der eigene Vater war. Der Fall nahm langsam Konturen an. Ich machte einen Spaziergang ins Polizeipräsidium. Dort wurde ich begeistert empfangen.

»Keine Zeit, Maloney. Gerade eben ist ein Funkspruch eingegangen.«

»Bevor Sie mich mit dem Inhalt dieses Funkspruchs

langweilen, möchte ich gerne noch einmal das Foto von der Leiche Valerie Tanners sehen.«

»Sie haben sich doch nicht etwa in die Leiche verliebt? Ziemlich hoffnungsloser Fall.«

»Ich wollte nur sichergehen, dass hier keine Beweismittel verschwinden.«

»Na gut.« Er reichte mir das Foto.

»Sie tragen das Foto mit sich herum? Was sagt Ihre Frau zu so viel Nähe zu toten Frauen?«

»Meine Frau kann so etwas nicht erschüttern.«

»Kein Wunder. Die muss doch noch heute die Nachbeben aus ihrer ersten Begegnung mit Ihnen verkraften.«

»So, jetzt ist genug. Und sagen Sie jetzt nicht, dass Sie den Mörder auf dem Foto entdeckt haben.«

Ich lächelte und ging. Einen Mörder konnte man auf dem Bild nicht erkennen, aber das war auch gar nicht so wichtig. Ich rief Herrn Tanner an und verabredete mich mit ihm in Valeries Wohnung.

»Was ist los? Haben Sie etwas herausgefunden?«

»Erinnern Sie sich noch an das Rätsel, das Valerie mir schicken wollte?«

»Ja. *Der Schnee von gestern bringt es zutage, doch wer kennt des Schnees heutige Lage?* Und was hat das mit Valeries Wohnung zu tun?«

»Valeries Leiche wurde vor dem offenen Kühlschrank gefunden. Sie sagten, dass Valerie eine Vorliebe für ausgefallene Rätsel hatte?«

»Ausgefallen ist gut. Ich fand sie meistens unlösbar.«

»Ich glaube, ich habe das Rätsel gelöst.«

Ich öffnete den Kühlschrank und im Kühlschrank das Tiefkühlfach.

»Den Kühlschrank hätte ich abschalten sollen. Ist sowieso nichts mehr drin.«

»Da täuschen Sie sich aber gewaltig. *Der Schnee von gestern bringt es zutage, doch wer kennt des Schnees heutige Lage?*«

»Das sagt mir immer noch nichts.«

»Man muss es wörtlich nehmen. *Der Schnee von gestern bringt es zutage.* Und wo kann man im Juni den Schnee von gestern noch finden?«

»Aber klar. Im Tiefkühlfach.«

»Genau. Valerie war nicht sofort tot. Sie schleppte sich zum Kühlschrank und öffnete ihn, um der Polizei einen Hinweis zu geben.«

»Ich sehe nur Eis. Ein bisschen viel Eis. Müsste wieder mal abgetaut werden.

»Genau das machen wir jetzt.«

»Und deshalb haben Sie mich herkommen lassen?«

Ich antwortete nicht und stellte das Kühlaggregat auf Null. Es dauerte über zwei Stunden, bis das Tiefkühlfach abgetaut war. Im Wasser schwamm eine kleine weiße Plastikschachtel. Vor den verdutzten Augen von Herrn Tanner öffnete ich die Schachtel.

»Das ist ja ein Zeitungsausschnitt. Auf Französisch.«

»Können Sie französisch?«

»Aber sicher. Zeigen Sie mal. Ein Bericht über einen Leichenfund. Man hat ein Skelett gefunden. Die Polizei wisse nicht, um wen es sich handelt.«

»Und sehen Sie hier das Datum? Der Artikel ist über zehn Jahre alt.«

»Das ist seltsam. Sehr seltsam.«

»Valerie muss ihn sich besorgt haben.«

»Sehr, sehr seltsam. Bulet. Das ist wirklich seltsam.«

»Vielleicht könnten Sie mir verraten, was so sehr seltsam ist?«

»Die Leiche wurde in Bulet gefunden. Meine Frau hatte ein Ferienhaus in der Nähe von Bulet. Aber das ist schon beinahe zwanzig Jahre her.«

»Das ist es«, sagte ich begeistert.

»Was ist was?«, fragte Tanner ratlos. Ich hörte, wie sich ein Schlüssel im Schloss drehte. Ich legte den Zeigefinger auf die Lippen und bedeutete Tanner aufzustehen. Ich zog Herrn Tanner in den anderen Raum. Dort versteckten wir uns, so gut es ging, hinter der Tür. Durch den Spalt sah ich, wie Frau Tanner die Küche betrat. Ihr Mann wollte auf sie zugehen, doch ich hielt ihn zurück. Als sie verdutzt vor dem Kühlschrank stand, trat ich ihr entgegen.

»Was machen Sie hier?«

»Suchen Sie einen Zeitungsausschnitt?«

»Wie bitte?«

»Lisa«, rief Herr Tanner und näherte sich seiner Frau.

»Es hat keinen Sinn, Frau Tanner. Der Schnee von gestern ist geschmolzen. Und darunter sind zwei Leichen zum Vorschein gekommen.«

»Lisa!«

»Sei still, Thomas.«

»Tut mir leid, Herr Tanner. Ihre Frau hat Valerie getötet.«

»Lisa! Sag ihm, dass das nicht wahr ist. Lisa!«

»Sie haben das Rätsel ebenfalls gelöst, Frau Tanner, aber zu spät. Sie wussten, dass Ihre Tochter herausgefunden hatte, dass ihr richtiger Vater Willem van Overbeek hieß, und sie hatte auch herausgefunden, dass Sie, Frau Tanner, Overbeek in Frankreich ermordet hatten.«

»Lisa! Was soll das? Sie irren sich, Maloney. Ich bin Valeries Vater.«

»Nein. Er hat recht. Es hat keinen Sinn mehr zu leugnen. Wir hatten uns gestritten. Er wollte, dass ich eine Abtreibung mache. Ich habe ihn in Frankreich kennengelernt. Ich war mir nicht sicher, dass ich von ihm schwanger war. Er hat mir an jenem Abend gesagt, dass er in Drogengeschäfte verwickelt war. Er schlug mich. Da griff ich zum Feuerhaken. Ich weiß nicht mehr, wie ich es schaffte, ihn aus dem Haus zu schleppen. Ich habe ihn in der Nähe des Ortes vergraben. Er hatte eine Menge Geld bei sich. Ich nahm es an mich. Für Valerie.«

»Aber Lisa. Wieso hast Du mir nie etwas davon gesagt?«

»Und weshalb musste Valerie sterben?«, fragte ich.

»Sie wollte Sie engagieren, Maloney, um alles aufzuklären. Sie nannte mich eine Mörderin. Sie hatte drei Jahre lang Nachforschungen angestellt. Und je mehr sie in Erfahrung brachte, umso mehr hasste sie mich.«

»Aber Lisa. Ich verstehe das alles nicht.«

»Sie versuchten mir weiszumachen, dass Valeries Vater noch am Leben ist und Valerie umgebracht hat.«

»Ich hatte keine andere Wahl. Es tut mir leid. Ich wollte mit Valerie in aller Ruhe darüber reden. Aber es ging nicht.«

Herr Tanner wurde kreidebleich. Später landete er in einer Klinik. Frau Tanner landete ganz woanders. Und ich landete wieder in meinem Büro. Der Schnee von gestern hatte sich verflüchtigt, und zurück blieb ein flaues Gefühl in der Magengegend. Ich spülte es runter. So geht das.

Zaubertricks

Ich beobachtete einen Nachbarn, der offenbar dabei war, mich zu beobachten. Wir beobachteten uns eine halbe Stunde lang, ohne dass einer von uns beiden neue Erkenntnisse gewonnen hätte. Wenig später stand ein Mann in meinem Büro, der unter seinem gediegenen Mantel einen tadellosen Anzug trug. Sein Bart sah aus, als würde er ihn dreimal täglich mit Shampoo behandeln.

»Entsetzlich, diese Kälte. Mein Name ist Fehr. Aber die meisten Leute kennen mich unter meinem Künstlernamen. Miracolo.«

»Miracolo? Nie gehört. Was für eine Kunst betreiben Sie? Die Kunst, wie man auch in schlechten Zeiten einen guten Eindruck hinterlässt?«

»Ich bin Zauberer. Meine Frau ist verschwunden.«

»Nicht schlecht. Mit dem Trick könnten Sie sich dumm und dämlich verdienen.«

»Sie verstehen mich nicht. Meine Frau ist tatsächlich verschwunden. Spurlos. Einfach so. Von einem Tag auf den anderen.«

»Spuren hinterlassen sie alle. Hat Ihre Frau einen Liebhaber?«

»Ich glaube nicht. Ist das wichtig?«

»Und ob, guter Mann. Können Sie sich einen anderen Grund vorstellen, weshalb Sie Ihre Frau verlassen sollte?«

»Einen anderen Grund? Nein. Deshalb bin ich ja hier.«

»Waren Sie schon bei der Polizei?«

»Ja. Aber ich möchte, dass alles unternommen wird, um meine Frau wiederzufinden. Ich möchte Klarheit darüber, ob ihr etwas zugestoßen ist.«

»Der Reihe nach. Wann haben Sie Ihre Frau zum letzten Mal gesehen?«

»Vor vier Tagen. Ich verließ das Haus am späteren Vormittag. Es war ein ganz gewöhnlicher Tag. Als ich am Nachmittag wieder zurückkam, war meine Frau verschwunden.«

»Was haben Sie in der Zwischenzeit gemacht?«

»Ich war beim Arzt. Danach war ich im Kino.«

»Und Ihre Frau hat keine Andeutung gemacht?«

»Nein. Es gab keinerlei Anzeichen. Seit Tagen zermartere ich mir das Gehirn. Suche nach Details, nach Worten, die sie in den vergangenen Wochen gesagt hat. Irgendetwas, das auf ihr Verschwinden hindeuten könnte. Aber es fällt mir nichts ein. Darf ich ein Glas Wasser haben?«

Er schluckte zwei Tabletten und spülte kräftig nach. Herr Fehr machte einen gefassten Eindruck, aber an kleinen Gesten konnte man erkennen, dass ihn etwas innerlich beinahe zerriss. Er gab mir seine Adresse, ein Foto seiner Frau und einen Vorschuss. Ich kaufte mir davon einen dicken Wintermantel und fuhr ins Polizeipräsidium.

»Wir haben das Haus gestern durchsucht. Aber wir fanden keinerlei Hinweise. Vielleicht hat er seine Frau tatsächlich weggezaubert. Man weiß ja nie bei diesen Zauberern. Sehen Sie, dieser Trick mit der zersägten Dame – den habe ich schon mindestens zwanzig Mal gesehen. Aber ich begreife ihn heute noch nicht. Und es gibt noch viel verrücktere Sachen.«

»Sie vermuten, dass Herr Fehr etwas mit dem Verschwinden seiner Frau zu tun hat?«

»Das ist das Naheliegendste, Maloney. Die Frau hatte offenbar kein Verhältnis, und es gibt niemanden, der sie seit ihrem Verschwinden gesehen hat. Und die Nachbarin hat uns erzählt, dass die beiden sich fast täglich stritten. Das Motiv muss man nicht allzu weit suchen.«

»Ihr Pech, dass sich Herr Fehr ein Alibi herbeigezaubert hat.«

»Alibi? Wollen Sie mich auf den Arm nehmen, Maloney? Herr Fehr hat das Verschwinden seiner Frau gemeldet. Niemand außer ihm weiß, ob sie nicht schon vorher verschwunden ist.«

Ich nahm mir ausnahmsweise ein Taxi, um der Kälte auszuweichen. Der Taxifahrer trommelte nervös auf dem Lenkrad herum und drückte wahllos die Tasten auf seinem Radiogerät. Es war nicht auszuhalten. Er schaute belämmert, als ich ihm kein Trinkgeld gab und stattdessen auch noch eine Quittung wollte. Die Nachbarn von Herr Fehr wohnten in einem mittelgroßen Betonbaukasten, der schon von Weitem nach einem mühsam abgestotterten Bausparvertrag roch. Die große, rundliche Frau Rotari öffnete mir und ließ mich in die gute Stube.

»Ich habe der Polizei bereits gesagt, dass da etwas faul ist.«

»Was genau ist denn faul, Frau Rotari?«

»Wissen Sie, bei dieser Kälte sitze ich oft am Fenster und häkle. Und von diesem Fenster aus sehe ich genau auf das Nachbarhaus. Und da entging es mir nicht, dass

Herr Fehr und seine Frau oft Streit hatten. Er schlug sie.«

»Sie wollen damit andeuten, dass Herr Fehr seine Frau umgebracht hat?«

»Das ist immerhin möglich. Es war ja offensichtlich, dass sich die beiden nicht mehr mochten.«

»Ist Ihr Mann gleicher Ansicht?«

»Mein Mann?«

»Ja. Er wird sich seine Gedanken machen. Oder überlässt er das Denken Ihnen?«

»Mein Mann ist im Krankenhaus. Nichts Ernstes. Er musste seine Hüftgelenke operieren lassen. Ich habe ihm gar nicht erzählt, was passiert ist. Mein Mann regt sich sehr schnell auf, und das ist nicht gut, unmittelbar nach einer Operation.«

»Haben Sie an dem fraglichen Tag etwas beobachtet?«

»Ich saß hier am Fenster. Frau Fehr hat das Haus nicht verlassen. Jedenfalls nicht zu jener Zeit, die ihr Mann angegeben hat.«

»Interessant. Sie vermuten, dass Frau Fehr noch im Haus ist?«

»Vielleicht hat er sie später weggeschafft? Die Polizei hat das Haus durchsucht. Aber Herr Fehr ist ein Zauberer. Und Zauberer wissen, wie man Dinge und Menschen verschwinden lassen kann.«

»Wären Sie bereit, mit nach drüben zu kommen und das Haus mit mir zu durchsuchen?«

»Selbstverständlich. Aber ich glaube nicht, dass Herr Fehr das zulassen wird.«

Ich sagte ihr, dass Herr Fehr daran interessiert sei, entlastet zu werden. Mit Frau Rotari hatte ich mir ganz schön was eingebrockt. Sie war der Typ Frau, der sich mit Wonne in fremde Privatsphären mischte. Der Zauberer war nicht gerade erfreut, als wir das Haus durchsuchten.

»Hier im Keller liegen nur einige meiner Utensilien.«

»Was ist das da?«, fragte Frau Rotari bereits zum dritten Mal und zeigte auf einen bunt bemalten Wandschrank.

»Ein magischer Schrank. Damit kann man Leute zum Verschwinden bringen. Ein uralter Zaubertrick.«

»Aufgepasst, Frau Rotari. Wenn Sie zu nahe herangehen, werden Sie auch verschwinden«, sagte ich lächelnd.

»Hier im Haus ist sie nicht, Maloney.«

Frau Rotari ließ es sich nicht nehmen, die Tür des magischen Schrankes zu öffnen. Sie trat vorsichtig in den Schrank. Noch während sich die Tür schloss, hörten wir ihren markdurchdringenden Schrei. Herr Fehr grinste und ging um den Schrank herum. Ich folgte ihm. Die hintere Tür war kaum zu erkennen. Sie öffnete sich auf Knopfdruck. Frau Rotaris Mund war offen, und ihre Beine zitterten. Am Boden neben Frau Rotaris Füßen lag eine tote Frau. Das Grinsen des Magiers wurde zu einer Fratze des Entsetzens. Die Tote war Frau Fehr. Und kein Zaubertrick der Welt konnte sie wieder lebendig machen.

Frau Rotari zog sich in ihre eigenen vier Wände zurück. Der Magier saß betroffen in einem Sessel, und die Polizei bevölkerte den Keller. Ich stand neben dem Zauberer und hörte mir Hugentoblers Fragen an.

»Sie bestreiten, dass Sie Ihre Frau getötet und in diesem Schrank versteckt haben?«

»Ich habe sie nicht getötet. Diese Vorstellung ist grauenhaft. Gut, wir haben uns oft gestritten. Aber ich liebte meine Frau.«

»Wer außer Ihnen hatte Zugang zu Ihrem Haus und zu diesem Schrank?«

»Niemand. Es ist absurd. Aber selbst ich muss gestehen, dass alles gegen mich spricht. Ich kann mir nicht erklären, wer meine Frau getötet haben könnte.«

»So kommen wir nicht weiter«, mischte ich mich ein. »Gab es Anzeichen für einen Einbruch?«

»Nein«, sagte Fehr.

»Dann muss Ihre Frau den Täter ins Haus gelassen haben.«

»Moment mal, Maloney«, sagte Hugentobler. »Bevor Sie wieder eine haarsträubende Geschichte konstruieren, halten wir uns lieber an die Fakten. Und die sind eindeutig.«

»Unsinn wird auch nicht besser, wenn er von einem Polizisten endlos wiederholt wird.«

»Herr Fehr, ich verhafte Sie wegen dem dringenden Tatverdacht, Ihre Frau getötet zu haben.«

Und damit war die Sache für ihn vorläufig erledigt. Ich verbrachte den Rest des Tages damit, einige hübsche Theorien zu konstruieren. Aber die halfen weder Herrn Fehr noch mir. Am nächsten Tag erhielt ich überraschenden Besuch. Eine junge Frau mit langen blonden Haaren erschien in meinem Büro.

»Ich habe es in der Zeitung gelesen. Stimmt es, dass Sie Miracolo verteidigen?«

»Nein. Ich bin kein Anwalt. Herr Fehr hat mich engagiert, um seine Frau zu finden. Und das habe ich auch getan.«

»Sie glauben, dass er unschuldig ist?«

»Nicht unbedingt. Aber ich bin von Natur aus skeptisch. Eindeutige Sachen mag ich nicht.«

»Ich war drei Jahre lang die Assistentin von Herrn Fehr.«

»Sie ließen sich zwei Jahre lang zersägen und in Luft auflösen?«

»Herr Fehr wurde zudringlich. Ich habe ihn abgewiesen. Seither bin ich mit einem Fluch behaftet. Alles, was ich mache, läuft schief.«

»Ein Fluch? Was soll der Quatsch?«

»Das ist kein Quatsch. Miracolo ist ein Zauberer mit außergewöhnlichen Fähigkeiten. Und er ist krank.«

»Krank? Im Kopf?«

»Er ist seit Jahren in ärztlicher Behandlung. Er schluckt Psychopharmaka. Ich glaube, er ist verrückt.«

»Weshalb erzählen Sie mir das alles?«

»Ich bin davon überzeugt, dass er seine Frau getötet hat. Miracolo hasst Frauen. Er hasst alles, was mit Gefühlen zu tun hat.«

Sie stand auf und ging. Ich wusste nicht so recht, was ich mit ihrer Aussage anfangen sollte. Ehe ich mir meine Gedanken darüber machen konnte, klingelte das Telefon. Am anderen Ende der Leitung war Hugentobler.

»Unheimliche Sache, Maloney. Der Zauberkünstler hat sich in Luft aufgelöst.«

»Hat einer der Wärter gepennt?«

»Die Zellentür war abgeschlossen. Aber der Zauberer war heute Morgen einfach weg. Hoffentlich erzählt er diesen Trick nicht weiter. Unvorstellbar, was auf uns zukäme.«

Dass sich Zauberer in Luft auflösen, ist an sich nicht neu. Doch wie geht so etwas in einer Gefängniszelle, ohne Zauberstock und doppelter Tür? Es war an der Zeit, mich mit der Materie etwas genauer auseinanderzusetzen. Die Sekretärin des Magischen Zirkels der Stadt war schlank und schön.

»Wir geben normalerweise nichts über unsere Mitglieder preis.«

»Nett, dass Sie es trotzdem tun.«

»Miracolo wurde vor vier Jahren ausgeschlossen.«

»Und weshalb?«

»Er war unseriös.«

»Hat er seine Tricks verraten?«

»Was ich Ihnen jetzt sage, bleibt unter uns.«

»Aber ja doch. Wie wäre es, wenn wir uns verbrüdern und verschwestern? Oder haben Sie etwas gegen Inzest?«

»Miracolo ist ein miserabler Zauberer. Er beherrscht nur ein paar lausige Tricks.«

»Meines Wissens ist er sehr erfolgreich.«

»Sein Können beruht nicht auf Magie. Jedenfalls nicht auf weißer Magie.«

»Wollen Sie damit sagen, dass er mit dem Teufel im Bunde ist?«

»Miracolo ist gefährlich. Dieser Mann besitzt Fähigkeiten, die einem Angst machen können.«

»Nun machen Sie es nicht so spannend. Was für Fähigkeiten?«

»Miracolo hat zum Beispiel die Fähigkeit, anderen Menschen seinen Willen aufzuzwingen. Und zwar voll und ganz. Er arbeitet nicht mit Zaubertricks. Dieser Mann ist der Teufel in Person.«

Der Fall wurde immer teuflischer, auch wenn mir die Worte der Sekretärin des Magischen Zirkels allzu dramatisch erschienen. Ich suchte in meinem Büro nach Anzeichen von Übersinnlichem, fand aber nur eine alte Untertasse. Als ich mich umdrehte, stand plötzlich Herr Fehr alias Miracolo vor mir. Der Zauberer machte keinen besonders gefährlichen Eindruck.

»Bevor Sie die Polizei verständigen, möchte ich mich mit Ihnen unterhalten, Maloney.«

»Nur zu. Aber keine Tricks bitte. Ich mag keine Zauberkunststücke.«

»Ich bin ein schlechter Zauberer, Maloney.«

»Das hat man mir beim Magischen Zirkel auch gesagt.«

»Dann wird man Sie auch vor mir gewarnt haben. Diese Leute haben keine Ahnung, wie es in mir drin aussieht. Ich bin ein sehr unglücklicher Mensch, das können Sie mir glauben.«

»Kommt jetzt eine Lebensbeichte?«

»Ich bezahle Ihnen eine volle Woche, wenn Sie mir jetzt zuhören, Maloney.«

Das war ein Angebot, das ich nicht ausschlagen konnte. Er legte seinen Mantel ab und setzte sich.

»Ich war 14 Jahre alt, als ich zum ersten Mal merkte, dass ich hellsehen kann. Nicht nur das. Ich kann auch in fremden Köpfen lesen, kann Dinge mit bloßer Geisteskraft bewegen und Menschen beeinflussen.«

»Das ist doch toll. Millionen träumen davon, so etwas zu können. Sie müssten längst Lottomillionär sein.«

»Geld bedeutet mir nicht viel. Am Anfang war das ganz lustig. Ich war stets der Mittelpunkt, alle wollten etwas von mir. Hier eine Prognose, da ein Aschenbecher, den ich verschieben sollte. Doch als die Leute begriffen, dass ich das tatsächlich konnte und kein Trick dahintersteckt, bekamen sie Angst vor mir.«

»Kann ich gut verstehen. Aber mit Ihren Fähigkeiten könnten Sie auch Gutes tun.«

»Ja, das dachte ich auch. Aber das Schlimmste für mich war, als ich feststellen musste, dass ich voraussehen konnte, wann mich eine Frau verlassen und in wen sie sich verlieben würde. Stellen Sie sich vor: Ich ging mit einer Freundin an eine Party, dort war ein uns völlig unbekannter Mann, der sich in keiner Art und Weise meiner Freundin näherte. Und doch wusste ich, dass sie sich in ihn verlieben würde. Und einen Monat später war es geschehen. Und so ging es weiter.«

»Was wollen Sie mir überhaupt mitteilen? Haben Sie vorausgesehen, dass Ihre Frau Sie verlassen wird? Und haben Sie sie deshalb umgebracht?«

»Ich ertrug meine Fähigkeiten nicht. Ich stellte fest, dass ich durch die Einnahme von Psychopharmaka meine Fähigkeiten unterbinden konnte. Ich lähmte mein Gehirn. Während Jahrzehnten. Ich lernte einige Zaubertricks, und manchmal spielte ich während meiner Vorstellungen Hellseher. Das war ganz amüsant. So ließ es sich leben.«

»Und dann? Oder soll ich mir eine ganze Woche lang Ihr Leben anhören?«

»Um es kurz zu machen: In Gefängnis hatte ich keine Tabletten. Und da wusste ich plötzlich, wer meine Frau umgebracht hat. Und ich weiß auch, wo die Tatwaffe versteckt wurde.«

»Donnerwetter. Verraten Sie mir jetzt noch, wie Sie

aus dem Gefängnis geflohen sind? Unsereins könnte so eine Fähigkeit auch ab und zu gebrauchen.«

»Es ist besser, wenn ich nichts mehr über meine Fähigkeiten verrate. Sie verfolgen mich schon mein ganzes Leben. Und sie sind eine Qual.«

Herr Fehr überreichte mir eine detaillierte Zeichnung. Ich verständigte die Polizei, und wenig später stand ich auf einem Stück Erde und hackte, bis mir beinahe die Arme abfielen. Bis ich etwas in Händen hielt. Hugentobler staunte.

»Ist das die Tatwaffe, Maloney?«

»Da wette ich meine Memoiren drauf.«

»Fehlt nur noch ein Motiv, Maloney. Oder liegt das auch hier vergraben?«

»Nein. Das Motiv liegt im Krankenhaus.«

»Im Krankenhaus? Ist der Täter ein Arzt oder ein EKG?«

Wir klingelten bei Frau Rotari. Sie öffnete und schaute mich niedergeschlagen an. Es war ihr offenbar nicht entgangen, dass in ihrem Garten an einem ganz bestimmten Ort gegraben wurde.

»Diese Frau hat meine Ehe zerstört«, sagte sie.

»Frau Fehr hatte ein Verhältnis mit Ihrem Mann. Als Ihr Mann sich operieren ließ, hatten Sie viel Zeit, um darüber nachzudenken. Und Sie kamen zu dem Schluss, dass Frau Fehr drauf und dran war, Ihr Eheglück zu zerstören.«

»Moment mal«, sagte Hugentobler. »Frau Rotari hat doch die Leiche gefunden.«

»Der Gedanke, dass diese Frau noch immer drüben immer Keller liegt, war mir unerträglich. Ich wusste, dass sie früher oder später gefunden wird. Ich dachte, wenn ich sie selber finden würde, käme niemand auf die Idee, mich zu verdächtigen.«

»Ihr Pech, dass Herr Fehr nicht mit billigen Zaubertricks arbeitet.«

»Ist der Zauberer wieder aufgetaucht? Maloney! Sie verschweigen mir wieder eine ganze Menge.«

Ich erzählte ihm die ganze Geschichte. Noch heute kann ich sie nicht so recht glauben. Wäre da nicht dieser traurige Mann in meinem Büro gewesen. Herr Fehr schluckte weiter seine Tabletten und versuchte so unauffällig wie möglich zu leben. Dies gelang ihm ganz gut. Ich hörte nie wieder etwas von ihm. Nach all dem Hokuspokus betäubte ich ausgiebig meine sechs Sinne. Und wenn irgendwo auch noch ein siebter Sinn vorhanden ist, kam dieser auch ganz schön auf seine Rechnung. So geht das.

Roger Graf

Roger Graf, 1958 in Zürich geboren, schrieb bereits während seiner Ausbildung zum Sportartikelverkäufer erste Gedichte und Kurzgeschichten. Er verfasste Drehbücher und Filmkritiken und ersann fürs Radio Satiren, Sketche, Spiele und Nonsens. 1989 konzipierte er die Hörspielreihe *Die haarsträubenden Fälle des Philip Maloney*, die inzwischen seit mehr als 30 Jahren jeden Sonntag zwischen 11 und 12 Uhr vom Schweizer Radio SRF ausgestrahlt wird. Philip Maloney, den Graf als Parodie auf Raymond Chandlers Kultdetektiv Philip Marlowe erfand, ist heute der wohl bekannteste Privatdetektiv der Schweiz.

ROGER GRAF
IM ATLANTIS VERLAG

Die Fälle für Philip Maloney

Ticket für die Ewigkeit

Eine Frau, die seltsame Postkarten erhält, und ein verschwundener Journalist. Philip Maloney löst seinen verquersten Fall.

Tödliche Gewissheit

Ein Mann erhängt sich – dabei ist Urs Imhasli, Privatdetektiv wie Maloney, eigentlich schon seit fast zehn Jahren tot.

Die Fälle für Marco Biondi

Zürich bei Nacht

Marco Biondi, Ex-Journalist, versucht sich als Privatdetektiv und muss den Bruder seiner ersten Klientin ausfindig machen.

Tanz an der Limmat
(in Vorbereitung)

Die schöne Sandra erzählt Marco Biondi von ihrer vor über zwanzig Jahren verschwundenen Mutter und legt neue Beweismittel für ihre angeblichen Ermordung vor.

IM KAMPA VERLAG

Falsche Freunde
(in Vorbereitung)

Sprachverwirrung, Einschüchterungen und eine verschwundene Frau: Die frühere Polizistin Anna ermittelt im Umfeld eines merkwürdigen Sprachencafés.